U1000029

乐园

[美]斯蒂芬·金 著　任战 译

STEPHEN KING　JOYLAND

人民文学出版社

图书在版编目（CIP）数据

乐园/（美）金著；任战译.
—北京：人民文学出版社，2016
（斯蒂芬·金作品系列）
ISBN 978-7-02-011510-5

Ⅰ.①乐… Ⅱ.①金… ②任… Ⅲ.①长篇小说
-美国-现代 Ⅳ.①I712.45

中国版本图书馆CIP数据核字（2016）第055091号

Joyland
Copyright © 2013 by Stephen King
This edition arranged with The Lotts Agency Ltd.
through Andrew Nurnberg Associates International Limited
Simplified Chinese Copyright © Shanghai 99 Readers' Culture Co., Ltd., 2016
All rights reserved.

著作权合同登记号 图字：01-2016-0872

出 品 人：黄育海
责任编辑：甘 慧 张玉贞
封面设计：陈 晔

乐园
[美]斯蒂芬·金 著
任战 译
人民文学出版社
www.rw-cn.com
北京市朝内大街166号 邮编：100705
上海利丰雅高印刷有限公司印刷 新华书店经销
字数190千字 开本890×1240毫米 1/32 印张9
2016年6月北京第1版 2016年6月第1次印刷
ISBN 978-7-02-011510-5
定价：45.00元

献给唐纳德·韦斯特莱克

我把一篮脏抹布和龟牌水蜡（罐子基本上空了）藏在拱廊的出口处。已经中午十二点十分了，但我还一点也不想吃东西。我活动下酸疼的四肢，回到了上客处。我稍作停留，欣赏了一下灯光下焕然一新的车子，然后沿着铁轨慢慢地向恐怖屋深处走去。

走到尖叫头骨的下方时，我不得不低下头，尽管它已经被吊起来锁好了。再过去是地牢，才华横溢的杜宾组成员曾用他们的呻吟和哀号多次成功地把各年龄段的孩子吓得屁滚尿流。地牢的屋顶很高，我终于能直起腰来了。木地板漆了颜色，看上去像石头一样，只是踩上去会发出咚咚的声响。我能听见自己的呼吸声，听上去沙哑而干燥。好吧，我承认我害怕。汤姆告诫我要远离这个地方，但汤姆并不比埃迪·帕克斯对我的人生有更多主导权。我有“大门”乐队和平克·弗洛伊德，但我还想要更多。我想要琳达·格雷。

在地牢和酷刑室之间，铁轨走势向下，并连续两次S状扭转，游戏车就是在这里加速的，带得游客们来回前倾后仰。恐怖屋里基本光线晦暗，但车开动之后，这里才是唯一完全漆黑的地段。一定就是在这里，凶手割断了那女孩的喉咙，丢弃了她的尸体。他的动作得多快啊，想必他对自己每一步行动都周密筹划、成竹在胸！拐过最后一个弯后，游客们会被头顶闪烁的各色灯光晃得头晕目眩。尽管汤姆没有细说，但我敢肯定他就是在这里看到他不愿看到的东西的。

我沿着连续S形的轨道慢慢往里走。我觉得，要是埃迪听到我的声音，说不定会把所有的工作灯关掉来吓我。这事他不是做不出来的。把我留在这漆黑的凶案地点，让我一点点摸路出去，只有风声和松动木板的拍打声陪伴着我。万一……我是说万一……有个年轻的女孩从黑暗中伸出手来，牵起我的手……？

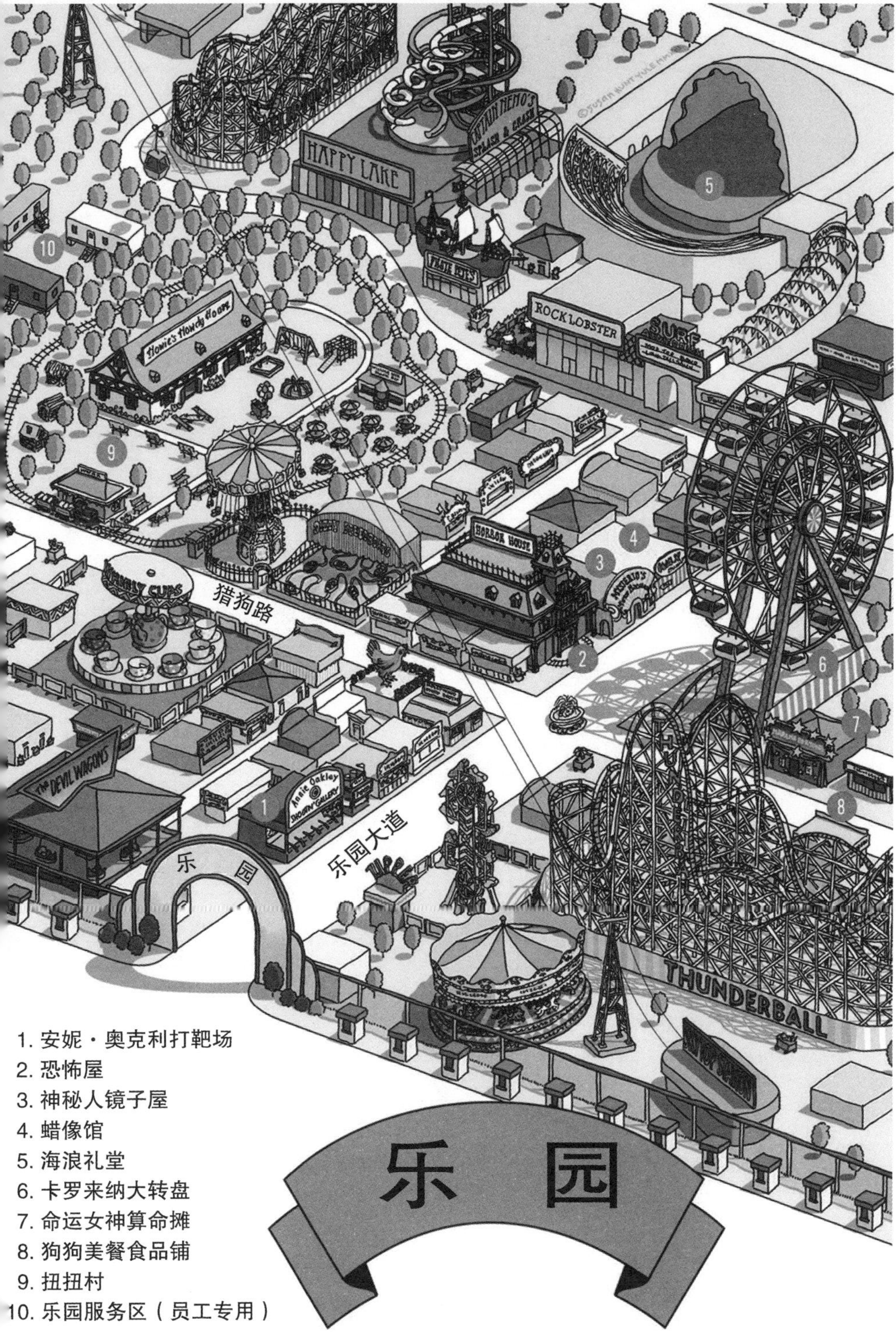

1. 安妮·奥克利打靶场
2. 恐怖屋
3. 神秘人镜子屋
4. 蜡像馆
5. 海浪礼堂
6. 卡罗来纳大转盘
7. 命运女神算命摊
8. 狗狗美餐食品铺
9. 扭扭村
10. 乐园服务区（员工专用）

1

♥

我当时是有车的，但在一九七三年秋天的大多数日子，我都是从天堂湾镇舍普洛太太的海滨旅社步行去“乐园”。似乎就该步行，而事实上，这也是唯一可做的事。到了九月初的时候，天堂海滩就几乎完全没人了，这正合我的心境。那是我生命中最美丽的秋天，甚至在四十年后的今天，我也能这么说。我同样可以说的是，那同样是我最不快乐的一段时间。人们总认为初恋是甜蜜的，若其结束得突兀，则更显其甜。有上千首流行乐和乡村歌曲证明了这一点，显然某个蠢蛋又伤了心。然而，首次的伤心往往最痛苦，伤口愈合得最慢，留下的疤痕最明显。那有什么甜蜜的？

♥

从九月到十月，北卡罗来纳的天空总是澄澈无云。在我沿屋外的楼梯离开位于二楼的房间时，空气就已经是暖烘烘的。镇子离游乐场约五公里①，如果我穿着薄外套出门，走不了一半路，就要把外套脱下系在腰间了。

我会先在贝蒂饼屋停下，买上两个还热乎的羊角面包。沙滩上，我的影子随我同行，在身后拖了至少六米长。海鸥闻到了面包的香气，满怀希望地在我头顶盘旋。下午五点（有时我

① 原文单位为英里。本书中所有计量单位均已换算成大陆通用单位。

会晚些回来，毕竟天堂湾镇没有任何人和事等着我；夏季过去后，这个镇子基本上就陷入了沉睡）的归程中，影子在水上陪着我。若是有浪，影子就会在水面摆动，仿佛缓缓晃着呼啦圈。

虽然不能百分百确定，但我认为从我第一次走那条路时起，小男孩、女人和他们的狗就在那里了。镇子和闪亮、花哨的“乐园”之间的那段海滨，盖满了消夏别墅，很多价值不菲，大多数都在劳工节①后关闭。但其中最大的一座，也就是看上去像绿色木头城堡的那座，却没有关。一条木板步道从它宽敞的后露台铺出来，一直延伸到海草与白沙接壤之处。步道的尽头摆着一张野餐桌，上面撑着一把翠绿色的沙滩伞。伞下阴凉处的轮椅上，坐着一个小男孩，他头戴棒球帽，即使傍晚气温二十摄氏度左右，他腰部以下也盖着毯子。我猜他五岁上下，绝不超过七岁。那条狗，一条杰克罗素，要么趴在他身旁，要么坐在他脚边。那个女人坐在一张餐椅上，有时候读书，但大多数时候只是盯着海水。她非常美丽。

路过时，不管是去还是回，我总是朝他们挥挥手，小男孩也会朝我挥手。那女人没有，或者说一开始没有。一九七三年，OPEC对美国实行石油禁运，理查德·尼克松②向世人宣称他不是个骗子，爱德华·罗宾逊③和诺埃尔·科沃

---

① 美国的劳工节（Labor Day）是在每年九月的第一个星期一。

② 理查德·尼克松（Richard Nixon，1913—1994），第三十七届美国总统，一九六九至一九七四年在位，是唯一一位辞职的美国总统。

③ 爱德华·罗宾逊（Edward G. Robinson，1893—1973），好莱坞黄金时代的知名演员，代表作《小恺撒》《盖世枭雄》《十诫》等，去世后被追授奥斯卡终身成就奖。

德[①]死了。这也是戴文·琼斯失落的一年。我是个怀揣文学梦的二十一岁童男子，拥有三条牛仔、四条内裤、一辆破福特（车载收音机倒是不错）、偶尔冒出来的自杀念头和一颗破碎的心。

甜蜜吗？

♥

让我伤心的人名叫温蒂·吉根。她配不上我。我花了大半辈子才得出这个结论，不过，有句老话你们也知道：亡羊补牢，为时未晚。她是新罕布什尔州的朴茨茅斯人，我来自缅因州的南贝里克。也就是说，她是真正意义上的"邻家女孩"。我们都就读于新罕布什尔大学，大一的时候就"在一起"（这是我们过去的说法）。事实上，我们是在迎新会上认识的。听上去有多甜蜜啊，就像某首流行歌曲唱的那样。

有两年的时间，我们形影不离，到哪里都"在一起"，做任何事都"在一起"。任何事，除了"那个"。我俩都要勤工俭学，她在图书馆帮忙，我在大学餐厅打工。一九七二年，这两个岗位给我们机会可以继续做暑期工，我们当然留下了。钱并不多，可贵的是我们能够"在一起"。我本以为一九七三年的夏天也是如此，直到温蒂宣布，她的朋友芮娜给她们俩在波士顿芬尼斯百货找了份工作。

"我怎么办？"我问她。

---

① 诺埃尔·科沃德爵士（Sir Noël Coward，1899—1973），英国剧作家、作曲家、导演和演员，一九四三年获奥斯卡终身成就奖，代表作《与祖国同在》。

“你随时可以过来啊，”她说，“我会非常想你的。不过说真的，戴文，我觉得我们分开一段时间更好。”

通常，这句话就相当于给一段恋情判了死刑。她或许从我的脸上看出了这个想法，于是她踮起脚来吻了我。“距离产生美。”她说，“而且，我现在有自己住的地方了，或许你可以留下过夜。”然而，当她说这句话时，眼睛并没有看着我。我从来没有在她那里过夜。太多室友了，她说。时间太短了，她说。当然，这些困难都是可以克服的，可不知怎么的，我们从来没有克服过。这是可以说明问题的；而回想起来，这说明了很多问题。有好几次，我们都差点“那个”，但“那个”从未真正发生过。她总是临阵退缩，我也从未给她压力。上帝保佑，我是很有风度的。后来，我经常想，若我当时不是那么有风度，事情会不会就不一样了（好坏都有可能）。现在，我明白了，有风度就没法把姑娘弄上床。小伙子们，请把这句话记下来，挂在你的厨房里。

♥

温蒂在一百一十公里以南，享受波士顿的灿烂阳光，而我要只身拖餐厅地板、往老洗碗机里摞脏盘子，这样的夏天对我来说并没有多少吸引力。不过，这是份稳定的工作，我需要它，况且我也没有别的选择。没想到，二月底的时候，一个选择就乘坐餐盘传送带到我面前了。

当天装在蓝色盘子里的特价午餐是墨西卡利汉堡和芝士薯条。肯定是有人边大快朵颐边拿《卡罗来纳生活通》佐餐，然后把它落在托盘上了。我拾起那本杂志，差点把它扔到垃圾桶里，转念间却改变了主意。不管怎么说，不花钱的杂志总是好的。（请记住，我需要勤工俭学。）我把杂志塞进裤子后袋，然后就把它忘了，直到回到寝室换裤子时，它掉在地上，翻开到后面的分类信息栏。

之前读这本杂志的人用笔圈出了几则招聘启事……最终，那人肯定觉得没有满意的，否则《卡罗来纳生活通》也不会坐上传送带了。在那一页的最下面，有一则启事吸引了我的注意力，尽管它并没有被圈出来。第一行是醒目的黑体字：**靠近天堂的工作！**试问有哪个文学专业的人看到这句广告词能不好奇？又有哪个越来越担心失去女友的二十一岁小伙子会不觉得在一个名叫“乐园”的地方工作充满吸引力？

启事中留了电话号码，我冲动之下拨了过去。一周后，寝室的邮箱里出现了一份工作申请表格，后附的信中说，如果想做暑期全职（我的确想），我可以做许多不同的工作，大多数是后勤保障类的，但也不尽然。我必须持有有效驾照，而且需要面试。我想了想，可以利用将要到来的春假去面试，而不是回缅因州的家里。只是，我本来计划至少抽个几天去看温蒂，说不定还会“那个”。

“去面试吧。”这就是我告诉温蒂后她的回答，甚至没有丝毫犹豫，“会很刺激的。”

“跟你在一起才刺激。”我说。

“明年我们有足够的时间在一起。”说着，她踮起脚，亲了我（她总是踮着脚）。她是不是在那时就已经在跟别人约会了？很可能没有，但我敢打赌她当时已经注意到那个人了，因为他就在她的高级社会学课上。芮娜·圣克莱尔肯定是知道的，若是我问，也很可能会告诉我——泄密是芮娜的特长，我敢说她能把听她告解的神父烦死——但有些事，人们是不想知道的。比如，为什么你全心爱着的女孩一直拒绝你，却在第一时间与新男友滚床单。我不知道是否有人能完全忘记初恋，始终难以释怀。我仍然有些好奇我到底是哪里有问题，我到底缺少些什么。现在，我已经六十多岁了，头发花白，挺过了前列腺癌的治疗，却仍然想知道自己对于温蒂·吉根来说为什么还不够好。

♥

我搭乘名为“南方人”的火车从波士顿到了北卡罗来纳（这段旅程没什么刺激的，只是便宜），又坐巴士从威明顿到了天堂湾。面试我的人是弗莱德·迪安，他在“乐园”身兼数职，其中一项是招聘。十五分钟的基本询问之后，他看了看我的驾照和红十字会颁发的救生执照，给了我一个带挂绳的塑料徽章，上面印有“访客”字样、当天日期和一个卡通形象。那是一条咧着嘴笑的蓝眼睛德国牧羊犬，看上去有点像著名的史酷比①。

“去逛逛，”迪安说，“愿意的话，坐坐卡罗来纳大转盘。大多数载客游乐设施还没运行，不过那个是可以玩的。告诉莱恩，就说是我让你坐的。我给你的通行证有效期是一天，不过我想让你……”他看了看手表，“一点钟回来，告诉我是否要做这份工作。我这边有五个岗位空缺，但基本上都一样——全是‘快乐帮工’。”

---

① 史酷比（Scooby-Doo）是美国著名的动画人物，它的系列动画始于二十世纪六十年代。

“谢谢您，先生。”

他笑着点点头：“不知道你是怎么想的，我很喜欢这里。虽然它有点老，有点破，但我觉得这倒更有吸引力。我在迪士尼工作过一段时间，不适应。怎么说呢，那里太……”

“太商业化吗？”我试着揣摩他的意思。

“正是！太商业化了。太闪亮太浮夸。所以，几年前我又回到‘乐园’，而且从来没有后悔过。我们这里做事需要更多的运气和直觉——这个地方有点儿像过去的嘉年华。去吧，去逛逛，看看你想些什么。更重要的是，看看你有什么感觉。”

“我能先问个问题吗？”

“当然可以。”

我摸了摸通行证：“这条狗是谁？”

他咧嘴笑了：“这位是‘快乐的猎狗霍伊’，‘乐园’的吉祥物。布莱德利·伊斯特布鲁克创建了‘乐园’，霍伊是他养的狗。它死了很久了，但如果今年夏天你在这里工作的话，会到处看到它的身影。”

我的确看到了……同时又没看到。这是个简单的谜语，谜底稍后揭晓。

♥

“乐园”是独立经营的，不像“六旗”① 那么大，跟迪士尼更是没法比，但它的面积也足以给人留下深刻印象。主干道“乐园大道”和次干道“猎狗路”尤为壮观，几乎没有行人，看

① “六旗”（Six Flags）和迪士尼一样，也是全球连锁的游乐园品牌。

上去足有八车道宽。我听到电锯的嗡鸣声，看到许多工人在忙碌——人最多的一帮围在“霹雳弹”旁边，那是“乐园”的两个过山车之一——但没看到任何游客，因为公园要到五月十五日才开门。几个食品铺开着，因为工人们要吃午饭。装饰着星星的算命摊前，一个老妇怀疑地看着我。除了一处，其他所有的地方都关着。

这个例外便是卡罗来纳大转盘。它有五十一米高（这是我后来知道的），转得非常慢。大转盘前站着一个男人，他肌肉紧实，身穿褪色的牛仔裤，脚蹬磨花了的小山羊皮靴子，上面沾满油污。一顶常礼帽盖在他那乌黑的头发上；耳后夹着一根不带过滤嘴的香烟。他看上去就像从过去的报纸连环画中走出来的嘉年华揽客者。他身旁的橙色板条箱上，放着一个打开的工具箱和一台很大的便携式收音机，里面正放送着“脸”乐队[①]的《与我同在》。那男人双手插在后裤袋里，屁股随着音乐节拍左右摇摆。我突然有个荒诞而清晰的念头：成年后，我想跟面前的这个男人一模一样。

他指指我的通行证：“弗莱迪[②]·迪安让你过来的，是不是？他肯定告诉你，所有东西都关了，但你可以坐坐大转盘。”

“是这样，先生。”

“坐上大转盘就说明你入伙了。他喜欢让他挑中的人高空观景。你会来这儿干活吗？”

“我想是的。”

---

① “脸”乐队（The Faces），一支成立于一九六九年的英国摇滚乐队。

② 弗莱迪（Freddy），弗莱德（Fred）的昵称。

他伸出一只手："我是莱恩·哈代。欢迎入伙，孩子。"

我跟他握了握手："我是戴文·琼斯。"

"很高兴认识你。"

他走上通往缓慢转动着的摩天轮的斜坡路，抓住一根变速杆模样的长杠杆，把它往回一拉。摩天轮缓缓停下，一个颜色鲜艳的小观光舱（每个观光舱上都画着"快乐的猎狗霍伊"）停在了上客台边。

"爬上去吧，琼斯。我送你去那空气稀薄、美不胜收的地方。"

我爬进小舱，关好门。莱恩晃晃门，确保它拴好了，然后放下安全栏，回到控制杆旁。"准备好起飞了吗，机长？"

"我想是的。"

"惊喜在前方等着你！"他说着，冲我眨眨眼，把控制杆往前一推。摩天轮再次开始转动，一转眼，他就已经要抬头看我了。算命摊前的老妇人也是如此。她仰着脖子，手遮凉棚。我朝她挥挥手。她没有理我。

我升到空中，除了"霹雳弹"弯曲回环的轨道，再没什么比我高的了。在早春凉爽的空气里，我觉得——这感觉很蠢却又很真实——自己把一切烦恼担忧都抛在下边了。

"乐园"并不是主题公园，这也就使得它可以兼收并蓄，什么都有一点儿。有一个比"霹雳弹"规模小些的过山车，名为"眩晕晃动机"；一个水上乐园，叫"尼莫船长的激流勇进"。公园的最西边有一个名为"扭扭村"的儿童专区。还有一个演艺中心，里面大多数的演出——这我也是后来才知道的——要么是二流的乡村和西部乐队，要么是五六十年代走红的摇滚歌手。

我记得约翰尼·奥迪斯和大块头乔·特纳[1]曾同台演出。我还是问了总会计师布兰达·拉弗蒂（她同时也是“好莱坞女孩”的训导老师），才知道他们是谁。布兰达认为我很土，我认为她老了；很可能我们俩都是对的。

莱恩·哈代操纵摩天轮一直把我送到顶端，然后停下。我坐在晃动的小舱里，抓住安全杆，看着外面的美丽新世界。西边是北卡罗来纳平原，对我这样一直认为三月寒冷泥泞、并非真正春天的新英格兰孩子来说，它绿得不可思议。东方是一片海，呈现金属色的深蓝，直到奶油白色的海浪拍击沙滩；往后的几个月里，我就是带着一颗被辜负的心在那里徜徉。我的正下方是芜杂缤纷的“乐园”园区——大大小小的游乐设施、演奏厅、各色摊位、纪念品商店，还有“快乐的猎狗”穿梭巴士，把游客带往附近的旅馆和海滩。北方是天堂湾，在公园的高处（空气稀薄的高空），镇子看上去就像是小孩子的积木堆成的，四个方向耸立着四座教堂的尖顶。

摩天轮又开始转动了。转下来的时候，我感觉自己就像鲁迪亚德·吉卜林[2]故事中骑在大象鼻子上的孩子。莱恩·哈代停下摩天轮，但没有特意为我打开小舱门栓，毕竟我差不多也算这里的雇员了。

“怎么样？”

“棒极了。”我说。

---

① 约翰尼·奥迪斯（Johnny Otis，1921—2012）和乔·特纳（Joe Turner，1911—1985）都是美国歌手。

② 鲁迪亚德·吉卜林（Rudyard Kipling，1865—1936），英国作家，英国第一位诺贝尔文学奖得主，代表作为《丛林之书》《七海》等。

“嗯，对于这样给老奶奶坐的设施来说，还不错。”他把头上的常礼帽歪向另一边，抬起一只眼睛打量着我，“你有多高？一米九二？”

“一米九五。”

“啊哈，真想知道到了七月中旬，你这一米九五的大个子站在转盘边，穿上毛皮，对着被宠坏了的熊孩子唱生日歌是什么心情。那熊孩子准还得一手拿棉花糖，一手拿着快化了的蛋筒冰激凌呢。”

“穿什么毛皮？”

但莱恩已经朝他的机器走去，没有回答。收音机里正震耳欲聋地播放着《鳄鱼罗克》，或许是这妨碍了他的听力吧。又或许他想让我将来扮演“快乐的猎狗”时能有惊喜吧。

♥

离跟弗莱德·迪安约好的时间还有一小时，于是我沿着“猎狗路”朝一辆餐车走去，那里看上去生意还不错。“乐园”并非所有东西都是以犬类为主题的，但很多都是，比如这辆餐车就叫“狗狗美餐”。这次求职之行的预算少得可怜，但我觉得还是能够挤出两块钱买个辣热狗和一纸杯炸薯条。

走到看手相的算命摊时，“命运女神”挡住了我的路。只不过，这个称呼并不十分准确，因为她只有在五月十五日和劳工节之间的这段时间里才是“命运女神”。在这十六周里，她下穿长裙，身着层叠的薄纱上衣，披着印满神秘符号的大围巾。耳朵上挂着大大的金耳环，把她的耳垂都坠得老长。她说起话来带着浓重的吉卜赛人口音，使得她听上去就像是从三十年代的恐怖片里走出来的角色；片子里的必备元素是迷雾笼罩的城堡和号叫的狼群。

而在一年中的其余时间，她只是个来自布鲁克林的寡妇，没有孩子，爱好收集喜姆瓷娃娃①，喜欢看电影（特别是滥情伤感的那种，里面总有个女人得了癌症，最终凄美地死去）。今天，她穿着一套黑色裤装和低跟皮鞋，人显得很精神，脖子上的玫瑰粉丝巾为她增添了一抹色彩。扮成命运女神的时候，她会顶着一头狂乱的灰色发卷，但那是假发，现在正待在主人天堂湾小房子里的玻璃罩下。她真正的头发是一头染黑的短发。布鲁克林的《爱情故事》②粉丝和未卜先知的命运女神只有一个共同点：她们都认为自己有通灵的能力。

“你身上有阴影笼罩，年轻人。”她宣布。

我低头一看，发现她说得绝对没错。我正站在卡罗来纳大转盘的阴影之下。我们俩都是。

“不是那个，蠢蛋。你的未来有阴影。你将面临饥饿。”

我已经饿了，可是“狗狗美餐”很快就会照顾好我的胃。“这很有趣，您是……”

“罗莎琳德·戈尔德，”她说着，伸出一只手，“你可以叫我罗琪，大家都是这么做的。不过，旺季的时候……”她进入了角色扮演，听上去活像长了大胸脯的贝拉·卢戈西③，“‘晃季’④

---

① 喜姆瓷娃娃（Hummel figures），号称世界上最贵的洋娃娃，诞生于一九三五年，在修女玛利亚·喜姆的画作基础上，由德国高宝（Goebel）瓷厂烧制而成。

② 《爱情故事》（*The Love Story*），即作者上文所说的那类电影的代表。

③ 贝拉·卢戈西（Bela Lugosi，1882—1956），匈牙利裔美国演员，出演过多部恐怖电影，代表作是一九三一年的《吸血伯爵德拉库拉》（*Dracula*）。

④ 原书中用不同的拼写表示罗莎琳德的口音，翻译时相应采取近音字的译法。

的时候，我是……命运女神福尔图娜！”

我跟她握握手。如果她不仅是人入了戏，也把那套行头披挂起来的话，现在肯定有半打金手环在她手腕上咔嗒作响了。“很高兴认识你，”我也想试试她的口音，“我是……‘戴旺’！”

她一点也没觉得我的模仿好笑：“爱尔兰名字？”

“是的。”

“爱尔兰人满怀忧伤，而且很多都有‘预视力’。我不知道你有没有，但你会碰见这样的人。”

事实上，我并没有满怀忧伤，而是满心欢喜……此刻，将一个涂满辣椒的热狗塞进喉咙的欲望压倒了一切。今天的经历感觉就像一场冒险。虽然我告诉自己，日后，待繁忙的一天结束后刷厕所马桶，或是清理“旋风杯”座椅上的呕吐物时，幸福感肯定会大打折扣，但现在一切感觉还不错。

“你是在进行表演吗？”

她站直身体，大概有一米五八。“这不是表演，我的孩子。”她把“表演”说成“飘演”，“犹太人是全世界精神最敏感的民族，所有人都知道这点。”她恢复了正常的发音，“还有，在乐园摆手相摊胜过第二大道。不管你是不是满怀忧伤，我喜欢你。你给人的感觉非常好。”

“这是我非常喜欢的沙滩男孩[①]的一首歌。”

“可是，你正处在巨大悲伤的边缘。”她停了停，以突出强调的效果，“或许还有，危险。”

---

① 沙滩男孩（Beach Boys），二十世纪六十年代美国顶尖的摇滚乐队。“感觉很好”，原文用的是 give off good vibrations，而 *Good Vibrations* 正是沙滩男孩的名曲之一。

“你在我的未来能看到一个漂亮的黑发女子吗？”温蒂就是一个漂亮的黑发女子。

“没有，”罗琪说，她接下来的话令我瞠目结舌，“她属于你的过去。”

好……吧。

我绕过她，朝“狗狗美餐”走去，一边留神不要碰到她。她绝对是个骗子，这点我毫不怀疑，但此时碰到她的身体还是会让我感觉非常不自在。

没用，因为她跟我一起往那边走了。“在你的未来有一个小女孩和一个小男孩。男孩有一条狗。”

“我敢说，是一条‘快乐的猎狗’，它的名字是霍伊。”

她对我话语中的讽刺置若罔闻：“小女孩戴一顶红色的帽子，拿着一个布娃娃。这两个孩子中的一个有‘预视力’，但我不知道是哪一个，我看不到。”

我基本上没听见她最后的胡言乱语。我满脑子都是她先前的判决，那个用无起伏的布鲁克林口音所下的判决：*她属于你的过去*。

后来我发现，命运女神福尔图娜女士弄错了很多事，但她似乎真的有某种通灵的能力。而就在我应聘“乐园”暑期工的那天，她的话全说中了。

♥

我得到了这份工作。迪安先生对我的救生执照尤为满意。这个执照是我十六岁那年的夏天在基督教青年会取得的。我称那个夏天为“无聊之夏”，可是后来，我发现能为这种“无聊”

辩护的理由多得很。

我告诉迪安先生我的期末考试是什么时候，承诺会在考试结束的两天后来这里，准时参加工作分配和培训。我们握了握手，他对我加入团队表示祝贺。一时间，我有个荒唐的想法：他会邀请我和他一起学“快乐的狗叫”，或是其他诸如此类的举动。但他只是跟我道别，把我送出门外。这时我才注意到，这个小个子男人眼神锐利，步履轻快。我站在办公室外的水泥门廊上，听着海浪拍岸的声音，嗅着潮湿且带有咸味的空气，再次心神激荡起来。我开始迫切地盼望夏天到来。

“你现在进入游乐行业了，年轻的琼斯先生。”我的新老板说，“不是嘉年华——这个词不准确，今天我们不这样操作了——但也差得不远。你明白什么叫游乐行业吗？”

“不，先生，我不太清楚。”

他的眼神很严肃，嘴角却隐约带着笑意：“游乐行业，就意味着土包子们离开的时候脸上要带着笑——顺便提醒你，要是被我听见你叫游客土包子，你会立刻滚出去，快得你都不知道是什么踢了你的屁股。而我能这么说，是因为我从开始刮胡子的年龄就在这一行做了。他们都是土包子，与从前俄克拉荷马和阿肯色的那些红脖子乡巴佬没什么两样。二战后我工作过的每一个嘉年华，他们都伸长了脖子来凑热闹。到‘乐园’来的人，可能穿得更体面，开福特或大众小轿车，而不是法莫皮卡，但这个地方仍然会让他们咧开大嘴，变成土包子。做不到这点，这地方也就失败了。不过，对你来说，游客是‘康尼’。他们听到这个词，想到的是康尼岛游乐场，可我们了解内情：他们就是兔子，琼斯先生，喜欢找乐子的胖兔子，只不过，他们不是从这个洞钻到另一个洞，而是从一个游戏跳到另一个游戏。”①

他朝我眨眨眼，在我肩膀上捏了捏。

“兔子们必须高兴地离开，否则这个公园就要干瘪成灰，被风吹走了。我见过这样的事情发生，而一旦发生，就会飞快。这是个游乐场，年轻的琼斯先生，所以你要把兔子们当成宠物，只能用最温柔的力道揪他们的耳朵。简而言之，你要取悦他们。”

“好的。”我说，尽管我并不明白，凭借乐园关门后擦“魔鬼车”(“乐园”里的碰碰车）和在猎狗路上开清扫车，我能怎么取悦游客。

“还有，别放我鸽子！要在我们预定的日子来，比约定好的时间提前五分钟到。”

“好的。”

“孩子，记住游乐行业两大规则：永远知道自己的钱包在哪里；再就是，到场。”

♥

我走出用霓虹灯拼出**欢迎来到乐园**（眼下灯没有开）的拱门，走到基本上没什么车的停车场，看见莱恩·哈代倚在一个关闭的售票亭前，抽着先前放在耳后的香烟。

“现在不能在园区抽烟了，”他说，“新规矩。伊斯特布鲁克先生说我们是美国第一家有这个规矩的公园，但不会是最后一家。得到工作了吗？”

---

① 原文中“兔子”是 Cony 一词，与纽约的康尼岛（Coney）同音。

“是的。”

“恭喜你。弗莱迪有没有发表他那通关于嘉年华的演说？”

“差不多算是吧。”

“告诉你要把兔子们当宠物？”

“是的。”

“他这人有时挺烦人，但他一直在这一行，什么都见过，大多还见过不止一次。他说的话没错。我认为你能干好。你看上去就像是干这个的，孩子。”他朝园区挥挥手——那些地标建筑：霹雳弹、眩晕晃动机、尼莫船长水上乐园升降旋转的轨道，当然还有卡罗来纳大转盘，高高耸立，映衬着无瑕的蓝天——说，“谁知道呢，你的未来说不定就在这个地方。”

“也许吧。”我答道，尽管我已经知道自己的未来在哪里了：我要写小说和发表在《纽约客》一类杂志上的故事。这些我都计划好了。当然，在我的计划中，我会和温蒂·吉根结婚，等到我俩三十多岁再要两个孩子。当你二十一岁时，生活就是一张路线图，要等到二十五岁左右，你才会开始怀疑自己是不是把这张路线图拿倒了，而到了四十岁时，你就能完全确定这点了。相信我，待到花甲之年，你会发现自己他妈的早就迷路了。

“罗琪·戈尔德有没有对你说她那堆算命的鬼话？”

“呃……”

莱恩咯咯笑了：“唉，这还需要问吗？记住我的话，孩子，她说的话有百分之九十都是胡扯，至于另外的百分之十……这么说吧，她有时候能把人吓死。”

“你呢？”我问，“她说过什么让你吓一跳的话了吗？”

他咧开嘴：“罗琪给我看手相的那天就是我从这里滚蛋，乘着龙卷风去巡回演出的时候了。哈代太太的儿子不会跟占卜板和水晶球之类的玩意儿搅到一起的。”

你在我的未来能看到一个漂亮的黑发女子吗?

没有。她属于你的过去。

莱恩正仔细打量着我:“怎么了?你刚吞了一只苍蝇吗?”

“没什么。”我说。

“说嘛,孩子,她告诉你的是真相还是狗屎?实时播报还是往事回放?告诉老爹。”

“绝对是狗屎。”我说着看看手表,“我五点钟要赶汽车,这样才能坐上七点钟到波士顿的火车。我最好现在就走了。”

“噢,你时间够得很。你夏天准备住在哪里?”

“我还没考虑这个问题呢。”

“去汽车站的路上,你可以去舍普洛太太家看看。天堂湾镇有很多人租房给夏天的打工者,但她家是最好的。这些年,她收留了很多‘快乐帮工’。她家很好找,沿主街走到海滩就是。刷成灰色的大房子,门廊上挂着牌子。你不会看不到的,因为那个牌子挺特别,是用贝壳做的,有些已经脱落了。上面写着:**舍普洛太太的海滨旅社**。告诉她是我让你去的。”

“好,我会的。”

“如果租了她的房子,你可以沿着海滩走到这里,省下汽油钱,放假的时候出去玩玩。早上在海滩上走走是很舒服的。祝你好运,孩子,很期待和你共事。”他伸出一只手,我握了握,并再次向他表示感谢。

他的话很有说服力,于是我打算现在就沿着海滩走到镇上去,这样可以节省二十分钟等出租车的时间,何况我实际上也付不起车钱。我都快走到通往沙滩的木头阶梯了，他又在后面叫住了我。

“嗨，琼西[①]！想知道罗琪不会告诉你的事吗？”

“当然。”我说。

“我们这儿有个吓人的地方，叫恐怖屋。老罗莎琳德不会走到离那里五十米之内。她讨厌那些跳出来吓人的东西，也不喜欢酷刑室和录制的尖叫声。不过，真正的原因，是她觉得那地方真的有鬼。”

“啊？”

“是的，而且她不是唯一这么想的人。有好几个在这里工作的人都宣称自己看到了她。”

“天啊，真的吗？”虽然我这么感叹，但这只是人们被人吓唬时的常规反应。我知道他是在吓唬我。

“我会告诉你整个故事的，但这次不行，休息时间到了。我要给魔鬼车换几根电线。三点钟的时候还有人要对霹雳弹进行安全检查，那些家伙可真讨人嫌。去问舍普洛太太吧。谈到乐园的事，艾玛莉娜·舍普洛比我知道得要多。可以说，她是这个地方的学生，与她比起来，我只是个菜鸟。”

“难道这不是个玩笑？不是你们专门用来吓唬新来的人的？”

“我看上去像开玩笑吗？”

看上去并不像，但他似乎心情特别好。他甚至朝我眨眨眼，说：“哪个有格调的游乐场没有鬼魂呢？说不定你会亲眼看到她呢。可以肯定的是，土包子们从来没看到过。现在，快走吧，

---

① 琼西，琼斯的昵称。

孩子，坐上去威明顿的汽车前先给自己订个房间。过后你会为此感谢我的。”

♥

艾玛莉娜·舍普洛这个名字，让人很难不联想到狄更斯小说中的房东太太：脸颊粉红，胸部饱满，裙裾窸窣，口头禅是“上帝保佑”。她会端上茶和松饼，好脾气且有点小怪癖的配角在一旁赞赏地看着；当我们在噼啪作响的炉火边烤板栗时，她甚至会亲昵地捏捏我的小脸儿。

不过，这个世界极少和我们想象中一样。我按下门铃后，应声开门的是一位高个儿女士，五十来岁，平胸，脸色像霜冻的窗玻璃般苍白。她一只手里拿着个豆袋形烟灰缸，另一只手上则是一根闷燃的香烟。灰褐色的头发做成大大的发卷，遮住了双耳，使她看上去像是从老年版的格林童话中走出的公主。我向她解释了来访的原因。

“要去乐园工作，是不是？我觉得你最好进来聊。你有推荐信吗？”

“没有公寓推荐信，我还住学校寝室。不过，我有大众餐厅老板开的工作推荐。大众餐厅是新罕布什尔大学的学生食堂——”

“我知道什么是大众餐厅。我是夜里生的，但不是昨天夜里。”她带我走进前部的起居室，那是一个与整栋房屋齐长的房间，里面的家具风格芜杂，最显眼处放着一台巨大的老式电视。她指指电视：“彩色的。房客们可以随意使用——起居室也是——平常到十点，周末到十二点。有时候，我也会和孩子们一起看部电影，或是周六下午的棒球赛。有时吃披萨，有时我做些爆米花。非常适意。”

适意，我想，听上去像适宜，这房子确实也非常适宜①。

“告诉我，琼斯先生，你喝酒吗？喝酒后会大叫大嚷吗？我认为那种行为是扰民，但很多人不这么想。”

“不，我不会这样。”我有时喝一点酒，但几乎从不吵闹。通常情况下，一两杯啤酒下肚，我就会犯困。

“问你吸不吸毒是没意义的，对吧？不管你吸不吸，你反正会否认。不过，这种事儿早晚会败露，而到那时候，我就会请房客另找住处。大麻也不行。我的话够清楚吗？”

“是的。”

她打量我一眼：“你看上去不像嗑大麻的。”

“我确实不是。”

“我这里能提供四个人住的地方，可目前只有一个房客：阿克利小姐，是位图书馆员。房间都是单间，但比你在汽车旅馆能得到的住宿条件好得多。我觉得二楼的房间最适合你。它有独立的卫浴，而三楼就没有。它还有屋外的楼梯，如果你有位淑女朋友的话，就会很方便。我不介意房客有女性朋友，因为我自己既是淑女，又非常友善。你有吗，琼斯先生？”

“是的，不过她这个夏天要在波士顿工作。”

“说不定你会再碰到什么人呢。就像歌里唱的——爱无处不在。”

---

① 原文是 Jolly，as in jolly good。Jolly 一词既有“快乐”之意，又表示“非常”。此处译者采用近音词来表达双关意。

我只是笑了笑。在一九七三年的春天，爱上除了温蒂·吉根以外的人对我来说是完全荒谬的。

“我想，你还会有辆车。这里虽然能住四个房客，却只有两个车位，所以每年夏天，我们都遵循先到先得的原则。你是先来的，停车位有你的份儿。要是发现没地方了，沿着路也能找到停车场。怎么样，能接受吗？”

“可以。”

“很好，因为这是唯一的办法。房租按惯例来：第一个月、最后一个月，加上损失押金。”她说了个听上去算是公道的数字。尽管如此，我在新罕布什尔第一信托银行的账户还是要遭受重创。

“您能接受支票吗？”

“会退票吗？”

“不，女士，不会。”

她仰起头，大笑起来：“那样的话，我可以接受，假如你看过房间后还想要它的话。”她摁熄香烟，站起身来，“顺便说一句，为保险起见，楼上不能吸烟。如果住了别的房客，起居室也不行。这是为了礼貌。你知道吗，老伊斯特布鲁克正在乐园推行无烟政策呢。”

“我听说了。这样很可能会影响客流量的。”

“起初可能会，但过段时间就会好转。我愿意赌布莱德①赢，他是祖传的嘉年华，是个伶俐人。”我想问问她这句话到底是什么意思，但她已经换了话题，“我们去瞅一眼你的房间怎么样？”

① 布莱德，布莱德利的昵称。

一眼就已经足够说服我。床很大，这一点很好；窗外可以看见大海，这就更棒了。浴室小得像个笑话，坐在马桶上脚就伸到淋浴间去了。不过，手头拮据的穷学生没有挑剔的资本，而且窗外的景色实在是太吸引我了，我怀疑天堂路上豪宅里住着的富人们也不会看到更好的。我想象着带温蒂来这里。只有我们两个人，欣赏海景，然后……在那张大床上，听着外面平稳的、催眠般的海浪声……

“那个”。终于，“那个”。

“我想要它。”我说，同时觉得自己的脸颊烧了起来。我说的不止是房间。

“我知道，都在你的小脸上写着呢。”她似乎知道我在想什么，说不定她真的知道。她咧嘴笑了——笑容灿烂，让她看上去真的像是从狄更斯小说里走出来的人物，尽管她胸部平平、脸色苍白。“你自己的小窝，尽管不在凡尔赛宫里，可它属于你自己。和大学寝室不一样，对不对？哪怕是单人寝室。”

“是的。”我承认。我正在考虑，恐怕不得不说服老爸给我汇五百块钱，让我能撑到发薪水。他会发牢骚，但最终还是会让步的。我只是希望不用打“妈妈没了”这张牌。我妈已经去世四年了，但老爸还在钱包里放了半打她的照片，仍然戴着结婚戒指。

“属于自己的工作和住处。”她的声音听上去有些梦幻，“这都是好东西，戴文。介意我叫你戴文吗？”

“尽可以叫我戴夫[①]。”

---

① 戴夫，戴文的昵称。

“好，我会的。”她看看这个带陡峭斜顶的小房间——它刚好在屋檐下——叹了口气，“激动的心情不会持续很久，但当这种情绪在的时候，就会感觉很好。你觉得自己终于独立了。我想，你适合这里，你身上有这种气质。”

“你是第二个对我这么说的人。”话没说完我就想起了与莱恩·哈代在停车场的谈话，“不，是第三个。”

“我知道另两个这么说的人是谁。还有什么想看的吗？浴室不怎么样，这我知道，不过，总胜过蹲在寝室厕所里拉屎，还得听水池边的几个家伙边放屁边吹嘘昨晚他们根本没有上手的女孩儿。”

我发出一阵爆笑，艾玛莉娜·舍普洛太太也跟我一起笑起来。

♥

我们从外面的楼梯走下去。下楼之后，舍普洛太太问我：“莱恩·哈代怎么样？还戴着他那顶没檐儿的蠢帽子吗？”

“我以为那是顶常礼帽。”

她耸耸肩：“无檐帽、常礼帽，有什么区别吗？”

“他很好，只是他告诉我一些事情……”

她歪着脑袋看着我，脸上的表情似乎是微笑，但又不完全是。

“他告诉我，乐园的鬼屋真的闹鬼——他管它叫恐怖屋。我问他是不是逗我玩，他否认了。他说你都知道。”

“他这么说？”

“是啊，他说提起乐园的事儿，你知道的比他多。”

“哦。”她说着，伸手到她的家居裤口袋里掏出一包云斯顿香烟，“我是知道不少。我丈夫原来是那儿的工程总管，后来他心脏病发作去世了，寿险少得可怜，还做了抵押，预支得差不多了，所以我才把这栋房子的上面两层租出去。要不还能怎么办呢？我们只有一个孩子，现在在纽约的一家广告公司工作。”她把烟点着，吸了一口，笑着吐出烟圈，“同时他努力想改掉自己的南方口音，不过这是另外一个故事了。这栋又大又丑的房子是霍伊闹着玩似的盖的，我从来没有为此唠叨过他。至少，它最终还是起到作用了。我乐意跟乐园保持联系，因为这让我觉得自己还跟他有联系。你能理解吗？”

“当然。”

她透过缕缕烟雾打量我，笑了，然后摇摇头：“不——你只是在表达自己的善意，毕竟你太年轻了。”

“四年前，我妈去世了，我爸至今没有走出来。他说，妻子和日子这两个词听上去这么像是有道理的。我至少还有学校和女朋友，爸爸却困在基特里空空荡荡的家里。他知道应该卖了那栋房子，换个离公司近点儿的小房子——我们俩都明白——可他还是待在那里。所以啊，我真的理解你的心情。”

“很遗憾听到你妈妈的事。”舍普洛太太说，“有时候我就是口无遮拦。你要赶的车是五点十分吗？”

“是。”

“那么先跟我到厨房来吧。我给你做个烤奶酪三明治，再来个微波炉番茄汤。你还有时间呢。吃饭的时候，如果你想听，我就讲讲乐园鬼魂的悲惨故事。”

“真的是鬼故事吗？”

“我从来没去过那该死的鬼屋，所以我也不确定。不过，那是个杀人的故事，这点我倒是很肯定。”

♥

番茄汤只是坎贝尔罐头装，但烤奶酪是明斯特干酪——我的最爱——好吃得令人如上天堂。舍普洛太太给我倒了一杯牛奶，坚持让我喝掉。据她说，我是个正在长身体的小伙子。她坐在我对面，面前也放了一碗汤，只是没有三明治（“我要保持自己少女般的体型”）。然后她开始讲故事了。故事中的部分信息是通过报纸和电视了解的，更生动的细节则是从她在乐园的众多熟人那里得到的。

“故事发生在四年前，我猜大概就是你母亲去世的那段时间。你知道提起那件事，我脑子首先想到的是什么吗？是那人的衬衫，还有手套。想到这些就让我毛骨悚然，因为那意味着他是有预谋的。”

“您这是从中间开始讲啊。”我说。

舍普洛太太笑了：“是啊，我也觉得是。鬼故事的主角名叫琳达·格雷，来自佛罗伦萨。她和她的男朋友——如果那人真的是她男朋友的话；警察详细调查了她的背景，没有发现那人存在的痕迹——在露娜旅馆度过了她人生的最后一个夜晚。沿着海滩往南走不到一公里就能到那里。他们是在第二天上午十一点钟左右进入乐园的。他用现金买了两张当日票。两个人玩了一些游乐项目，中午稍晚些的时候在‘罗克龙虾’吃了午餐，就是演艺中心旁边那家海鲜店。当时刚过一点钟。至于死亡时间，你大概也知道警察们都是怎么确认的……腹内食物残留什么的……”

“我知道。”我已经吃完了三明治，正埋头喝汤。舍普洛太太的讲述对我的食欲毫无影响。记得吗？我只有二十一岁，尽管不会跟你们直说，但内心深处，我相信自己离死亡远着呢，哪怕是母亲去世的事实也不曾改变我这个信仰。

“他请她吃了饭，又带她去坐卡罗来纳大转盘，这个设施节奏慢，不会弄得人消化不良——然后就把她带进了恐怖屋。他们是一起进去的，但只有他一个人出来。坐到半途，也就是进入大约九分钟之后，他割破了她的喉咙，把尸体从车厢里扔到单轨铁道的旁边。像扔垃圾一样扔了她。他一定是预料到身上会一团糟，所以他穿了两件衬衫，还戴了一副黄色的工作手套。在距离尸体大约九十米的地方，人们发现了外面的衬衫——就是沾上大部分血迹的那件。再过去一些又发现了手套。”

我仿佛看见了：先是尸体，仍是温暖的，微微抽搐着；然后是衬衫；最后是手套。而与此同时，凶手仍然稳坐在车上，完成了这个游乐项目。舍普洛太太是对的，这的确让人毛骨悚然。

“到轨道尽头后，那婊子养的就这么走下车，扬长而去。他擦了车内——人们发现的那件衬衫被血浸透了——但并没有把血完全擦干净。下一轮开始前，一个帮工在座位上看到了一些血迹，把它擦掉了，没有丝毫怀疑。游乐场的设施上有血不是什么稀罕事儿，大多数情况下都是某个孩子激动过头流了鼻血而已。以后你自己会看到的，只记住一点，清理的时候要戴上手套，防止疾病感染。整个乐园里到处都是急救站，每个急救站都有手套。”

“就没有人注意到他是一个人下来的，同伴不见了？”

“没有。当时是七月中旬，正是旺季，到处都是人，跟疯人院一样。直到第二天凌晨一点钟，恐怖屋里的工作照明打开之后才发现尸体。乐园早就关门了，工作灯是为值大夜班的人开的，也就是俗称的‘坟场班’。你会有机会经历的；所有的快乐帮工每月都要值一周的清扫夜班。你最好提前补觉，因为大夜班可是很累人的。”

“乐园关门之前，游客们就这么从她身边经过却毫无察觉？”

“就算他们看见了，说不定也以为是吓人的摆设之一。更有可能是根本没人看见。要知道，恐怖屋里暗无天日。乐园里仅有一个这样的地方，其他游乐场会有更多。”

暗无天日。这个词让我脊背发凉，却没有吓人到让我停止喝汤。“他长什么样？餐厅里的服务员会不会记得？”

“比记得更好。有人拍下了他的照片。警察把那些照片放到了电视和报纸上。”

“怎么会有照片呢？”

“多亏了好莱坞女孩们。”舍普洛太太说，“旺季时，乐园总会安排六七个这样的女孩。乐园里没有什么风月场，但老伊斯特布鲁克半辈子混嘉年华的经验可不是白瞎的。他知道人们除了游乐设施和玉米热狗以外，还喜欢来点儿颜色。每个帮工小队都配一个好莱坞女孩，你们队也不例外。你和队里其他人要像哥哥照看妹妹一样护着她，以防她被骚扰。女孩们会穿上绿色小短裙、绿色高跟鞋和俏皮的绿色小帽，这种帽子总让我想起罗宾汉和他的快乐伙伴们，只不过她们是快乐的小妞们。她们拿着快速成像的相机，你在老电影里看过的那种，给土包子们拍照片。”她停了一下，“注意，我建议你别那样称呼游客。”

“迪安先生已经警告过我了。”我说。

“我猜也是。言归正传，园方告诉好莱坞女孩们要主攻家庭游客和看上去超过二十一岁的情侣，因为年龄更小的游客一般对纪念照没兴趣，他们宁肯把钱花在食物和街机游戏上。通常是这样操作的：女孩们拍照，然后靠近目标。”她开始模仿玛丽莲·梦露的娇喘吁吁，“‘您好，欢迎来到乐园，我是凯伦！如果您想要我刚刚拍下的照片，请告诉我您的名字，出园时在猎狗路的好莱坞照片亭领取。’说些类似的话。”

“有一个好莱坞女孩在安妮·奥克利打靶场拍下了琳达·格雷和她男朋友的照片，但当她靠近那对情侣时，那男人却拒绝了，态度强硬。后来她告诉警察，她当时觉得要不是怕惹麻烦，那人准会夺过她的相机一把摔烂。她说那人的眼神让她害怕。‘凶狠’、‘阴暗’，这是她用的词。”舍普洛太太笑着耸耸肩，“只不过，警察调查后发现，那名男子当时是戴着墨镜的。你知道有些女孩的想象力多丰富。”

事实上，我确实知道。温蒂的朋友芮娜就能把寻常去看趟牙医渲染得像恐怖电影一样。

“那张照片最清楚，但并不是唯一的一张。警察看了那天好莱坞女孩们拍的所有照片，发现格雷姑娘和她的朋友出现在至少四张照片的背景中。这其中照得最好的，能看出他们正排队等待坐旋风杯，他的手放在她屁股上。要知道，对于一个在女孩家人和朋友面前都没露过面的人来说，他这种举动亲密得过分了。”

“没有闭路监控真是太遗憾了。”我说，“今年夏天，我的淑女朋友在波士顿的芬尼斯百货找了份工作，她说那里有很多摄像头，还要安装更多。这是为了防止店里的东西被偷。”

“总有一天到处都是摄像头，”她说，“就像那本关于‘思想警察’的科幻小说里描述的那样。我可不喜欢那样的前景。不过，恐怖屋里是绝对不会装的，那些能在黑暗中看到的红外摄像头也不行。”

“真的吗？”

“是的。乐园里没有合适情侣们卿卿我我的地方，也就在恐怖屋里还能上下其手。我丈夫说，要是哪一天‘坟场班’打扫卫生没在轨道边找到至少三条内裤，当天就不算兴旺。

“不过，在打靶场确实拍到了嫌犯，清楚得简直可以算肖像照。那张照片在报纸和电视上放了一个礼拜。照片里，他们俩屁股挨屁股地腻在一起，他教她怎么拿来复枪，这是男人们惯用的亲昵伎俩。南北卡罗来纳州的每个人大概都看到了。她在笑，可他的神情死一般严肃。”

“也就是说，和她在一起的时候，他的口袋里一直放着手套和匕首。”我觉得这个想法有些不可思议。

“剃刀。”

“什么？”

“据法医判断，他用的是老式剃刀或类似的东西。言归正传，嫌犯被拍了不少照片，包括那张很清楚的，可是你知道吗，任何照片都看不清他的脸。”

“因为他戴了墨镜。”

“墨镜是基础配置。还有山羊胡，遮住了他的下巴；一顶带长帽檐的棒球帽，把墨镜和山羊胡没遮住的脸藏了起来。任何人都有可能。也可能是你，只不过你是黑发，不是金发，而且你的一只手上没有鸟头文身，这个男人有。是一只老鹰或是隼，在打靶场照片上看得非常清楚。报纸把那个图案放大，刊登了五天，希望有人能认出来，但毫无结果。”

“他们头天晚上住的旅馆没有线索吗？”

“嗯。他入住的时候出示了一张南卡罗来纳州的驾照，但那是一年前偷的。旅馆里甚至没人见过她。她一定是等在车里面的。有一个礼拜，她一直是无名氏，然后警方放出了一张面部素描。在那张画里，她看上去就像是睡着了，而不是被人割断了喉咙。有人——我记得是她在护校的同学——看到了画像，认出了她，告诉了她的父母。我无法想象她的父母是何种心情，他们驱车来此，心怀恐惧，却仍抱有一丝渺茫的希望，希望在停尸间里看到的是别人的爱女。”舍普洛太太慢慢地摇着头，“养育孩子是件风险很大的事情，戴夫。你想到过这点吗？”

“我猜大概想过吧。”

“这话的意思就是你从未想到过。我……我想，如果停尸房的人掀开被单，躺在那里的人是我的女儿，我一定会发疯的。”

“您不会真的认为琳达·格雷的鬼魂还在那里徘徊吧？”

“这个问题我没法回答，因为我对人死之后的状态一无所知，无法发表赞同或反对的意见。我觉得死亡之后我自会知道，这就够了。目前只能说，在乐园工作的很多人都宣称见过她站在轨道边，身上还穿着她的尸体被发现时的衣服：蓝裙子和蓝色的无袖上衣。没有人能从报纸和电视上的照片里知道衣服的颜色，因为好莱坞女孩们拍的快照都是黑白的。我猜大概是因为黑白相机成像更快也更便宜吧。”

“也许报上的文章里提过她衣服的颜色。”

舍普洛太太耸耸肩：“也许吧，我记不得了。不过有几个人还提到，他们在轨道边看到的女孩戴着一条蓝色的爱丽丝带，也就是发箍。这一点新闻里可没有说过。警方把这条线索藏了一年，希望发现可疑人员时可以用上。”

“莱恩说从来没有土包子见过她。”

“是的，她只在游园时间结束后才出现，所以看到她的大多是值‘坟场班’的快乐帮工。不过，我知道至少有个来自罗利①的安全督导宣称他也见过。有一次，我和他在‘沙海胆’酒吧喝酒，他说他坐小车经过时，她就站在轨道边。他本以为是个新增的道具，直到她向他抬起两只手，就像这样。”

舍普洛太太伸出两只手，手掌朝上。这是一个祈求的姿势。

“他说感觉气温一下子掉了二十度。用他的方式来形容，就像是被装进了冷口袋。当他转过身再看时，那女孩不见了。”

我想到了莱恩，身穿紧身牛仔裤、脚蹬磨花了的皮靴、歪戴常礼帽的莱恩。*真相还是狗屎？*他问，*实时播报还是往事回放？*我想，琳达·格雷的鬼魂基本上可以肯定是狗屎，但我希望不是。我希望我能看到她。如果那样，就能把它当个精彩的故事讲给温蒂听。在那些日子，我做什么事情都会想到温蒂。要是我买这件衬衫的话，温蒂会喜欢吗？要是我写个年轻女孩在马背上得到初吻的故事，温蒂会爱看吗？要是我看到了一个被谋杀的女孩的鬼魂，温蒂会感兴趣吗？或许她会愿意来这里亲眼看一看？

---

① 罗利（Raleigh），北卡罗来纳州城市，被称为“橡树之城”。

“谋杀发生后六个月，查尔斯顿的《新闻信使报》上登了一则后续报道。”舍普洛太太说，“据那则报道披露，自一九六一年以来，佐治亚州和南北两卡共发生了四起类似的谋杀案。受害者都是年轻女孩。一个被捅死，另外三个被割喉。记者挖掘出至少一个警察这么说，所有这些谋杀的作案者有可能就是杀害了琳达·格雷的人。”

“当心鬼屋杀手！”我压低了声音，煞有介事地宣布。

“报纸上就是这样称呼他的。你是不是很饿？除了碗，你把所有东西都吃光了。我觉得你最好现在赶快把支票写给我，然后跑步去汽车站，否则你今晚很可能就要睡在我的沙发上了。”

沙发看上去挺舒服的，不过我还是心急火燎地要赶回北方。春假还剩下两天，我想回到学校，用我的胳膊搂住温蒂·吉根的纤腰。

我掏出支票本，草草写好，就这样租下一间带诱人海景的单间公寓，而温蒂·吉根——我的淑女朋友——从来没有机会看上一眼。就是在这个房间里，在那些彻夜不眠的夜晚，我打开音响，低声放着吉米·亨德里克斯①和大门乐队②，偶尔想想自杀。这些自杀的念头与其说是认真的，不如说是肤浅的，只是一个恋情受挫又想象力过盛的年轻人的臆想……或者说，多年以后的现在，我是这样告诉自己的，但是谁知道呢？

谈到过去，每个人都像写小说的。

---

① 吉米·亨德里克斯（Jimi Hendrix，1942—1970），美国音乐人兼创作型歌手，被公认为流行音乐史中最重要的电吉他演奏者。

② 大门乐队（The Doors），一九六五年成立于洛杉矶的摇滚乐队，乐风融合了车库摇滚、蓝调和迷幻摇滚。

♥

我在汽车站给温蒂打电话，接电话的是她的继母，说她和芮娜出门了。汽车到威明顿时我又打了一次，但她还是和芮娜在外面。我问纳迪娜——温蒂的继母——知不知道她们什么时候回来。纳迪娜说她不知道。她的口气就像接我的电话是她这一天中做过的最没劲的事。或许是一年之最。说不定是一辈子。我和温蒂的爸爸相处得还不错，但纳迪娜·吉根从来都不喜欢我。

最终——我那时已经到了波士顿——温蒂接了我的电话。她听上去困得很，尽管当时只是晚上十一点，对于大多数度春假的大学生来说，夜生活才刚开始呢。我告诉她我得到了工作。

"太棒了，"她说，"你要回家了吗？"

"是的，一拿到车就回去。"还要车轮胎没漏气。那些日子里，我的车轮子常年都是磨秃了的旧货，动不动就会有一个漏气的。你问为啥没有备胎？嘿嘿，很有趣的问题，先生①。"不过，我可以先不回家，去朴茨茅斯过一晚，然后明天早上去见你，如果——"

"那可不是个好主意。芮娜要留在我家过夜，纳迪娜也就只能忍受一个访客。你也知道，她对于访客有多敏感。"

或许是对特定的某个访客敏感吧，不过我想，纳迪娜和芮娜一直处得热火朝天的，她们会就着一杯又一杯咖啡，八卦她们最爱的电影明星，简直就像闺蜜一样。虽然我这么想，可真说出口似乎并不明智。

---

① 原文为西班牙语 Señor。

“我其实很想跟你说说话的，戴夫，但我正准备睡觉呢。我和芮娜今天很忙，我们去逛街，还有……一些事情。”

她没有具体说那些事情是什么，而我发现自己压根不想去问。这又是一个警告信号。

“我爱你，温蒂。”

“我也爱你。”听上去像例行公事，没有丝毫热情。*她只是累了*，我告诉自己。

我离开波士顿，向北进发，心中忐忑不安。是因为她的语气吗？因为她缺乏热情？我不知道。我甚至不确定自己是否想知道。但我仍然好奇。哪怕是时过境迁的现在，我有时也会好奇。如今，我对她已无情感，她不过是一道疤痕，一段回忆，一个伤了我心的姑娘，我们的故事就像无数情深空付、所爱非人的桥段一样庸俗。她就是来自生命另一端的一个人。可是，我仍然忍不住去想她那天到底在哪里，那些事情是什么。和她在一起的人真的是芮娜·圣克莱尔吗？

我们可以讨论流行音乐中最瘆人的歌词是什么，对我来说，那毫无疑问是披头士早期作品中的一句——事实上，是约翰·列侬，他唱道：*我宁肯看到你死去，姑娘，也不愿你跟另一个男人走*。我当然可以对你们说，分手后，我从来没对温蒂·吉根有过那样的想法，可我那是在说谎。尽管不是时时这么想，可分手后想起她时，我确实时有恶意。是的，在一些无眠的漫漫长夜，我都在想，她该遇上些坏事——很坏很坏的事——她那样伤害我，应该得到报应。那些恶毒的想法令我诧异，但它们是真实存在的。接下来，我总会想到搂着琳达·格雷走进恐怖屋的那个男人。他穿着两件衬衫，一只手上有鸟头文身，口袋里揣着一把老式剃刀。

♥

一九七三年的春天——回头看时，那是我青春时光的最后一年——在我看到的未来中，温蒂·吉根会变成温蒂·琼斯……或者也可能是温蒂·吉根·琼斯，如果她追求现代做派，决定保留自己的娘家姓氏的话。我们会在缅因州或新罕布什尔（说不定是马萨诸塞州西部）的某个湖边买栋房子，再用两个小吉根·琼斯的欢笑吵闹填满它。我写书，不一定是大畅销书，但也够让我们安逸地生活，而且——非常重要——这些书口碑不错。温蒂实现了开一个小时装店的梦想（也备受好评）。我还会开一些创意写作的班，那些有写作天赋的学生挤破了头都想参加。当然，我所有的幻想都没有实现，所以我们作为情侣的最后时光在乔治·B. 纳克教授——一个并不存在的人——的办公室里度过也算恰如其分。

在一九六八年的夏天，新罕布什尔大学的老生们在汉密尔顿·史密斯①厅楼梯下的地下室里发现了纳克教授的“办公室”。里面贴满了假学位证书、带“阿拉伯艺术”标签的古怪水彩画，还有用铅笔标出的学生座位安排，名字是伊丽莎白·泰勒②、罗伯特·齐默尔曼③、林登·贝恩斯·约翰

① 汉密尔顿·史密斯（Hamilton Smith，1931—　），美国微生物学家，一九七八年诺贝尔生理学或医学奖得主。

② 伊丽莎白·泰勒（Elizabeth Taylor，1932—2011），美国女影星，一九六七年获奥斯卡最佳女主角奖。

③ 罗伯特·齐默尔曼（Robert Zimmerman）是美国艺术家鲍伯·迪伦（Bob Dylan，1941—　）的本名。

逊[1]，等等。还有些从未存在过的学生们的论文标题。我记得有一个叫“东方的性感之星”，还有一个是“克苏鲁[2]的早期诗歌分析”。房间里有三个立式烟缸。楼梯下部贴着：**纳克教授说：“烟雾报警器一直开着！”**两张破破烂烂的安乐椅和同样寒碜的沙发，为学生们提供了非常方便的亲热场所。

我最后一场期末考试前的那个星期三，天气异乎寻常地潮热。中午差不多一点钟的时候，雨云开始堆积，到下午四点，温蒂已经答应在乔治·B. 纳克教授的地下“办公室”见我时，大雨终于撕裂了天幕，落了下来。我先到了那儿。温蒂五分钟之后到的，浑身淋得透湿，但心情很好。雨珠在她的发间闪闪发亮。她扑进我怀里，笑着跟我腻歪。雷声隆隆；地下室过道里挂着的几盏灯不时闪烁几下。

“抱我抱我抱我，”她说，“雨太冷了。”

我和她温暖着彼此。很快，我们就纠缠着倒在了沙发上，我的左手搂住她，握住了她没穿胸罩的乳房，右手探进了她的裙子，轻抚着那里的丝绸和蕾丝。她任由我的右手为所欲为了一两分钟，随后坐了起来，和我保持距离，抖抖湿透的头发。

“够了。”她一本正经地说，“要是纳克教授进来怎么办？”

“我觉得不大可能，你说呢？”我微笑着，腰带以下正感受着那熟悉的悸动。有时，温蒂会解救我的焦灼——她已经颇擅长被我们称之为“隔裤搔痒”的技术——但我预感今天可能没

---

① 林登·贝恩斯·约翰逊（Lyndon Baines Johnson，1908—1973），第三十六届美国总统。

② 克苏鲁（Cthulhu）是美国作家洛夫克拉夫特（H.P. Lovecraft，1890—1937）创造的一个神话体系。

那么好运气。

“那就有可能是他的某个学生，”她说，“来做最后一搏，求考试通过：‘求您了，纳克教授，求您了求您了求您了，哦，我什么都愿意做。’”

这也不大可能发生，但我们被打扰的几率确实很大，这点她是对的。总会有学生顺道来贴几份假论文或新鲜出炉的阿拉伯艺术品。沙发很适合谈情说爱，但这个地点并不适合。或许曾经适合，可自从这个楼梯下的僻静角落某种意义上成为文学院学生的神秘参照点之后，情况就变了。

“你社会学考得怎么样？”我问她。

“还行吧。我估计得不了高分，但通过总归没问题，那就够了。特别是它是最后一门。”她伸长胳膊，手指碰到了我们头顶的楼梯，胸部也因为这个动作而高耸得更加诱人。“我要离开这里了……”她看看手表，“整整一小时零十分钟之后。”

“你和芮娜？”我从来就不喜欢她的这位室友，但一直聪明地保留意见。只有一次，我没管住嘴，温蒂和我之间就爆发了一次短暂但激烈的争吵，她指责我试图掌控她的生活。

“说得对，先生。她会把我放在我爸和后妈家。一周后，我们就是芬尼斯百货的正式员工了！”

她兴奋得就像她们俩成了议员助理，要在白宫工作一样，不过我对此仍然什么都没说。我关心的是别的事：“你周六还会来贝里克吧？”原来的计划是她早上来，玩一天，晚上在我家过夜。当然，她会睡在客房，可是穿过门厅十几步就是我的房间。考虑到我们直到秋天都有可能见不到对方，我觉得“那个”发生的几率非常大。不过话又说回来，小孩儿还相信有圣诞老人呢，新罕布什尔大学的菜鸟学生有时一个学期都反应不过来教英国文学的乔治·B. 纳克教授是子虚乌有的。

“绝对滴！”她转过身看看没人，把一只手放在了我的大腿上，向上摸，一直摸到我腿间，轻轻地拉了一下：“过来，你。”

就这样，我终于还是得到了“隔裤搔痒”的待遇，而且还是较高规格的：她的动作缓慢而有节奏。雷声翻滚，倾盆大雨的叹息声不知何时变成了冰雹沉重而中空的嗒嗒声。最后，她紧紧握住，增强和延长了我高潮的快感。

“回寝室的路上一定要把自己全淋湿，否则全世界都会知道我们在这里做了什么。”她猛地站了起来，“我要走了，戴夫，还有些东西要打包呢。”

“我周六中午去接你。我爸晚上要做他最拿手的鸡肉炖菜。”

她又一次说了“绝地滴”；与踮起脚尖吻我一样，这也是温蒂·吉根的招牌。只不过，周五晚上，我接到她的电话，说芮娜的计划变了，她俩要提前两天去波士顿。“对不起，戴夫，我要坐她的车，没办法。”

“可以坐汽车。”我说，但已经知道自己说什么也没用。

“我答应过她呀，亲爱的。而且我们有两张在帝国剧院的《丕平》的票。芮娜的爸爸给买的，想给我们个惊喜。”她说，“为我高兴吧。你还要去北卡罗来纳呢，我就为你高兴。”

“高兴，”我说，“遵命。”

“这还差不多。”她压低了声音，神神秘秘地说，“下次我们在一起的时候，我会补偿你的。我保证。”

这是一个她从来没有兑现的承诺，不过，也不能说她违背了承诺，因为那天以后我再也没有在纳克教授的“办公室”里见过温蒂·吉根。甚至都没有一个充满泪水和指责的分手电话。这是因为我听从了汤姆·肯尼迪（我们很快会谈到他）的建议，很可能是个好建议。温蒂说不定一直等着，甚至盼望接到那样的一个电话。如果真是如此，她肯定失望了。

我希望她是失望的。即使时隔多年，青春的狂热和幻想都丢失在过往的时光中，我仍然这样希望。

爱情会留下疤痕。

♥

我从来不曾写出梦想的书，那些备受好评、几乎畅销的书，但我的确靠写作活得还不错。我很知足，要知道，成千上万人还没有我幸运。我在收入的阶梯上稳步向上，直到到达现在的水平。我为《商务航班》工作，这是一份你很可能听都没听说过的期刊。

当上主编一年后的某天，我发现自己回到了新罕布什尔大学的校园。我去那里参加一个研讨会，主题为“二十一世纪行业杂志的未来”。第二天休息时，我突发奇想地去了汉密尔顿·史密斯厅，站在楼梯下看了看。那些主题论文、名人学生座次表和阿拉伯艺术品都不见了。椅子、沙发和立式烟灰缸也消失了。不过，还是有人记得这里。楼梯的下部原来有个宣称烟雾报警器一直开着的牌子，现在用透明胶带贴着一张纸，上面有一行打印的小字，我必须凑得很近，踮起脚才能看清：

纳克教授如今在霍格沃茨魔法学校教书。

好吧，为什么不呢？

他妈的有何不可？

至于温蒂后来怎么样了，我知道的和你们一样多。我想，我是可以利用谷歌——这是二十一世纪的魔力八命运球[①]——来寻找她的踪迹，了解她的发展，看看她是否实现了她的梦想，拥有了一个服饰精品小店。但是这样做有什么意义呢？过去就是过去了。结束就是结束了。乐园（它就在一个叫做天堂湾的小镇的海滨上，别忘了）的工作结束后，我那颗破碎的心似乎不那么重要了。迈克和安妮·罗斯发挥了很大的作用。

♥

最后，老爸和我两个人一起吃了他招牌的鸡肉炖菜，没有客人同享。对于这一点，蒂莫西·琼斯没有丝毫意见。为了尊重我的感情，他试图隐藏自己的真实想法，但我知道他对温蒂的看法就跟我对温蒂的朋友芮娜一样。那时，我以为是因为爸爸嫉妒温蒂在我生命中的地位。现在，我认为他比我看得更清楚。我并不确定，因为我们从来没有讨论过这个话题。我怀疑男人们根本不知道如何以任何有意义的方式讨论女人。

饭吃完、碗也刷好之后，我们坐在沙发上，喝啤酒，吃爆米花，看电影。吉恩·哈克曼[②]在里面演一个有恋脚癖的厉害警察。我想念温蒂——她这时很有可能正听着《丕平》的演员们唱“播撒一点阳光”——但家里只有两个男人也很好，我们

---

① 魔力八命运球（Magic 8-ball），一种算命的玩具。

② 吉恩·哈克曼（Gene Hackman，1930—　），美国演技派男演员，代表作《霹雳神探》《全民公敌》《超人》等。

可以毫无顾忌地打嗝放屁。

第二天，也就是我在家的最后一天，我们来到屋后的树林，沿着那条废弃的铁轨散步。我是在这一带长大的，自小就接受妈妈严苛的命令：我和小伙伴们不得踏上那些轨道。GS&WM铁路公司的火车十年前就不从这儿走了，生锈的铁轨间长满了野草，但是妈妈对这些视而不见。她坚信，只要我们在上面玩，最后一辆火车（让我们叫它“吃孩子”专列）就会飞驰过来，把我们碾成肉酱。可是，最后被突如其来的火车撞死的是她自己——四十七岁，乳腺癌远处转移。一辆该死的、恶毒的特快专列。

“我这个夏天会想你的。”老爸说。

“我也会想你的。”

“哦，趁我还没忘……”他伸手到胸前的口袋，掏出一张支票，“记住，一到那儿就开个账户把钱存起来。如果可以的话，让他们快点兑现。”

我看了看支票的金额：不是我之前要的五百，而是一千。“爸爸，会不会太多了？”

“没事儿。我能拿出这么多，主要还是因为你一直在学校餐厅打工，减轻了我的压力。把这当成给你的奖励吧。”

我吻了吻他的脸。有点痒，因为他那天早上没刮胡子。“谢谢爸爸。”

“孩子，你在家里比你想象得要受欢迎。”他从口袋里掏出手帕，自然地擦了擦眼睛，一点儿也没有尴尬，“对不起，这么多愁善感。孩子要离家了，心里总是不好过。有一天你会明白的，不过我希望你身边有个好女人，孩子们走后还能陪着你。”

我想到舍普洛太太说养育孩子是件风险很大的事情。“爸爸，你会好好的吧？”

他把手帕放回口袋，对我咧嘴笑了，笑容灿烂，毫不勉强。“偶尔给我打打电话，我就会好好的。还有，别让他们给你安排个在过山车上爬来爬去的活儿。”

事实上那听上去挺刺激的，不过我告诉他我会的。

“还有——”但我没听到他接下来的建议或警告是什么，因为他突然伸出手臂，“快看！”

我们前方约五十米处，一头母鹿从林中走了出来。它优雅地迈过生锈的铁轨，走到枕木间，高高的野草和秋麒麟轻刷着它的身侧。它停下脚步，两只耳朵向前弯着，平静地看着我们。关于那个时刻，我记得最清楚的是它的沉寂，没有鸟的鸣叫，天空也没有飞机飞过。要是妈妈和我们在一起，她一定会拿起相机，欣喜若狂地大拍特拍。这个念头让我十分想她，这么些年都没有这么想过。

我飞快地、用力地抱了抱爸爸：“我爱你，爸爸。”

“我知道，”他说，“我知道。”

我回过头时，母鹿已经不见了。[illegible]天后，我也走了。

♥

当我回到天堂湾主街尽头的那栋灰色的大房子时，贝壳做的招牌已经取下放进储藏室了，因为舍普洛太太的夏季旅馆已经满员。我真该谢谢莱恩·哈代提醒我先把住处订好。乐园的暑期兵团已经到来，镇上所有招租的房子都满了。

我和那位图书馆员，蒂娜·阿克利，住在二楼。舍普洛太太把三楼的房间租给了身段婀娜、一头红发的艺术专业学生埃琳·库克和身体敦实的罗格斯大学本科生汤姆·肯尼迪。埃琳在高中和巴德学院都修过摄影课，理所当然地被雇用为好莱坞女孩。至于汤姆和我……

“快乐帮工，”他说，“也就是全面打杂。申请工作时，那个叫弗莱德·迪安的家伙是这么对我说的。你呢？”

“一样。”我说，“我想这意味着我们是清洁工。”

“我可不这么想。”

“是吗，为什么？”

“因为我们是白人。”他回答。事实证明他是对的，尽管我们也有份内的清洁工作要做，可是常规打扫的人——二十个男人和三十多个女人，身穿连裤工作服，前胸口袋上缝着快乐猎犬霍伊的布贴——都是海地人和多米尼加人，而且几乎可以肯定都是没有身份文件的。他们住在自己距此十五公里的内地小村，乘坐两辆退役的校车上下班。汤姆和我一小时四块钱，埃琳还要更多一点，但上帝才知道那些清洁工能挣多少。毫无疑问，他们是被剥削的，说南方到处都是没登记的、待遇更差的工人并不能为此辩护，说这是四十年前的事情也不行。可是，有一点他们比我们强：他们从来不用穿毛皮。埃琳也不用。

汤姆和我要穿。

♥

开工的头天晚上，我们三个坐在舍普洛太太宅邸的起居室里，增进对彼此的了解，展望即将开始的暑期生活。谈话的时候，一轮明月自大西洋升起，美丽而宁静，就像我和父亲在那段废弃铁轨上看到的母鹿一样。

“那是个游乐园，看在上帝份上，”埃琳说，“还能有多辛苦？”

“你说得倒轻巧。”汤姆显然不赞同，“毕竟就算童子军十八号军团的每个熊孩子中途都把午餐贡献给旋风杯以后，也没人会让你去收拾。”

“该我做的我绝不推脱，”她说，“就算那意味着除了拍照以外还要清理呕吐物，我也没问题。我需要这份工作。明年要读研究生，而我离破产真的只有两步之遥。”

“我们应该试着进入同一组。”汤姆说。事实上，我们真被分到了同一组。乐园的所有小组都起了小狗的名字，我们组是毕格尔。

正在这时，艾玛莉娜·舍普洛太太走了进来，手里的托盘上摆着五个香槟杯子。走在她身边的是瘦高个的阿克利小姐，戴着一副巨大的眼镜，看上去颇有乔伊斯·卡罗尔·欧茨[①]的风范。看到阿克利小姐手中的酒瓶，汤姆·肯尼迪立刻来劲儿了：“我是不是侦查到了法国姜汁啤酒？看上去不像超市的廉价货嘛。”

“是香槟，”舍普洛太太说，“不过，要是你指望喝到法国酩悦，恐怕就要失望了。不是超市里的‘冷鸭’，可也不是什么昂贵的高级酒。”

“我不能代表我的新同事说话，”汤姆说，“不过对于一个在

① 乔伊斯·卡罗尔·欧茨（Joyce Carol Oates，1938— ），美国作家，曾获包括美国国家图书奖在内的多种奖项，代表作品有《黑水》《他们》《大瀑布》等。

苹果酒里养成了口味的人来说，我敢说我不会失望的。”

舍普洛太太笑了：“我总是以这种方式来标记夏天的开始，为了好运气。似乎是有效的，我还从没失去过任何一个短期房客。请各位每人都拿一个杯子。”我们照办了。“蒂娜，你来倒酒好吗？”

酒杯斟满之后，舍普洛太举起酒杯，我们也同样。

“敬埃琳、汤姆和戴文，”她说，“祝你们暑期愉快，而且只在气温低于二十六度时才穿毛皮。”

碰杯后我们开始喝。或许不是价格昂贵的高级货，但味道真的很不错，而且还够我们所有人再喝一口。这次是汤姆举杯致意：“敬舍普洛太太，感谢你给了我们避风的港湾！”

“哦，谢谢你，汤姆，你真会说话，不过我不会给你房租折扣的。”

我们喝酒。我放下杯子，只感到稍稍有些晕乎。“穿毛皮是怎么回事？”我问。

舍普洛太太和阿克利小姐相视而笑，最后是图书馆员开口回答，尽管这也算不上答案。“你会知道的。”她说。

“别熬夜，孩子们，”舍普洛太太建议道，“明天还要早起。游乐界的工作等着你们呢。”

♥

第二天确实起得很早：七点钟，离乐园开启又一个夏天旺季还有两小时。我们三个人一起走在海滩上。一路上主要都是汤姆在说话。他话特别多，如果不是他那么有趣且永远兴致高昂，肯定会让人感觉厌倦的。从埃琳（她赤脚走在浪花里，帆布鞋钩在左手的手指上）看他的样子，就知道她已经被吸引。我嫉妒汤姆有这样的才能。他块头不小，离英俊足有三扇门远，但他精力充沛，能言善道，而这正是我缺乏的。还记得那个走投无路的小演员向作家投怀送抱的笑话吗？

“伙计们，你们认为那些豪宅的主人身价多少？”他指指海滨路上的那些房子，问我们。我们正经过那栋看上去像城堡的绿色大宅，但并没有看到那女人和坐在轮椅上的小男孩。安妮和迈克·罗斯后面才登场。

“很可能要数百上千万吧，”埃琳说，“虽然这里不是汉普顿富人区①，可照我老爸的话来说，也不是谁都买得起的干酪汉堡。”

“游乐场很可能把这些房产的价值拉下来一点。”我说。我正看着乐园的三大地标性游乐设施：霹雳弹、眩晕晃动机和卡罗来纳大转盘。它们的黑色剪影映衬在蓝色的清晨天空下。

“哈哈，你可不懂富人们的心态。”汤姆说，“这就跟他们在街上走过伸手要钱的流浪汉一样。他们只是简单地把那些人从视线中抹去。流浪汉？什么流浪汉？游乐场也是一样——哪有游乐场？这些房子的主人就像，嗯，就像住在另一个维度。”说到这里，他手搭凉棚，看了看那栋绿色的维多利亚建筑；这个秋天，它将要在我生命中扮演重要角色，而那时成为情侣的埃琳·库克和汤姆·肯尼迪已经回到了各自的学校。“那栋房子以后会是我的。我会在……嗯……一九八七年六月一日接管它。”

“到那时我会拿香槟来祝贺你！”埃琳说。我们都大笑起来。

---

① 指位于纽约长岛的富人区，集中了美国最贵的房产。

♥

当天上午，我第一次也是最后一次看见乐园的所有暑期工汇聚一堂。我们在海浪礼堂集合，这里是所有二流乡村乐队和过气摇滚歌星表演的地方。总共差不多有二百人，大多数都像汤姆、埃琳和我一样是打工挣钱的大学生。有些全职员工也在。我看到了全副武装的罗琪·戈尔德，她穿着吉卜赛人的衣服，大耳环叮当作响。莱恩·哈代在舞台上，把麦克风放上讲台，并用手指敲敲，进行调试。他还戴着那顶常礼帽，像上次那样歪向一侧。我不知道他是怎么在乌压压的人群中一眼挑中我的，但他确实看到了我，轻触帽檐向我致意。我立刻回礼。

干完他的活儿之后，他点点头，跳下舞台，坐在罗琪为他预留的位子上。弗莱德·迪安步履轻快地从侧翼走出，向人群喊道："请坐，所有人都坐下。分组安排工作之前，乐园的主人——也就是你们的雇主——想对你们讲几句话。现在欢迎布莱德利·伊斯特布鲁克先生。"

我们按照吩咐鼓了掌之后，从侧翼走出一个老头。他走得小心翼翼，脚抬得很高，看上去臀部或背部有毛病，要么就是都有。他个子很高，瘦得惊人，身穿一套黑西装，看上去像个殡仪师，而不是一家游乐场的主人。他苍白的长脸上长满痣和瘊子，修面对他来说一定极为痛苦，但他的脸看上去十分干净。乌黑的头发肯定是拜染发剂所赐，从他沟壑纵横的额头向后梳得齐整。他站在讲台边，一双大手——看上去只剩指节，不见血肉——在身前交握。他的双眼深陷在悬垂如袋的眼窝中。

年迈面对青春。青春的掌声先是减弱，随后死去。

我并不确定我们会听到什么，说不定是悲伤的雾角，告诉我们死神终将席卷一切。就在这时，他笑了，笑容让他容光焕发，就像给一台点唱机通了电。几乎可以听到暑期工中立刻传来如释重负的轻叹声。后来我才知道，那个夏天布莱德利·伊斯特布鲁克先生已满九十三岁。

“孩子们，”他说，“欢迎来到乐园。”说着，在走到讲台后方之前，他先向我们鞠了一躬。然后，他用了几秒钟调试麦克风，后者发出一阵放大的叽嘎声。做这一切的同时，他那双深陷的眼睛从未离开过我们。

“我看到了许多去而复归的面孔，这总是让我快乐。对于菜鸟们，我希望这会是你们生命中最棒的夏天，是你们用来衡量未来工作的标杆。这毫无疑问是个奢望，但一个年复一年经营此类地方的人必定惯于言辞夸张。有一点是确定的，你们不会再有像这里一样的工作。”

他的目光扫视了我们一圈，同时又扭了一把那可怜的麦克风的脖子。

“过一会儿，迪安先生和布兰达·拉弗蒂太太，也就是前线办公室女王，会给你们分组。七人一组，整体行动，组里的每个人都要有团队精神。组长会给你们布置任务，每周都会变化，有时每天都有变化。如果说变化是生活的调味品，那么你们会发现接下来的三个月口味十分丰富。我希望你们牢记一件事，年轻的女士们、先生们。你们会吗？”

他停下来，像是等待回答，但是没有人发出任何声音。我们只是看着他，一个非常老的老头，身穿黑西装，白色衬衫的领口敞开着。再度开口说话时，他仿佛是在自言自语，起码一开始时听上去是这样。

“这世界分崩离析，充满战争、暴行和无意义的悲剧。住在这世上的每个人都有他或她自己那份不快乐和不眠之夜。你们中尚不知愁滋味的那些人也早晚都会知道。考虑到人类不可否认的、可悲的生存状况，你们应该明白，在这个夏天自己得到了多么宝贵的财富：你们在这里出售快乐。为了回报游客们辛苦挣来的钞票，你们分发快乐。孩子们回家后，会梦见在这里看到和玩过的东西。我希望你们能记住这一点。这里的工作有时会辛苦，游客通常都很粗鲁，还有些时候你们会觉得自己的努力没有得到欣赏；每当这些时候，我都希望你们能记住。这是个不同的世界，有它自己的规矩和语言，我们姑且称之为‘行话’。你们今天就会开始学。在你们学说这里的话时，你们也将学走这里的路。我不会解释我所说的，因为它无法被解释，只能被学习。”

汤姆朝我靠过来，轻声道：“说这里的话？走这里的路？我怎么觉得像是来到了匿名戒酒会上？”

我让他闭嘴。进会堂之前，我以为会听到一系列指令，大多都是你不许做什么之类的；可没想到，我听到了某种粗粝的诗意，这让我很高兴。布莱德利·伊斯特布鲁克又扫了我们一眼，突然咧嘴笑了，露出一嘴马牙。这笑容大得像是能吃掉整个世界。埃琳·库克全神贯注地盯着他，大多数新来的暑期工也是。这是学生看老师的目光，这位老师提供了一个全新的、或许是精彩的看待现实的方式。

“我希望你们享受这里的工作，但是假如你们不喜欢——比方说，轮到你们穿毛皮——请试着记住自己有多幸运。在一个悲伤而黑暗的世界里，我们是快乐的孤岛。你们中的许多人都对自己的人生有所规划——你们想当医生、律师，我不知道，或许是政客——”

“**哦上帝，不！**”有人吼道，引发一阵哄堂大笑。

我本以为伊斯特布鲁克先生的笑容没法再灿烂了，可他做到了。汤姆摇着头，可他已经投降了。“好吧，我懂了，”他在我耳边嘀咕，“这老家伙是快乐之王。”

“你们会拥有有趣而丰富的人生，我年轻的朋友们。你们会做许多好事，有许多难忘的经历。不过我希望，你们在乐园度过的时光总是与众不同的。我们不卖家具。我们不卖汽车。我们不卖岛屿、房屋或退休基金。我们没有政治日程。我们出售快乐。永远不要忘记这点。谢谢你们。现在出发吧。”

他从讲台后走出，又鞠了一躬，以同样痛苦的高抬腿动作走下台去。他的身影快消失时，台下响起了掌声。这是我听过的最好的演讲之一，因为他说的都是真话而不是狗屎。我是说，有多少土包子能在简历上写一九七三年出售快乐三个月呢？

♥

所有的组长都是乐园的长期雇员，淡季时在巡回演出团里当演员。大多数人都是园方服务委员会的成员，也就是说他们要跟州里和联邦的法规（一九七三年时这二者都十分宽松）打交道，还要对付游客的抱怨。那个夏天，游客们的怨言大多是冲着新的禁烟规定来的。

我们的组长是个精力充沛的小老头，叫加里·亚伦，七十来岁，是安妮·奥克利打靶场的负责人。只不过，第一天之后，我们都不管那个地方叫打靶场了。用“行话”说，打靶场是“砰砰圈”，加里则是“砰砰圈”老板。我们组的七个人在那里跟他碰头时，他正在摆放来复枪。我在乐园的第一份正式工作——跟埃琳、汤姆和组里的其他四个人——是把奖品放在架子上。这里的镇场之宝是那些大毛绒玩具，几乎没有任何人能得到……不过，加里说，人气旺的话，他每天晚上都会小心翼翼地送出至少一个大奖。

“我喜欢靶客们，”他说，“绝对喜欢。而我最喜欢的靶客是点子们，也就是漂亮姑娘。点子里面我的最爱是那些穿低胸上衣，射击时像这样往前探身的。”他伸手抓起一把改装点二二（改装后，每次扣动扳机都会发出令人满意的一声巨响），躬身演示。

“男人们这么做的时候，我知道他们是在越线。点子们呢？点子们从不越线。”

罗尼·休斯敦，一个戴着眼镜和佛罗里达大学校名帽的小伙子，神情焦虑地说：“我没看到线啊，亚伦先生。”

加里双手握拳，放在没有丝毫隆起的臀部，他的牛仔裤仿佛根本不受重力影响地撑在那里。他对罗尼说：“听好了，孩子，我有三件事要对你说。准备好了吗？”

罗尼点点头，认真得好像要抓起本子记笔记一样，又似乎紧张得恨不得躲在我们身后。

“第一，你可以叫我加里或老爹或过来你这老浑蛋，但我不是什么老师，所以别叫我先生。第二，我不想再看到你头上戴着那顶学生气的傻帽子。第三，我说线在哪儿线就在哪儿，我能这么做，是因为它就在我的脑子里。”他敲敲自己深陷下去、青筋暴露的太阳穴以示强调，然后朝奖品、靶子和兔子们——土包子们——付钱的柜台挥挥手，“这些都在我的脑子里。整个圈子都是。明白了吗?”

罗尼显然并不明白，但他用力地点头。

“现在，把你那顶狗屎帽子扔了，找一顶乐园或猎狗霍伊的遮阳帽。这是你的第一个任务。”

罗尼一把扯下他的校名帽，塞进后裤袋里。那天稍晚些时候——我相信是在收到指示的一小时内——他换了一顶猎狗霍伊的遮阳帽，这种帽子在乐园被称为“狗头帽”。经历了不断被人称作菜鸟的三天后，他把那顶全新的狗头帽拿到停车场，找了一块油乎乎的地方，把帽子放在地上用脚狠狠踩了一会儿。再次把帽子戴到头上之后，他看上去终于对劲了。或者说差不多对劲了。事实上，罗尼·休斯敦从来也没有完全摆脱外行的形象；有些人大概注定是要当一辈子菜鸟的。我记得有一次，汤姆蹭到他身边，悄悄建议他在帽子上面撒泡尿，因为这顶帽子的气质就缺那最关键的一步。罗尼当了真，幸亏在他即将采取行动的紧要关头，汤姆于心不忍，终于出口点拨，告诉他把帽子泡进大西洋也能达到同样的效果。

说话的同时，老爹把我们所有人扫了一遍。

“说到漂亮的女士，我发现我们中间就有一位。”

埃琳谦逊地笑笑。

“你是好莱坞女孩，对不对，亲爱的?”

“是的，迪安先生是这么说的。”

“那么你得去见布兰达·拉弗蒂。她是这里的二把手，也负责管好莱坞女孩。她会给你一条漂亮的绿裙子。告诉她你需要超短的。”

“我才不会呢，老色鬼。”埃琳回道，说完便和亚伦一同笑了起来。

“漂亮小妞谁不爱?！不给土包子们拍照片的时候，你就回到老爹这里来，我给你别的活儿做……不过，先把裙子换下来，不能弄上油花或锯末。明白了?”

“明白。”埃琳立刻转换口气，认真起来。

亚伦老爹看了看表，说：“孩子们，乐园一个小时后就开了，你们边干边学，从游乐设施开始。”说完，他给我们逐一分配。令我高兴的是，我分到了卡罗来纳大转盘。“你们还有时间问一两个问题，不能再多了。有问题吗？还是你们都准备好走人了?”

我举起手。他朝我点点头，问我叫什么名字。

“我叫戴文 · 琼斯，先生。”

“再叫我先生，你就滚蛋，小子。”

“我叫戴文 · 琼斯，老爹。”我当然不会叫他过来你这老浑蛋，起码现在不行，或许等我们熟悉之后再说。

“说吧，”他点点头，“你在想什么，琼斯？除了红发靓妞?”

“祖传的嘉年华是什么意思?”

“意思是你就像老伊斯特布鲁克一样。他老爸从‘沙尘碗’时代[①]起就在嘉年华里工作，连他爷爷也是这一行的，当时他们还有一个以大首领约拉查为主角的假印第安人表演。”

---

① 沙尘碗（Dust Bowl）时代，又称“肮脏的（二十世纪）三十年代”，当时沙尘暴肆虐，极大地改变了美国和加拿大草原地区的生态和农业。

“你不是开玩笑吧？”汤姆叫道，听上去有点兴奋。

老爹冷冷地看了他一眼，让他安静下来——这通常并不容易做到。“孩子，你知道历史是什么吗？”

“呃……历史就是过去发生的事？”

“不，”他说着，系上他的帆布腰带，“历史就是人类祖先集体留下的粪便，是一大堆不停增长的排泄物。现在，我们还站在粪堆的顶部，但很快，我们就会被下一代人的屎埋住。举个最简单的例子，老照片里，你爷爷辈的衣服看上去都可笑得很。所以，作为一个命定要被你孩子和孙辈的屎埋葬的人，我觉得你应该思想更开放一些。”

汤姆张开嘴，很有可能是想伶牙俐齿地回击他，但又明智地合上了。

乔治·普利斯顿，毕格尔组的另一位成员，开口问道：“你是祖传的嘉年华吗？”

“不，我爸是俄勒冈养牛的，现在我的兄弟们接手了农场。我是家里的浪子，对此我可骄傲得很。好了，没别的问题的话，就别傻站着了，去干正事吧。”

“我能再问个问题吗？”埃琳问。

“漂亮姑娘有特权，问吧。”

“‘穿毛皮’是什么意思？”

亚伦老爹把双手放在收钱的柜台上，笑了：“告诉我，小姑娘，你能猜到大概是什么意思吗？”

“嗯……是的。”

我们这位新领队脸上的微笑变成了咧嘴大笑，露出了每一颗发黄的牙齿：“你猜的很可能是正确的。”

♥

那个夏天我在乐园都干了些什么呢？什么都干：卖票，推爆米花车，卖漏斗蛋糕、棉花糖和数不清的热狗（你很可能知道，我们称它们为热猎狗）。事实上，就是一个热猎狗让我的照片登了报，尽管我不是卖出那条倒霉热狗的人，乔治·普利斯顿才是。我在海滩和室内游泳池“欢乐湖”（就在激流勇进的水道结束处）当救生员；和毕格尔组的其他成员一起在扭扭村跳排舞，我们的伴奏音乐有《小鸟节拍》《床柱上过夜的口香糖会没味吗》《乒乒乓乓咚咚锵》等一大堆无聊玩意儿。我还当了一段时间没有执照的保育员，总体来说还挺开心。在扭扭村，面对一个哭号的孩子，只有一种官方认可的吼法：“我们把皱着的眉毛倒过来吧！”奇妙的是，我不仅喜欢这么做，还很在行。就是在扭扭村，我才认定未来某个时间生几个孩子真的是个好主意，而不仅仅是个与温蒂有关的白日梦。

我——和所有快乐帮工一样——学会了另辟蹊径地从乐园的一端疾冲到另一端；我们要么走主题区域、便利小店、游乐设施和服务区后面的小径，要么使用三条员工隧道之一。这三条隧道分别是：乐园地道、猎狗地道和大地道。成吨地拖运垃圾时，我通常都是开着一辆电动车，穿过那条幽暗险恶的大地道，两侧古老的荧光酒吧灯光线晦暗不稳，发出嗡嗡的声音。我甚至还为演出救过几次场，有时表演太晚，缺少后台支持，我就会帮他们搬扩音设备和监测器。

我学会了说行话。其中有些说法——比如“巴利”指免费表演，“拉里”指坏掉的游乐设施——是纯粹的嘉年华行话，其历史就像小山一样悠久。还有一些说法——比如点子指漂亮姑娘，芳普指事事抱怨的游客——则全然是乐园独有的。我猜想其他公园也有专属自己的语言，但本质上是互通的。笋瓜锤子是指抱怨排队的女游客（通常是个芳普）。一天的最后一个小时（在乐园是指晚上十点至十一点）称为喷发点。在某个游戏中输了钱又不认账的是钞票锤子。多尼克是洗手间，话可以这么说："嗨，琼斯，快到月亮火箭旁边的多尼克去，有个傻芳普在那里的水池边吐了。"

对我们中的绝大多数人来说，卖东西是很简单的，只要会找钱，就有资格推着爆米花小车或在纪念品商店里当值。操控游乐设施其实也没难到哪儿去，但刚开始时十分吓人，因为你手里握着别人的命，而且有好多还是小孩儿。

♥

"来上课啦？"我在卡罗来纳大转盘边找到他时，莱恩·哈代这样对我说，"好极了，来得正及时。乐园二十分钟以后开放。我们照海军的规矩来——看一遍，做一遍，教一遍。刚才站在你旁边的那个人块头叫什么？"

"汤姆·肯尼迪。"

"好。汤姆已经过来学了怎么操控魔鬼车，过一阵子——很可能就是今天——他会把他学到的教给你，你呢，要教他怎么玩大转盘。顺便说一下，这是个澳洲轮，也就是说它是逆时针转的。"

"这点很重要吗？"

"哦不，"他说，"我只是觉得很有意思。这个方向转的摩天轮在美国没有几个。它有两个速度：慢和非常慢。”

“因为它是给老奶奶玩的。”

“对头。”他用顶部类似自行车手把的长杆演示了一下如何操作，正如我求职的那天看到的一样，然后把控制杆交给我，“齿轮搭好之后会‘嗒’一下扣上，感觉到了吗？”

“是的。”

“这样是停止。”他将手放到我的手上，把控制杆整个拉起来。这次，我能感觉到齿轮更用力地咬合，巨大的转盘立刻停止了转动，只剩一个个观光舱轻微晃动。“目前为止跟得上吗？”

“嗯，我想是的。听我说，我需要执照什么的来操作这个吗？”

“你有执照啊，不是吗？”

“我有缅因州的驾照，可是——”

“在北卡罗来纳，有驾照就够了。以后会有进一步的规定——事情总是这样的——不过至少在今年，有驾照就行。现在注意听，因为这是最重要的一点。看到这栋房子一侧的黄色长条了吗？”

我看到了，它就在通往转盘的斜坡右侧。

“每个观光舱门上都有个快乐猎狗的贴花，当贴花跟黄色长条齐平的时候，你就要拉停止，这样观光舱就会正好停在能让游客上去的地方。”他把操作杆往前拉，“看到了吗？”

我说看到了。

“转盘灌满之前——”

“什么？”

“装人。灌满的意思是装人，别问我为什么这么说。在转盘灌满之前，你就在超级慢和停止之间切换。所有观光舱都坐上人之后——旺季的时候通常都会满员——再切到正常慢速。游客会在上面待四分钟。”他指指收音机，“这是我的大喇叭，但规矩是操作设备时，不能放大音量，不能放那些震聋耳朵的真正的摇滚——谁人、齐柏林飞艇、滚石等，这些都不行——直到太阳下山之后才行。记住了吗？”

“记住了。怎么把人放下来？”

“完全一样。超级慢，停。超级慢，停。只要记住把黄色长条对准快乐猎狗的贴花，就能把观光舱停在出入口的斜坡前。理想情况下应该是一小时十拨游客。如果每次都满员，那么人数共计七百，差不多能挣一张 D 票。”

“请说英语。”

“D 票就是五百块。①”

我不确定地看着他：“我不用真的做这个吧？我是说，这是你专管的游乐设施。”

“这是布莱德利·伊斯特布鲁克的游乐设施，孩子。它们都是。尽管我在这里待了好些年了，但和你一样，我也只是雇员而已。这个大家伙大多数时候还是我来开，但不是所有的时候。嗨，别冒汗了，有些地方管设备的是些浑身盖满文身的醉鬼，连他们都行，你更没问题。”

“好吧，如果你这么说的话。”

莱恩指指大门方向：“门开了，兔子们沿着乐园大道走来了。头三轮我会陪着你，之后就要由你教你的队友们了，包括

① 美国曾经发行过面额五百元的钞票，后来退出流通。

好莱坞女孩。可以吗?"

我离"可以"还差得远呢——只学了十五分钟，我就要把人们送上五十米的高空？这简直是疯了。

他抓住我的肩膀，说："你能做好的，琼西，别说什么'如果你这么说'，告诉我你可以。"

"我可以。"我说。

"好小子。"他打开收音机，后者如今被连在高挂于大转盘框架的一个扬声器上。冬青树乐队开始唱《穿黑衣的高个美女》时，莱恩从牛仔裤后袋中掏出一副生皮手套，说："给自己弄副手套，你会需要这个的。还有，最好现在开始学着吆喝。"他弯下腰，从那个走到哪儿带到哪儿的橙色柳条箱里抓起一个手持麦克风，一脚踩在箱子上，开始朝人群喊话。

"嗨伙计们，欢迎到这儿来，摩天轮上转几圈！赶快赶快，夏天不会永远在！去高处看看，那里空气稀薄！快乐在这里开始，快来坐大转盘吧!"

他放低麦克风，朝我眨眨眼："这差不多算是我的叫卖了，要是喝上一两杯，我发挥得会比这好得多。你自己想自己的词儿吧。"

第一次独自操控大转盘时，我的双手因恐惧而颤抖不已，但到第一星期结束时，我已经像个专业人士了（尽管莱恩说我的吆喝还差得远）。我还能开旋风杯和魔鬼车，最后我发现后者也不过就是揿绿色的"开始"按钮和红色的"停止"按钮，还有就是土包子们撞上橡胶缓冲条时把挤作一团的车子分开。四分钟的游戏时间里，这种情况至少会发生四次。只是，开魔鬼车时，根本不像在操控游乐设施，而像参与一场狂欢。

我学说这里的话；我学认这里的路，不管是地上的还是地下的；我学会照应店铺、看管场地、给长相俊俏的点子们发奖品。我花了一个星期摸清门道，两个星期后才开始感觉自在，但就在第一天，还不到中午十二点半，我就知道了穿毛皮是什么意思，而且碰巧的是——也不知是幸运还是倒霉——当时布莱德利·伊斯特布鲁克恰好在扭扭村，坐在长椅上，吃着他由豆芽和豆腐组成的例行午餐。这食物并不是很像在游乐场吃的，但请记住，这位先生的食物处理系统自私酿杜松子酒和波波头女郎时代[①]起就算不得年轻了。

自从我第一次扮成快乐的猎狗霍伊即兴登场之后，我就经常穿毛皮了。这是因为我擅长这个，而且伊斯特布鲁克先生知道我擅长。约一个月后在乐园大道遇到那个戴红帽子的小女孩时，我正穿着毛皮。

♥

好吧，我得承认第一天就像疯人院一样。十点之前，我和莱恩一起操控大转盘，然后独自坚持了九十分钟，让他能够在乐园里四处奔走救场。那时我已经不相信摩天轮会像希区柯克老电影里的旋转木马那样突发故障彻底失控了。最让我惶恐的是人们的信任来得那么轻而易举。没有一个带孩子排队的父亲会绕过来问我知不知道自己在干什么。我没有开够应有的趟数，因为我的注意力几乎全放在那该死的黄色长条上，弄得自己都头疼，但每一轮我都把轮盘灌满了。

---

① 原文为 bathtub gin and flappers，这两个词起源于二十世纪二十年代。

埃琳过来了一次，穿着她好莱坞女孩的绿裙子，漂亮得像画一样。她给排队等候的一些家庭拍照片，也给我拍了一张，这张照片我至今还留着。摩天轮再次开始转动之后，她抓住了我的胳膊，额头上冒出小小的汗珠，双唇微启，展露微笑，两眼闪闪发亮。

“真棒，对不对？”她问我。

“是的，前提是我别弄死任何人。”我说。

“要是有孩子从观光舱里掉出来，接住他就行。”成功地往我脑子里塞入这个令人抓狂的新念头之后，她轻快地跑开了。在这样一个夏日的上午，愿意摆个姿势让红发美女拍照的人可不在少数。事实上，她说得对，一切都棒极了。

大概十一点半的时候，莱恩回来了。我已经能够熟练自如地转动大转盘了，把控制杆还给他时，我甚至还有些不情愿。

“你的领队是谁？加里·亚伦？”

“是的。”

“好，那么现在去他的砰砰圈，看他有什么活给你干吧。运气好的话，他会直接让你去骨头院里吃午饭的。”

“骨头院是什么？”

“是帮工们休息的地方。对大多数嘉年华来说，是停车场或卡车后面，但乐园这方面很奢侈，在大地道和猎狗地道的接口处弄了一间舒服的休息室。从射气球和飞刀秀之间的楼梯下去就能找到。你会喜欢的，但只有在老爹说可以的时候你才能去吃饭。我不会跟那个老浑蛋找别扭的。他的组就是他的组，我有自己的一队人要管。你带午餐篮了吗？”

“我不知道要带这个。”

他咧嘴笑了：“以后就知道了。今天呢，你就去厄尼的炸鸡店里凑合一顿吧，就是屋顶上有个塑料大公鸡的那家。把你的乐园员工证给他，让他给你内部折扣。”

我那天确实吃的是厄尼的炸鸡，但是直到下午两点才吃上。老爹对我早有计划：“你去戏服间——就是停在园区服务处和木工部之间的那辆房车——告诉多蒂·拉森是我叫你去的。那该死的女人最近气性大得估计连紧身褡都要撑爆了。”

“要我先帮你装好子弹吗？”打靶场同样也灌满了，柜台前挤满了急于赢取那些飘忽奖品的高中生。更多的土包子（我现在已经这么想他们了）正在靶位前排队，每个靶位前起码排了三个人。和我说话的时候，亚伦老爹的手一直没有停。

“我要的是你麻利滚蛋，该干什么干什么去。你还没生出来的时候我就干这活了。你是哪个小子来着，琼西还是肯尼迪？我只知道你不是那个戴学生帽的笨蛋，除此之外就不确定了。”

“我是琼西。”

“好的，琼西，接下来你会在扭扭村度过陶冶情操的一小时。不管怎么说，对孩子们来说是这样；至于你，呵，不好说。”他展开亚伦老爹的标志性笑容，露出一口黄牙，使他看起来像一只上了年纪的大鲨鱼，“享受你的毛皮装吧。”

♥

戏服间也像疯人院一般，到处是横冲直撞的女人。多蒂·拉森是位骨瘦如柴的女士，若说她需要紧身褡，就像说我要穿增高鞋一样荒谬。我刚进门，她就朝我扑了上来，用她指甲长长的手钩住我的咯吱窝，拽着我通过小丑服、牛仔装、一套巨型山姆大叔行头（两支高跷倚在旁边的墙上）、两件公主礼服、一堆好莱坞女孩迷你裙和一摞十九世纪九十年代风格的老式泳衣……这个，不幸的是，我后来知道，当救生员时必须穿上。在拉森女士拥挤小帝国的最里面，放着一打瘪瘪的狗。事实上，是快乐的猎狗霍伊。我是从它兴高采烈的傻傻的笑脸、蓝色的大眼睛和毛茸茸的翘耳朵看出来的。每件衣服的背后都有一条长长的拉链，从颈部直到尾巴根儿。

“好家伙，你个头可不小。”多蒂说，“还好我上个礼拜修好了那件加大号。上次穿那件的小伙子把两边腋下都撑开了线，尾巴上还有个洞。他一定是在吃墨西哥食物。”她从后面抓起加大号的霍伊，一把塞给我，狗尾巴像条蟒蛇般盘在我腿上，“你到扭扭村去。布彻·哈德利本来是要接柯基犬组的班——或者我是这么认为的——但他说他们组现在拿着钥匙去‘中央大道’了。”我完全不明白她在说些什么，她也没给我时间去问。她翻翻白眼——照我看来，这样转眼珠子要么说明她心情不错，要么代表气得发疯——接着说，“你们会说‘这工作有什么大不了的’。我来告诉你有什么大不了的，菜鸟：伊斯特布鲁克先生经常在那里吃午餐，旺季的第一天更是如此。如果那儿没有霍伊，他会非常失望。”

“是说某人会因此被解雇吗？”

“那倒不会，但他会非常失望。在这里待一段时间之后，你就会知道那就够糟了。没有人想让伊斯特布鲁克先生失望，因为他是个了不起的人。我想，这个评价是很高的，但更重要的是，他是个好人。在这一行，好人比母鸡的牙齿还要稀罕。”她看着我，嘴里发出声怪腔，像是某种下巴被捕兽夹套住的小动物，“老天爷，你可真是个大块头，而且像草一样青涩。后面这条我可帮不了你。”

我脑子里足有十亿个问题，舌头却像被冻住了，发不出声音。我能做的只有盯着瘪瘪的霍伊，它也盯着我。你知道我那时有什么感觉吗？我觉得自己像007。在某部电影里，詹姆斯·邦德将要尝试某种丧心病狂的健身器材。他问金手指，你想让我说些什么吗？金手指的回答冷酷而幽默：不，邦德先生，我想要你的命！我被绑在一个制造快乐的机器上面，而不是一台健身器上，但又怎么样呢，还不是一回事。上工的第一天，不管我怎么努力跟上，那该死的机器还是越转越快。

“把它拿到骨头院去，孩子。千万别告诉我你还不知道那是什么地方。”

“我知道。”谢天谢地，莱恩已经告诉我了。

“好，不管怎么说，那里总算是主队场地。到那儿之后，把身上衣服都脱了，只剩内衣。穿毛皮的时候要是里面还有多余的衣服，你会被烤熟的。还有……有没有人告诉过你这地界的头一条规矩，孩子？”

我记得有人告诉过我，但还是觉得不开口为妙。

“永远记得自己的钱包在哪里。感谢上帝，这里不像我年轻时工作过的某些地方那样乌烟瘴气，但小心点儿总没错。把钱包给我，我替你保管。”

我毫无异议地交上自己的钱包。

“现在走吧。哦，脱衣服之前，多喝点水，喝到你肚子滚圆为止。不管多饿，也别吃东西。扮成霍伊时，曾经有人突发心脏病，有人呕吐，那场面可不好看，道具服也得扔掉。记住：

喝水，脱衣服，穿毛皮，找人帮你拉上拉链，然后从大地道跑步去扭扭村。有牌子，你不会找不到的。”

我没把握地看看霍伊的大蓝眼睛。

“这是一层丝网。”她解答了我的疑惑，“别担心，你能看得很清楚。”

“但我到了那边做什么呢？”

她表情严肃地看着我，随后，脸上却突然绽放了笑容——不是嘴巴和眼睛，而是整张脸都在笑。伴着这表情的笑声仿佛是从鼻腔里发出的嘎嘎声，好不古怪。“你能做好的。”她说。今天人们不停地对我这么说。“这是体验派表演，孩子，找到你内心的小狗，把它放出来就行。”

♥

我到骨头院时，有十几个新人和几个老员工正在那里吃午餐。有两个新人是好莱坞女孩，但我也没时间矜持了。我在饮水器边喝了个肚皮滚圆，然后脱掉外衣，只剩短裤和球鞋。我抖开霍伊道具服，抬脚迈了进去，确保把脚放在大狗的两只后爪里。

“毛皮！”一个老员工叫道，一拳捶在桌子上，“毛皮！毛皮！毛皮！”

其他人也加入进来，整个骨头院都充斥着他们的起哄声。我一个人站在那里，只穿内裤，大狗道具服软软堆在小腿处，简直像身处监狱暴动的中心。我几乎从没感觉这么蠢过，但很奇怪，又莫名地觉得自己像个英雄。毕竟，这是个走秀逗乐的地方，我这就算是登台了。一时间，不知道自己要做什么屁事好像并不重要。

“毛皮！毛皮！**毛皮！毛皮！**”

“来个人帮我把这该死的拉链拉上！”我喊道，“我要赶快跑到扭扭村去！”

一个女孩仗义相助。拉上拉链后，我立刻就明白了为什么大家提起穿毛皮都如临大敌。骨头院是有空调的——整个乐园地下都有——但我身上已经汗如雨下了。

有个老员工走过来，和善地拍拍我的大脑袋。“我送你去，小伙子，”他说，“电动车就在这儿，跳进来吧。”

“谢谢。”我瓮声瓮气地说。

“汪汪！大狗！”有人叫了一声，所有人都笑起来。

我们——头发花白、身穿绿色制服的清洁工和他身旁长着蓝色大眼睛的德国牧羊犬——开上了大地道，两侧灯光忽闪，暗影重重，好不诡异。他在一段台阶前停下，台阶旁的煤渣砖上画着一个箭头符号，写着**扭扭村**。他说：“别说话，霍伊从不说话，只跟孩子们拥抱，拍拍他们的小脑袋。祝你好运，一旦开始头晕，立刻从这该死的衣服里出来。孩子们可不想看到霍伊心脏病发作倒在地上。”

“我完全不知道接下来要干什么。”我向他求助，“没人告诉我。”

我不知道眼前的人是不是祖传的嘉年华，但他对乐园并非一无所知：“没关系的。孩子们都喜欢霍伊，他们会知道该做什么。”

我爬出电动车，差点被狗尾巴绊倒，幸亏及时抓住左前掌上连着的绳子，拽了一下，才没让那倒霉东西挡路。我摇摇晃晃地爬上台阶，开始笨拙地摆弄顶端的门闩。我听到了音乐声，依稀是童年时听过的旋律。最后，我终于把门闩放了下来。门开了，明晃晃的六月阳光如潮水般从霍伊丝网做的蓝眼睛中涌进来，一时让我头晕目眩。

扬声器就在头顶，所以音乐声听起来更响了。我成功地想起了这旋律是什么：《变戏法》，永恒的托儿所之歌。我看到了秋千、滑梯、跷跷板、一具复杂的攀登架，还有转转椅，一个头戴毛绒兔耳朵、牛仔裤屁股上贴着粉扑兔尾巴的菜鸟在推。嘟嘟小火车冒着烟开过。这种玩具火车可以达到每小时约六公里半的“惊人”速度，上面装满了小孩子，正尽职地向举着照相机的爸妈们挥手。到处都是孩子，看上去有亿万个，把这里挤得像开水锅一样沸腾冒泡。有不少暑期工在充当临时看护，另有两个很可能真有育儿执照的全职工。这两个全职人员都穿着运动衫，上面写着**我们爱快乐的宝宝**。正前方是被称作霍伊之家的日托中心。

我也看到了伊斯特布鲁克先生。他坐在一张长椅上，头顶是一把乐园的阳伞。他还穿着那套殡仪师的西装，正拿着筷子吃午餐。起初，他并没有看到我。他的目光聚集在由两个菜鸟领着往霍伊之家走的那一长队孩子身上。我后来知道，家长们可以把孩子像停车一样放在这里，时限两小时。在此期间，他们可以带着大一些的孩子去玩更刺激的项目，或者到园中的顶级餐厅“罗克龙虾”去用餐。

后来，我还知道了，霍伊之家“收容”的孩子年龄限制为三岁到六岁。走过来的许多孩子看上去都挺开心的，很可能是因为父母都要工作，他们已经是托儿所老兵了。其他的就没那么淡定了。或许当初听到爸妈说他们一两个小时——说得就好像四岁的小孩儿真的懂得小时的概念似的——就回来时，这些孩子还能紧抿上唇，但如今只剩他们自己待在一个乱哄哄、吵呼呼的地方，到处都是陌生人，爸妈不见人影，小娃儿们就不行了，有些已经开始哭了。我埋身于霍伊的道具服中，汗流得跟头猪一样，觉得透过丝网眼睛看到的景象是典型的美国式虐童。你干吗要把自己的孩子——看在上帝份上，还是刚会走路的小宝宝——带到人满为患、吵闹不堪的游乐场，只为了把他或她塞给一群陌生的保姆照料，哪怕只是一小会儿？

虽然负责照顾孩子的菜鸟们看到了眼泪在孩子们中蔓延（小娃娃的焦虑是一种儿童传染病，简直像风疹一样），但他们的表情暴露了心中的无助。怎么会知道该怎么办呢？这是上岗的第一天，他们被扔进这一团混乱中，就像我被莱恩·哈代扔下独自面对巨大的摩天轮一样准备不足。不过，至少儿童必须有成人陪同才能登上摩天轮，我想，这些小麻烦鬼们可是要自力更生的。

其实我也不知道具体该干什么，但觉得自己必须试试。我朝排成长龙的孩子们走去，举起两只前爪，像疯了一般猛摇尾巴（我虽看不到，但能感觉得到）。就在头两三个孩子看到我并用手指我时，灵感突然来了。是音乐带来的。我站在软糖豆路和糖拐杖大街的交叉口，头顶正好有两个震天吼的扬声器。从毛茸茸的翘耳朵到脚爪，我足有两米高，足够引人注目。我向目瞪口呆的孩子们鞠了一躬，开始跟着《变戏法》的旋律跳起舞来。

孩子们立刻忘了父母离开的伤心和恐惧，起码此刻是忘了。

他们笑了，有些孩子脸蛋儿上还挂着晶亮的泪珠。我笨手笨脚跳舞的时候，他们并不敢走得太近，但还是聚在一起慢慢靠过来了。没有害怕，只有惊奇。孩子们都知道霍伊；加州的孩子们在下午的电视节目里看过，甚至来自圣路易斯和奥马哈这些远地方的也从宣传册或周六上午动画片的广告里见过。孩子们都知道尽管霍伊是条大狗狗，但它是条乖狗狗。它是孩子们的好朋友，从来不咬人。

我缩回左脚；我伸出右脚；我缩回左脚，来回晃动。我跟着《变戏法》的旋律跳舞，转了一圈又一圈，因为美国的每个小孩都知道，大狗霍伊就该是这样跳的。我忘了热，也忘了不适。我没去想自己的短裤已经被汗湿透，紧紧贴在屁股上。稍晚些时候，我就会因为高温而头疼，但跳舞的时候我觉得一切都好，是真的感觉好棒。而且你们知道吗？我一次也没有想起温蒂·吉根。

音乐切换为《芝麻街》的主题音乐后，我停下舞步，单膝跪地，像艾尔·乔尔森①一样伸出双臂。

“霍——伊！”一个小女孩尖叫道。直到多年以后的现在，我仿佛还能听到她声音里的狂喜。她跑上前来，粉色的裙子绕着胖乎乎的小膝盖上下翻飞。就像听到发令的信号枪一样，排好的长队顿时土崩瓦解。

孩子们会知道该做什么，载我来的老员工这么说过。他说得没错。孩子们先是朝我蜂拥而来，把我撞倒在地，在我身边

---

① 艾尔·乔尔森（Al Jolson，1886—1950），美国歌手、演员、喜剧明星。事业鼎盛时期曾被誉为“世界上最棒的娱乐明星”。

聚拢，又是拥抱又是大笑。穿粉色裙子的小女孩再三亲吻我的大鼻子，嘴里不停叫着："霍伊，霍伊，霍伊！"

有些潜进扭扭村抓拍照片的父母也靠了过来，同样又惊又喜。我拨拨脚掌，腾出一点空间，在地上打了个滚，站了起来，免得被孩子们的热情压扁。我对他们也感受到了同样的爱意。尽管天气炎热，我却觉得酷极了。

我没有注意到伊斯特布鲁克先生从他的殡仪师西装的背心里摸出一个对讲机，对着里面简短地说了什么。我只知道《芝麻街》的音乐突然中断，又换成了《变戏法》。我缩回右脚，又伸出右脚。孩子们马上跟着做了起来。他们的目光一直紧随着我，不想错过下个动作，跟不上舞步。

很快，我和所有孩子在软糖豆路和糖拐杖路的交叉口跳起了《变戏法》。菜鸟看护员们也加入进来。我敢打赌有些家长也跳起来了。我甚至把我的长尾巴摆进摆出。孩子们都笑疯了，他们转圈圈，假装屁股后面也有一条尾巴，把它甩来甩去。

音乐接近尾声时，我夸张地举起左前掌，做了个"跟我来，孩子们"的手势（还顺手猛拽一下尾巴，差点把那倒霉蛋儿拽下来），带着他们朝霍伊之家走去。孩子们高高兴兴地跟来了，就像哈梅林镇的孩子们心甘情愿地跟着吹笛手一样，没有任何一个孩子哭。① 事实上，这并不是我作为快乐猎狗霍伊的光荣（我确实要用这个词）事业的巅峰时刻，可也是值得铭记的。

---

① 哈梅林镇的吹笛手，德国民间传说，歌德、格林兄弟和勃朗宁等人都曾在作品中用过这个典故。

♥

把孩子们安全地带进霍伊之家后（粉裙子小女孩一直站在门口，等着向我挥手道别），我转过身。停下脚步后，世界开始在我眼前不停转动。汗水如雨帘般顺着眼皮流下来，把扭扭村的一切都变成了双的。我两腿踉跄，几乎站立不稳。霍伊的整套表演，从第一支《变戏法》舞到向小女孩挥手再见，也就七分钟——顶多九分钟，但我已经累瘫了。我脚步沉重地沿着来路往回走，不清楚下一步该干什么。

“孩子，”一个声音叫道，“到这边来。”

是伊斯特布鲁克先生。他正撑着许愿甜品屋后面的一扇门，很可能就是我进来的那扇门，但我刚才既焦虑又激动，什么也没留意。

他领着我走进去，在身后关上门，给我把道具服背后的拉链解开，霍伊重得惊人的脑袋也从我头上拿了下来。被汗水浸湿的皮肤一下子暴露在室内的冷气中，蹿起一片片鸡皮疙瘩。我身上的皮肤还是冬天时那么白，不过也不会一直是这个样子。我深吸了几口气。

“在台阶上坐会儿。”伊斯特布鲁克先生说，“我马上叫人开车来，但现在你需要先稳一稳。刚开始扮演霍伊是不容易的，你刚才的表演又特别卖力，而且特别精彩。”

“谢谢。”我只能说出这句话。直到回到凉爽安静的室内，我才意识到自己刚刚已经濒临极限。“非常感谢。”

“要是觉得晕，就把头低下。”

“倒是不晕，就是头疼。”我从霍伊道具服中退出一条胳膊，擦了擦脸，抹了一手汗，“您救了我。”

“在大热天演霍伊的上限是十五分钟。我说的是七、八两月，湿度大，温度常会超过三十二度。”伊斯特布鲁克先生说，“如果有人跟我说的不一样，让他来找我。我建议你吞两粒盐丸。我们是愿意你们这些来打暑期工的孩子卖力干活，但并不想要你们的命。”

他拿出他的对讲机，轻声吩咐了几句。五分钟后，之前载我来的那位老员工开着小车来了，带来两片安纳辛①，谢天谢地，还有一瓶冰水。伊斯特布鲁克先生走到这段通往大地道的台阶，在最上面一阶坐下，就在我的旁边。他动作小心翼翼，仿佛身体是玻璃做的，看得我有些提心吊胆。

“你叫什么名字，孩子？”

“戴文·琼斯，先生。”

“他们叫你琼西吗？”不等我回答，他自顾自说了下去，“当然会这么叫你，嘉年华里就是这么叫的。这就是乐园的本质——稍加掩盖的嘉年华。这样的地方不会长久了。迪士尼和诺氏百乐坊②将统治游乐场的世界，或许只有这里——中南部，能幸免。告诉我，除去高温不说，你第一次穿毛皮感觉如何？”

“我喜欢。”

“为什么？”

“大概是因为有些孩子在哭吧。”

他笑了：“然后呢？”

---

① 安纳辛（Anacin），成分为阿司匹林和咖啡因。

② 诺氏百乐坊（Knott’s Berry Farms），美国的连锁游乐园品牌。

“很快，所有孩子都会哭起来，但我让他们破涕为笑了。”

“是的。你跳了《变戏法》。那真是灵光一闪的精彩表现啊。你怎么知道会有用？”

“我并不知道。”然而，事实上……我知道。在某个层面上，我知道。

他又笑了：“在乐园，我们把新雇员——也就是菜鸟们——扔到混乱的局面中去，没有让他们事先做充分的准备。因为对某些人，某些有天分的人来说，这样会激发他们的应急能力，而这种能力是非常特别和宝贵的，对我们和我们的顾客都是如此。你现在对自己有更多的认识了吗？”

“哦，天，我不知道。或许吧。不过……我有些想法，能直说吗，先生？”

“尽管说。”

我犹豫了一下，还是决定相信他：“把那些孩子送到日托中心——游乐场的日托中心，这种做法，怎么说呢，我觉得是挺残忍的。”我又飞快地加了一句，“当然，对孩子们来说，扭扭村是个好地方，真的很好玩。”

“你要了解一些事情，孩子。在乐园，我们的盈余只有这么一点点。”他把拇指和食指略微分开一条缝隙，“做父母的知道有提供给小不点儿们的托儿所后——哪怕只是两个小时——他们就会把全家人都带来。要是还需要在家里找个保姆看孩子，他们可能根本就不会来了，我们也就没钱可赚了。我明白你的意思，但我也有我的道理。大多数小小孩儿以前从没来过这样的地方。他们会记住这里，就像会记住他们看的第一场电影，或第一天去上学。因为你，他们不会记得被父母暂时抛弃，哇哇大哭；他们会记得大狗霍伊像变魔术般从天而降，带着他们跳《变戏法》。”

“嗯，我想是这样。”

他伸出手，没有碰我，却伸向霍伊。他骨节突出的手指抚摸着霍伊的毛，说：“迪士尼乐园的所有项目都是预先设定好的，我讨厌那样。讨厌那样。我认为他们在奥兰多做的事情是剥夺人们的乐趣。我是个相信直觉的人，而有时我也能发现有直觉天分的人。你可能就是那样的人。现在下定论还为时过早，但真有可能就是如此。”他用双手挠了挠后脖颈，我听到了令人警觉的骨节咔嚓声，“我能和你一起坐车回骨头院吗？我想今天的太阳我是晒够了。”

“我的车就是您的车。”既然乐园都是他的，我认为自己说得完全是正确的。

“我想，今年夏天你大概会有很多机会穿毛皮。大多数年轻人把这看做负担，甚至惩罚。我相信你不是这样想的。我判断错了吗？”

他没有。那年夏天过后的多年间，我做过许多工作。我现在从事的编辑工作——很可能是退休之前的最后一个——很棒，但我从未像二十一岁时六月的那个大热天那么快乐。我穿着毛皮，跳《变戏法》舞，觉得自己找到了该待的位置，虽不可思议，却是发自内心地快乐。

这就是直觉吧，宝贝。

♥

那个夏天之后，我和汤姆、埃琳仍保持了友谊。直到如今，我和埃琳也是朋友，只是我们的联系大多靠电子邮件和“脸书”来维持，外加偶尔在纽约共进午餐。我从未见过她第二任丈夫。她说他是个好人，我相信她。为什么不呢？跟最初的那位好好先生结婚十八年，有了衡量的标杆，她不可能眼光太差。

一九九二年的春天，汤姆被查出生了脑瘤，六个月后就去世了。他打电话来，告诉我他生病了。由于脑子里有那个晃来晃去的该死的球，他的语速不再像平日里打机关枪般快。我震惊又难过，我想，任何人听到一个本该盛年的人突然走近人生终点都会有这样的反应吧。你会忍不住想说这太不公平，难道汤姆这样的好人不该遇到更多的好事吗？比如给两个孩子当爷爷，或者是去他期盼已久的毛伊岛①度假。

我在乐园工作时，有次听到亚伦老爹说烧场子。在行话中，烧场子是指在一场本该公平的游戏中明目张胆地欺骗土包子们。汤姆告诉我他得病的坏消息时，我多年来第一次想到了这个。

然而，心灵总想尽可能地保护自己。最初的震惊减弱后，或许你会想：好吧，确实是坏消息，我知道是坏消息，可那并不是最终判决。还是有机会的。就算不幸抽到这张牌的人有百分之九十五都倒下了，不还是有百分之五的幸运儿吗？况且，医生们也有可能误诊。就算排除上面这些因素，也还总有奇迹发生。

是的，你会这样想，然后就接到了告知后续发展的电话。

---

① 毛伊岛（Maui），在太平洋中北部，是夏威夷群岛中的第二大岛。

打电话的妇人曾是个漂亮的年轻姑娘，穿着绿色的喇叭裙，头戴愚蠢的舍伍德森林帽，拿着一台老旧的快速成像相机，被她选中的游客们几乎从不拒绝。谁会对那头耀眼红发和灿烂笑容说不呢？谁会对埃琳·库克说不呢？

好吧，上帝对埃琳·库克说不。上帝烧了汤姆·肯尼迪的场子，顺带也烧了她的。晴好的十月某天，下午五点三十分，我在韦切斯特拿起了电话听筒。记忆中的那个女孩已经成为了妇人，她声音哽咽，听上去苍老而疲惫：“汤姆今天下午两点去世了。他走得很安详，虽然不能说话，但他是清醒的。他……戴文，我说再见的时候他紧紧抓住我的手。”

我说：“真希望当时我在场。”

“是啊。”她话音颤抖，随即又稳住，“是的，那样会很好。”

你觉得好吧，我知道了，我做好最坏的心理准备了，但实际上你还是心存侥幸，胸怀渺茫的希望。就是那点希望毁了你，就是那点希望杀了你。

我陪她说话；我告诉她我有多么爱她，爱汤姆；我告诉她，是的，我会去参加葬礼，如果葬礼之前有任何我能帮得上忙的，她可以随时联系我，不论昼夜。然后，我挂上电话，抱住脑袋，放声痛哭。

初恋的终结无法与一位老朋友的死亡和另一位老朋友的伤痛相提并论，但模式是一样的。完全一样。如果对我来说，失恋意味着世界的终结——先是引起那些自杀臆想（尽管它们愚蠢且不坚定），继而彻底颠覆之前从未质疑过的人生轨迹——请你理解，我并没有标尺，可以衡量情绪应有的强度。那种痛苦的另一个名字，我想，应该就是年轻。

♥

六月渐渐过去，我开始领悟，我和温蒂的关系就像威廉·布莱克的玫瑰[①]一样生了毛病。但我始终拒绝相信它已经病入膏肓，即使征兆已经越来越明显。

比如说，信。入住舍普洛太太家的第一个礼拜，我天天在乐园忙得脚不沾地，晚上拖着屁股把自己拽到二楼小屋时都精疲力竭，满脑子新信息、新体验，就像选修了一门超具挑战性的大学课程（姑且叫做高级游乐物理学），刚熬到学期过半。尽管如此，那周我仍然给她写了四封长信。她回我的呢？只有一张明信片，正面是波士顿广场，背面是两人合写的古怪消息。最上面的字迹我不熟悉：温妮写了这张明信片，芮妮在开车！下面的笔迹我认识。温蒂——或温妮，如果你愿意这样称呼她的话，反正我讨厌——龙飞凤舞地写道：嘿！销售女神去科德角历险啦！有个派对！呜呼万岁！别担心，芮写字的时候我抓着方向盘呢。祝好。温。

呜呼万岁？祝好？没有爱你，没有你想我吗，只有祝好？从潦草的字迹和零星的墨点来看，这张明信片确实是在芮娜的车上写的（温蒂没有车），但她们俩的口气听上去要么是嗑药了，要么是烂醉如泥。第二个礼拜，我又寄了四封信，还有一张埃琳为我拍的扮成大狗霍伊的照片。温蒂一封信也没回。

就这样，你开始担心，之后开始猜测，然后你就知道了。

---

① 威廉·布莱克（William Blake，1757—1827），英国诗人，《生病的玫瑰》（“The Sick Rose”）是他的名作，收在诗集《经验之歌》（*Songs of Experience*）中。

或许你并不想知道，或许你认为情侣间就像医生误诊一样也会误解对方，但在内心深处，你是知道真相的。

我给她打了两次电话。两次都是一个脾气暴躁的女孩接的。在我的想象中，她戴着小丑眼镜，身穿适合奶奶辈的长及脚踝的裙子，没涂唇膏。不在这里，第一次她这样说。和芮娜出去了。不在这里，以后应该也不会回来了，第二次接电话时，坏脾气的女孩这样说。搬家了。

“搬到哪儿去了？”我问，心中有些警觉。我站在舍普洛太太家的起居室里，电话旁放了一张自主登记的长途电话通话时间表。我的手指紧紧握住老式的大听筒，用力太大，指头都麻了。温蒂和我一样，也是乘着由奖学金、助学贷款和半工半读拼成的魔毯才得以飞进大学校门。她根本负担不了单独的住处，除非有人帮她。

“我不知道，也不关心。”坏脾气的女孩说，“我烦透了她们一直喝酒，开派对疯到凌晨两点。有些人是需要睡觉的，虽然奇怪，但这是事实。”

我的心跳得那么剧烈，我都能在太阳穴上感受到它的振动：“芮娜和她一起走的？”

“不，她们吵了一架。为了那个男人。就是那个帮温妮搬出去的男人。”她说温妮时，语气中毫不掩饰的轻蔑让我很不舒服。当然，不是因为提到什么男人才让我不舒服的；我就是她的男人。如果是某个朋友，或她的同事，热心肠地帮个忙，帮她搬搬东西，我又有什么好紧张的？她当然可以有男性朋友。我不就交了至少一个女性朋友吗？

“芮娜在吗？可以让她接电话吗？”

“不在，她出去约会了。”大概是灵光突降，坏脾气的女孩突然对这场对话感兴趣了，“嗨，你是戴文吗？”

我挂掉电话。这样挂掉电话并非我的本意，只是下意识的反应。我告诉自己，我没有听到坏脾气女孩一瞬间变身为兴致勃勃的坏脾气女孩，就好像发生了什么好笑的事，而我是其中一分子。或者更要命，是那个笑柄。我相信我曾经说过，心灵总想尽可能久地保护自己。

♥

三天后，我收到了温蒂·吉根的信，是那个夏天唯一的一封，也是最后一封。信是写在她自己的信纸上的：毛边，有玩毛线球的小猫图案。我很久以后才突然想到，这种风格该属于五年级的小女生才对。她密密麻麻地写了三页，通篇都在说她有多么抱歉；说她很努力地想要抵制吸引，但是没有办法；说她知道我很受伤，所以我俩最好暂时不要通话或见面；说她希望最初的不快过去后，我们还是好朋友；还说那人很棒，在达特茅斯上学，会打长曲棍球，她知道我一定会喜欢他，说不定秋季学期开始时可以介绍我和他认识……叨叨叨叨，该死的叨叨叨叨。

那天晚上，我把自己扔在离舍普洛太太的海滨旅社不到五十米远的沙滩上，打算喝个烂醉。我想，这至少花费不多。那时候，半打啤酒就能让我醉。喝到不知什么时候，汤姆和埃琳也来了，我们一起看着海浪翻滚涌近。我们是乐园三剑客。

“怎么了？”埃琳问。

我耸耸肩，人在遇到虽不大却恼人的屁事儿时常做这个动作。“女朋友把我甩了。今天收到了‘致亲爱的约翰’①。”

“在你这里，”汤姆说，“应该说是‘致亲爱的戴文’。”

“有点儿同情心吧。”埃琳对他说，“他难过又受伤，只是强撑着不表现出来。你那么笨吗，都看不出来？”

“才不是。”汤姆说。他伸出一条胳膊，搂住我的肩膀，轻轻地抱了我一下，“对你的痛苦，我深表同情，伙计。我能感觉到它就像来自加拿大甚或北极的冷风一样从你身上飘过来。好了，我能喝一听你的啤酒吗？”

“当然。”

我们一起坐了好长时间。在埃琳的柔声询问下，我说了一些，但没有全说。我是难过，我是受伤，但这并非全部。我的情绪还有很多很多，不愿他们知道。部分是因为父母一直教育我，把坏情绪倾倒给别人是极不礼貌的行为，但主要还是因为我的嫉妒那么深、那么强，令我自己都感到惊愕而沮丧。我心中有那条嫉妒的蠕虫，不想让他们觉察到任何蛛丝马迹。他在达特茅斯上学，哦上帝，是啊，他还很可能兄友弟悌，家庭完美，开着辆父母送的福特野马，作为他高中毕业的礼物。甚至嫉妒都不是最糟的。最糟糕的是一个可怕的认识——那晚才缓缓到来的认识——平生第一次，我被真正地、毫无疑问地拒绝了。她跟我是结束了，可我无法想象我跟她结束。

埃琳也拿了一听啤酒，举起罐子：“让我们为下一任女友干杯。我不知道她是谁，戴夫，但我知道遇到你的那天是她的幸运日。”

① Dear John letter，指分手信。

“听听！”汤姆说着，举起了自己的啤酒。因为他是汤姆，所以他强迫症似的又附了两句“叮叮”和“咚咚”。

我想，他们俩当时和那整个夏天都没有意识到我脚下的土地经历了怎样的震荡，以及我心中有多么失落。我不愿让他们知道；把这样的情绪暴露给别人对我来说不止是尴尬，而是耻辱。于是，我保持微笑，举起酒罐，喝了起来。

有他们两个陪我一起喝那半打啤酒，至少我第二天早上醒来不用除了心碎，还要忍受宿醉的后果。谢天谢地，因为上午到乐园之后，我从亚伦老爹那里得知，我当天下午要在乐园大道上穿毛皮——分别在三点、四点、五点，各有十五分钟。我装腔作势地抱怨了一番（每个穿毛皮的人都要抱怨），但其实心里是高兴的。不仅是因为我喜欢被孩子们包围，还因为接下来的几周，扮演霍伊还有某种苦涩的娱乐价值。摇晃着尾巴走在乐园大道上，身后跟着成群的欢笑的孩子时，我心里会想，难怪温蒂甩了我。她的新男友在达特茅斯上学，会打长曲棍球，而她的旧男友却在一个三流游乐场里打暑期工。他在那里扮演一条狗。

♥

乐园的夏天。

我操作娱乐设施。我在上午给砰砰圈抛光——意思是重新摆满奖品——下午负责盯摊。我成打地解开缠在一起的魔鬼车，学会在不烧掉自己手指头的前提下炸面包圈，也学会驾轻就熟地开卡罗来纳大转盘。我在扭扭村的故事大舞台上和其他菜鸟一起载歌载舞。有几次，弗莱德·迪安派我去“搜刮中央大道”。这是信任的象征，因为那意味着从不同的商铺里收中午或下午五点的入账。有机器出故障时，我要到天堂湾或威明顿去找人修理。周三晚上要加班——通常是和汤姆、乔治·普利斯顿和罗尼·休斯敦一起——给旋风杯和另一个恨不得扭断人脖子的可怕设施加油，那个怪物叫拉链。这两套设备喝起油来就像骆驼在到达绿洲之时拼命喝水一样。当然了，我还穿毛皮。

尽管白天这么辛苦，我却基本上不睡觉。有时，我躺在床上，把那副破得只能用胶带缠住的旧耳机扣在耳朵上，听着“大门”乐队的歌。（我特别喜欢那些欢快的旋律，如《窗口有车驶过》《御风而行》，当然，还有《结束》。）当吉姆·莫里森的嗓音和雷·曼扎拉克神秘的配乐也不足以安神时，我会爬下屋外的楼梯，走到海滩上去。有一两次，我就睡在海滩上。至少，在我真的能入睡的那一小会儿，不会做噩梦。那个夏天，我不记得自己做过任何梦。

早上刮胡子时，我在镜中看到眼睛下方的眼袋。有时，特别吃力地扮演霍伊（在闷热嘈杂的日托中心给小朋友庆生是最累的）之后，我会头晕，但这是正常的；伊斯特布鲁克先生就是这么说的。在骨头院里休息一下，我就会恢复正常。总体上，用现在的表达法来说，我是在*演出*。直到七月的第一个周一，也就是独立日的前两天，我才有了不同的看法。

♥

我们毕格尔组，每天第一件事是到亚伦老爹的摊位报到。他一边把枪摆出来，一边给我们布置任务。通常，一早的工作包括搬奖品箱（大多数箱子上都印着**台湾制造**）和给砰砰圈抛光，直到“早门”到来（也就是开业）。然而，那天上午，老爹对我说，莱恩·哈代要找我。这倒是挺出奇，因为不到“早门”前二十分钟，莱恩通常是不会在骨头院外露脸的。我朝骨头院的方向走去，老爹却喊住了我。

“嘿，嘿！他在呆瓜起重机那儿。”呆瓜起重机是对摩天轮的蔑称，若莱恩在场，他是不敢用这个词的。“撒丫子快跑，琼西。今天还有好多活儿呢。”

于是我撒丫子跑了。可是，那里没有任何人，只有高大而沉默的摩天轮静静地等候它的第一批客人。

“这里！”一个女人喊道。我朝左边转过身，看见罗琪·戈尔德站在她画满星星的算命摊外，身上披挂了全套的命运女神行头。她头上戴着一条电光蓝头巾，带流苏的尾端直垂到腰部。莱恩站在她身边，是他一贯的打扮：褪色的直筒牛仔裤，紧身T恤，完美地展现了他那把装满子弹的枪。常礼帽朝一边歪戴着，正是惯有的江湖老大哥气派。看着他，你会相信他不止是有脑子，而是很有脑子。

他俩都穿着秀场的服装，而且两个人都是一副天塌下来了的严肃面孔。我快速地回忆了一下，想看看过去几天我有没有做什么事情致使他们摆出那样的表情。一个念头闪过：莱恩说不定接到命令，要让我离岗，甚至要炒了我。在最忙的夏天？而且，开人不是弗莱德·迪安或布兰达·拉弗蒂的工作吗？再说，又关罗琪什么事儿？

“死人啦，伙计们？”我问。

“不是你就行。”罗琪说。她已经进入工作角色，声音听上去有些滑稽：一半布鲁克林口音，一半喀尔巴阡山脉[1]口音。

“啊？”

“跟我们走走，琼西。”莱恩说完，立刻沿着中央大道走了起来。离“早门”还有一个半小时，那里基本上没什么人，只有几个打扫卫生的——乐园里把这个工种叫做“扫灰工”，这些人可能没有一个有绿卡——在店铺周围干活。这些活儿本该是前一晚就干好的。我跟上之后，罗琪在他俩之间给我腾出位置，我顿时觉得自己像个被两个警察押着往监狱走的犯人。

“怎么了？”

“你会明白的。”罗琪版命运女神阴沉地说。很快，我就明白了。恐怖屋的旁边——事实上，这两个地方是连着的——是神秘人镜子屋。售票亭边上摆着一面正常的镜子，上面有块牌子，写着这样你就不会忘记自己**真正的**样子。莱恩抓住我的一条胳膊，罗琪抓住另一条。现在，我真的觉得自己像罪犯了。他们把我架到镜子前。

“你看到了什么？”莱恩问。

“我。”我说。这似乎不是他们想要的答案，于是我又说：“需要理发的我。”

“看看你的衣服，傻小子。”罗琪说。

我看了。黄色的工作靴上方，我看到了牛仔裤（别人向我推荐的生皮手套从后裤袋里露出头来），牛仔裤上面是蓝色的条格布工作衫，有些褪色，但还算干净。我头上戴的是破旧得令人肃然起敬的霍伊狗头帽，它对我的形象塑造至关重要。

---

① 喀尔巴阡山脉（Carpathian Mountains），欧洲中部阿尔卑斯山脉的东伸部分。

“衣服怎么了？”我开始有些抓狂了。

“就像挂在你身上，是不是？”莱恩说，“以前可不是这样。你瘦了几斤了？”

“天，我不知道。要不我们去找肥沃利称称？”肥沃利负责“猜猜你有多重”的摊位。

“我们不是开玩笑。”命运女神说，“你不能再顶着大太阳，穿着那该死的狗衣服一跳半天，然后吞两粒盐丸，就当自己吃过饭了。随便你怎么哀悼你死掉的爱情，但号丧的时候要记得吃饭。吃饭，见鬼！”

“谁告诉你的？汤姆？”不，不可能是汤姆，“是埃琳。她跟这事儿没关——”

“谁也没告诉我。”命运女神说，“我能看到。”

“我不知道你能不能看到，但你肯定神经过敏。”

一下子，命运女神又变回了罗琪：“我不是在说特异功能，我说的是寻常的、女人的‘视力’。你认为我会看不出一个被爱神之箭射中的罗密欧？我可是盯着人的手掌和水晶球看了那么多年呢。哈！”她向前一步，人未到，胸先至。“我不想管你的情啊爱啊，只是不想看到你在七月四日那天被送到医院去。顺便说一句，那天的温度在阴凉处都有三十五度。你会虚脱，或更糟。”

莱恩摘下他的常礼帽，朝里面看看，又放回头上，这次是往另一侧歪。“她不肯实话实说，生怕会破坏她的神秘气质。事实是，我们都喜欢你，孩子。你学得很快，而且让你干什么就干什么，诚实，不惹麻烦，穿毛皮的时候让孩子们爱得发疯。但是，只有瞎子才看不出你有烦恼。罗琪认为是女孩带来的烦恼。或许她是对的，或许不是。”

罗琪恼怒地瞪了他一眼，回敬他的质疑。

“或许是你的父母离婚了。我父母就离了，这差点要了我的命。或许是你的哥哥卖大麻被抓起来了——”

“我妈死了，我也没有兄弟姐妹。”我有些生气。

“我并不在乎你在现实世界里是怎样的。”他说，“这里是乐园。乐园是秀场。而你是我们中的一员，也就意味着我们有权利照顾你，不管你乐意不乐意。所以，给自己找点东西吃！”

“找很多东西吃！”罗琪说，“现在，中午，全天，每一天都要好好吃饭。还有，别光吃炸鸡。我告诉你，每根琵琶腿里都藏着心脏病。到‘罗克龙虾’去，告诉他们给你弄外带的鱼和色拉。要双份。长点肉，这样你看起来才不像怪物秀里的人体骷髅。”她将目光转到莱恩身上，“当然是女孩的问题，谁都能看得出来。”

“管他娘的是什么，别这么消沉了。”莱恩说。

“在女士面前怎么这样说话！”罗琪说。她听上去又像命运女神了。很快，她就会开始那怪腔怪调的口音了。

“哎哟，得了吧。”莱恩说完，扭头就往摩天轮的方向走去。

他走了之后，我看看罗琪。她实在不是个散发着母性光辉的人，但目前我也只有她了。“罗琪，每个人都知道了吗？”

她摇摇头：“不。对大多数老员工来说，你只不过是一个什么活儿都干的菜鸟……尽管没有三个星期前那么青涩。但是这里有很多人喜欢你，他们都看出来你不对劲。你的朋友埃琳是其中一个，汤姆是另外一个。”她说“朋友”时，听上去就像这个词跟“胖狗”押韵似的，“我也是你的朋友。作为朋友，我要告诉你，你修不好自己的心，这只有时间能做到。你能做的只是修好自己的身体。所以，要吃饭！”

“你听上去就像个絮絮叨叨的犹太大妈。”我说。

“我确实是犹太大妈。相信我，我没跟你开玩笑。”

“该被人笑的是我。”我说，“我一直在想她。”

“想她是你控制不了的，起码现在是这样，但你必须学着不去理会偶尔涌现的其他一些念头。”

我觉得自己不自觉地张大了嘴巴。我不确定，能确定的是我肯定愣愣地瞪着她。常年干这一行的人，比如罗琪·戈尔德——他们在行话里被称作“接球手套”，是从他们看手相的技术来的——自有看透你脑子的本领，真跟通灵一样，虽然通常只是细致观察的结果罢了。

通常，但不总是这样。

“我不明白。”

“让那些病态的磁带休息一会儿，这你总明白吧？”她严厉地看着我，发现我一脸惊讶后，不由笑了出来，“罗琪·戈尔德或许只是个犹太大妈或老大妈，但命运女神可什么都知道。”

我的房东太太也什么都知道。我后来发现——在罗琪难得休假的时候，我看到她和舍普洛太太在天堂湾共进午餐——她们是非常亲密的朋友，已经相识多年。舍普洛太太每周为我的房间吸尘、打扫一次，她一定看到了那些磁带。至于其他的——那些偶尔在我脑中浮现的自杀念头——对一个大半辈子都在观察人性、寻找心理线索（在行话和心理学术语里都被称为“迹象”）的女人来说，应该不难猜到一个刚刚被甩的敏感的年轻人会偶尔想想安眠药、绳子和海底激流。

“我会吃饭的。”我向她保证。“早门”之前，我有一千件事要做，但我急于想离开她主要还是因为我怕她说出些完全让人脸上挂不住的话，比如：她的名字是温蒂，你撸管的时候想的还是她。

“还有，睡觉之前喝一大杯牛奶。”她举起一根手指，向我提出忠告，“不是咖啡，是牛奶。能帮助你入睡。”

“值得一试。”我说。

命运女神又变回罗琪：“我们刚认识的那天，你问我是否看到你的未来有个漂亮的黑发女子。还记得吗？”

“记得。”

“我是怎么说的？”

“你说她在我的过去。”

罗琪用力而傲慢地点点头：“是的，她属于你的过去。当你想给她打电话，求她再给你一次机会时——你会的，你肯定会这样做的——请你表现得有点骨气，给自己留点自尊。还要记得，长途电话是很贵的。”

说点儿我不知道的事情吧，我想。“听着，我真的要走了，罗琪，有好多事要办呢。”

“是的，我们大家都很忙。在你走之前，琼西，我要问问你：你遇到那个男孩了吗？那个有一条狗的男孩？还有那个戴红帽子、抱布娃娃的女孩。我们见面的第一天，我就告诉过你。”

“罗琪，我这几个礼拜遇到了千百万个孩子——”

“你没有。好吧，你会遇到他们的。”她噘起下嘴唇，吹了口气，把从头巾下探出来的发丝吹了起来。然后，她一把抓住我的手腕："我看到你会有危险，琼西。悲伤和危险。"

一时间，我以为她会在我耳边低语：*当心穿黑衣的陌生人！他骑独轮车而来！*但她没有。她松开我，指指恐怖屋："哪个小组负责那个破地方？不是你们组吧？"

"不，是杜宾犬。"杜宾们还负责恐怖屋的周边：神秘人镜子屋和蜡像馆。这三个地方合起来，就是乐园在漫不经心地向老派嘉年华鬼屋秀致敬。

"很好。别进去。那里闹鬼。一个满脑子自杀念头的小伙子可不需要进那样的地方，就像人们漱口不需要用砒霜一样。明白了吗？"

"明白。"我说着看了看表。

她明白了我的暗示，朝后退了一步："留意那两个孩子。也要当心自己脚下的路，小伙子，阴影笼罩了你的未来。"

♥

我得承认，莱恩和罗琪的忠告对我有着醍醐灌顶的作用。我没有停止听"大门"乐队——至少一开始没有——但我强迫自己多吃点东西，并开始每天灌三杯奶昔。我能感觉到，就像某个人打开了水龙头般，新的能量涌进了我的身体。在七月四日的下午，我对此充满感激。那天，乐园"灌满"了人，我穿毛皮穿了十次，这是史无前例的。

弗莱德·迪安亲自把排班表拿给我，并给了我一张伊斯特布鲁克先生写的纸条：*要是受不了，马上停下，告诉你的组长安排别人上。*

"我能行。"我说。

“也许吧，但一定要让老爹看到这张纸条。”

“好。”

“布莱德喜欢你，琼西。这是很少见的，因为除非有人闯祸，否则他是不会注意任何菜鸟的。”

我也喜欢伊斯特布鲁克先生，但没有对弗莱德说。我觉得这话听上去有舔屁股之嫌。

♥

七月四日那天，我演霍伊都是十分钟一班。尽管大多数十分钟最后都变成了十五分钟，但我觉得还行。要命的是高温。罗琪说过，那天的温度在阴凉处都有三十五度，可是中午之前，从挂在园区管理处拖车外的温度计来看，气温已经将近三十九度。幸运的是，多蒂·拉森独立修好了另一套加大号的道具服，我可以在两件间替换。穿着一件的时候，多蒂会把另一件翻过来，挂在三台风扇前面吹，把被汗水打湿的衬里吹干。

现在，至少我可以独立把道具服脱下来了，我已经发现了其中的秘密。霍伊的右前爪其实是一个手套，知道窍门后，就可以自己把后面的拉链拉到脖子了。而一旦取下头部，下面的就轻松了。太好了，因为这样我就可以在帘子后面更衣，不用再把我被汗浸得半透明的内衣展示给戏服间的女士们看。

挂满了星条旗的独立日渐渐过去，我在这天除了扮演霍伊，不再做其他工作。扮成霍伊跳完舞后，我会退到乐园的地下，在骨头院的破沙发上瘫一会儿，享受片刻空调的清凉。觉得缓过神来之后，我就从小路跑到戏服间，换上另一套衣服。两班之间，我会灌下整壶整壶的水和不加糖的冰茶。你不会相信我乐在其中，但事实就是如此。就连最调皮捣蛋的孩子那天都爱极了我。

就这样，到了下午四点差一刻。我正在乐园大道——我们的中央大道——跳舞，头顶的扬声器吼着露珠老爸①的歌：“字母树，字母树，我们大家都爱它。”我拥抱孩子们，并向他们分发“八月大酬宾”的优惠券，因为乐园的生意往往会随着夏天的过去而变冷。我在照相机前摆造型（有些照片是好莱坞女孩拍的，大多数是汗流浃背、被晒得满脸通红的父母狗仔队拍的），身后就像彗星的尾巴般跟着一大群对我崇拜得五体投地的孩子。同时，我也在寻找最近的通往乐园地下的门，因为我已经快累趴下了。今天只剩一个班了，因为快乐的猎犬霍伊从来不在日落之后露出它蓝色的眼睛和毛茸茸的翘耳朵。我也不知道为什么，或许只是又一个传统罢了。

那个戴红帽的小女孩倒在被太阳晒得滚烫的乐园大道上扭动抽搐之前，我就注意到她了吗？我觉得有可能，但并不确定，因为时光会增加虚假的记忆，改变真实的记忆。我当然不会注意到她手上挥动的狗狗美餐，或者她那顶鲜红色的霍伊狗头帽。要知道，游乐场里一个戴狗头帽的孩子可不算什么稀罕景色，何况我们那天说不定卖出了一千顶红帽子。如果我确实注意到了她，也是因为她另一只没有拿芥末酱热狗的手上抓了个布娃娃，贴在她的胸前。那是个大号的蓬发安②。命运女神两天前就

---

① 露珠老爸（Daddy Dewdrop）是美国歌手理查德·曼达（Richard Monda，1940—　）的艺名。

② 蓬发安（Raggedy Ann），美国作家约翰·格鲁埃尔（Johnny Gruelle，1880—1938）创造的一个童话人物，是一系列童书的主角。

警告过我，要当心抱着布娃娃的小女孩。所以，也许我真的注意到了她。也有可能我只是想在昏倒之前赶快离开中央大道。不管怎么样，麻烦并不是她的布娃娃造成的，问题出在她吃的狗狗美餐上。

我只认为我记得她朝我跑来（好吧，孩子们见了我都这样），但我的确知道下面发生了什么以及为何会发生。她嘴里咬了一口热狗，就在她吸气，想要大喊**霍伊**时，那口食物滑进了她的喉咙。热狗：噎死孩子的完美作案工具。幸运的是，我对罗琪·戈尔德的那番鬼话还有点印象，让我得以迅速反应。

当小女孩膝盖发软，脸上狂喜的表情由惊讶又转为恐惧时，我已经将那只戴着手套的手探到背后，抓住了拉链。霍伊的脑袋被一把拽掉，滚到一边，露出了里面头发蓬乱、汗水淋漓、满面涨红的戴文·琼斯先生。小女孩松开了蓬发安，帽子也掉了。她开始用手抓脖子。

“赫莉？”一个女人惊叫道，“赫莉，你怎么了？”

行动起来就更幸运了：我不仅知道怎么了，还知道怎么办。我不确定你们明不明白这到底有多幸运。记住，我们说的是一九七三年，离海姆立克医生发表那篇使“海姆立克急救法”因之得名的著名文章还有整整一年。但无论有没有命名，那都是处理窒息的最常见办法，我们在新罕布什尔大学餐厅工作前的第一次，也是唯一一次岗前培训时学过。培训老师是餐饮界的老兵，原本在纳舒厄镇有家咖啡店，后来被新开在附近的麦当劳挤垮了。

“记住一点，不用力的话就没有用。”他告诉我们，“眼看着有人在你面前丧命，就别担心折断一两根肋骨了。”

我看见小女孩的脸色已经变紫，根本想也没想她的肋骨会怎么样。我上前一把抱住她，用跟尾巴相连的左前掌朝她的上腹部，也就是肋骨汇聚处猛力一捏。只那么一下，就有一团差不多五厘米长的黄色物体从她的嘴里吐了出来，就像软木塞从香槟瓶里弹出来一样。那东西几乎飞了一米半。而且，我一根肋骨也没有弄断。孩子们是很有韧性的，上帝保佑他们。

我没有意识到我和赫莉·斯坦斯菲尔德——那是她的全名——已经被一群大人团团围住，而且人还越聚越多。我当然也没意识到我们被拍了十几张照片，包括埃琳·库克拍的。那张照片后来刊登在《天堂湾周报》和其他几家更大的报纸上，包括威明顿的《星报》。我把它裱了框，至今还收藏在家中的某个地方。照片里，小女孩的身体耷拉在这个人 / 狗杂交物的臂弯里，它两个脑袋中的一个懒洋洋地躺在肩膀上。小女孩向她的母亲伸出双臂，而后者双膝跪地，瘫软在众人面前。埃琳的相机完美地捕捉到了这一幕。

一切都在转瞬间发生，对我来说是模糊一团，但我记得那位母亲将小女孩搂入怀中，她的父亲说，*孩子，我想你救了她的命*。我还记得——这记忆如水晶般清晰——小女孩用她蓝色的大眼睛看着我，说："哦，可怜的霍伊，你的脑袋掉了。"

♥

每个人都知道，报纸永恒的经典标题都是**狗咬人**这种风格的。《星报》没法用这个标题，但它在埃琳拍的那张照片上方配的文字也算是对得起读者：**狗在游乐场救了女孩**。

想知道我看到报纸的第一反应吗？我想抓起那篇文章，把它寄给温蒂·吉根。要不是我在埃琳的照片里活像一只溺水的麝鼠，我可能真的那样做了。最后，我把它寄给了老爸。他打电话来告诉我，他以我为傲。从他颤抖的声音判断，他大概激动得快哭了。

“上帝让你在恰当的时间出现在了恰当的地点，戴夫。”他说。

也许是上帝。也许是罗琪·戈尔德，又名命运女神。或者二者都有。

第二天，我被叫到了伊斯特布鲁克先生的办公室。那是一间铺了松板的房间，满是嘉年华的老海报和老照片。我立刻被一张照片吸引了。上面有一个戴草帽、蓄着漂亮小胡子的人站在“测测你有多大力”的摊位前。他白色衬衫的袖子卷得高高的，一副刚猛的模样，整个身体倚在一柄大锤上，仿佛那是一根拐杖。主柱的顶部，紧挨着铃铛挂着块牌子，上书：**吻他吧，女士们，他是真汉子！**

“那是你吗？”我问。

“的确是我，尽管我只干了一季。骗人的把戏都不符合我的口味。我喜欢公平游戏。请坐，琼西。喝可乐还是什么？”

“不了，先生，什么都不用。”上午灌的奶昔还在我肚子里晃荡呢。

“我开诚布公地说吧。昨天下午，你的行为相当于给乐园做了价值两万美金的宣传，但我却连给你发笔奖金都负担不起。如果你知道……算了。”他向前探过身来，“我能做的是欠你一个人情。如果你有什么需要，请开口，只要我能做到，都会满足你。这样可以吗？”

“嗯。”

“好。你愿意再露一次面吗？作为霍伊，和那个小女孩一起。她的父母想私下里谢你，但公开亮相对乐园很有好处。当然，这完全取决于你。”

“什么时候？”

“周六，午间游行过后。我们会在乐园大道和猎狗路的交叉口搭一个台子，邀请媒体前来。”

“乐意从命。”我说。我承认，我愿意再次出现在报纸上。这个夏天，我的自尊和自信都受到了严重的打击，我会抓住每一个逆转的时机。

♥

伊斯特布鲁克先生的办公室和其他行政建筑一起，位于被我们称为“后院”的地方。我走出去，发现组里全体成员都等在外面，就连亚伦老爹也来了。埃琳艳光照人地穿着那身好莱坞女孩的绿裙子，她走上前，手里拿着一顶亮闪闪的金属桂冠，是用坎贝尔汤罐头的盒子做的。她单膝跪下：“献给您，我的英雄。”

我本以为我被晒得黢黑，已经不会脸红了，结果发现自己错了。“哦老天，快站起来。”

“小女孩的救星。”汤姆·肯尼迪说，“更别提拯救了我们的雇主不被律师告到破产，只能关门大吉。”

埃琳一跃而起，把那顶可笑的汤罐头桂冠戴到我头上，又在我嘴上响亮地一吻。全组人都欢呼起来。

“好了，”欢呼声平息后，老爹说，“我们都同意你是位银甲骑士。你也不是第一个在大道上救了土包子的人。现在大家可以回去工作了吗？”

我没意见。出名挺有趣，但我明白那顶罐头盒桂冠传达的信息：别得意忘形。

♥

周六那天，我穿着毛皮登上了在中央大道中心临时搭建的舞台。我高兴地抱起了赫莉，而显然她也很高兴来这儿。当她表达对她最喜欢的狗狗的爱意，并在镜头前对他亲了又亲时，我猜记者们大概总共用掉了十五公里长的胶卷。

埃琳本来拿着她的相机站在最前排，但媒体的摄影师们块头更大，且都是男人，很快就把她挤到了不那么好的位置。他们想要什么呢？无非是埃琳已经拍到的：一张我拿掉霍伊脑袋之后的照片。但这是我不能给他们的，虽然我相信弗莱德、莱恩或伊斯特布鲁克先生本人都不会给我下禁令。我不这么做是因为这违背了乐园的传统：霍伊从不在公众面前脱下毛皮；这么做就像是逼着牙仙亮相。赫莉·斯坦斯菲尔德窒息时，我摘下了头罩，但那是形势所迫。若是现在再这样，就是刻意破坏规则了。这么来看，我还是很有嘉年华风骨的（尽管不是祖传干这一行的）。

稍晚些时候，我换回了自己日常的衣服，跟赫莉和她的父母在乐园的游客服务中心见了面。离得很近，我才发现赫莉的妈妈肚子里装着宝宝二号，虽然她很可能还可以再吃三四个月的腌菜和冰激凌。她拥抱了我，又哭了起来。赫莉看上去倒不是特别激动。她坐在一张塑料椅上，晃悠着小脚丫，看过期的

《银幕时光》杂志。她嘴里念着明星们的名字，语气庄严，就像宫廷侍卫宣告皇室成员驾临一般。我拍拍她妈妈的背，轻声安慰她。做爸爸的没哭，但也湿了眼眶。他走上前来，手里拿着一张五百美元的支票，作为对我的感谢。我问他以何为生，他说他去年刚开了自己的承包公司。他告诉我，现在公司规模还很小，但已经立住了脚，发展还不错。我想了一下，把他们将要养两个孩子也考虑在内，就把支票撕掉了。我对他说，救赫莉是我工作职责之一，我不能因为这个收钱。

唉，你们要记住，我当时只有二十一岁。

♥

乐园的暑期工是没有严格意义上的周末的。我们每隔九天会休息一天半，这也就意味着从来不会是同样的日子。可以填轮休表，所以汤姆、埃琳和我总能同时休息。于是，八月刚开始时的一个周三晚上，我们在一起，坐在海滩的营火旁，吃着只能滋养年轻人的食物：啤酒、汉堡、烧烤味的薯片和凉拌菜丝。甜点是烤棉花糖。埃琳从海盗皮特的冰激凌华夫饼屋借了个烤架，就着篝火烤棉花糖，味道还真不错。

可以看到别的火堆——火苗跃动的大篝火和做饭的火——从海滩直到灯光闪耀的“大都会”乐园。这些火堆仿佛燃烧的珠宝，串成了美丽的链条。在二十一世纪，这样的火可能是不合法的。二十一世纪总有办法将普通人创造的许多美丽事物变为非法。我不明白为何如此，但知道事实就是这样。

吃东西的时候，我把命运女神的预言告诉他们，说我会遇到一个有狗的小男孩和一个戴红帽、抱布娃娃的小女孩。最后，我说："已经来了一个，还差一个。"

"哇哦，"埃琳说，"也许她真的通灵。很多人都对我说过，但我并不相——"

"谁说过？"汤姆追问。

"嗯……戏服间的多蒂·拉森是一个。还有蒂娜·阿克利，就是戴文夜里偷溜出去私会的那位图书馆员。"

我朝她伸出中指。她咯咯笑了起来。

"两个人怎么能说是很多？"汤姆摆出他那副臭屁得要死的腔调。

"莱恩·哈代是第三个。"我说，"他说她有时会说些能把人吓死的话。"为了不对他们有所隐瞒，我觉得自己有义务再加一句："当然，他也说百分之九十的预言都是胡扯。"

"很可能有百分之九十五是胡扯。"臭屁大王汤姆说，"预测命运是骗人的，孩子们。行话里叫黑把戏。就拿帽子这件事来说。乐园的狗头帽只有三种颜色——红色、蓝色和黄色。目前来说，红色是最受欢迎的。布娃娃就更不用说了。有多少孩子会带着自己的玩具到游乐场来？在陌生的地方，熟悉的玩具可以带来安慰。如果她没有在你面前被热狗噎住，如果她只是拥抱霍伊一下就离开，你还会看见另一个戴红色狗头帽、抱布娃娃的小女孩，说：'啊哈！命运女神确实可以看见未来，我得给她点钱，让她告诉我更多。'"

"你真是个怀疑论者。"埃琳用胳膊肘捣了他一记，"罗琪·戈尔德从来不赚自己人的钱。"

"她没有找我要钱。"我说。不过，我觉得汤姆说得很有道理。诚然，她知道（或貌似知道）我的黑发女孩属于过去，而非未来，但那也可能只是一种猜测，基于概率——或我问问题时脸上的表情。

“当然没有。”汤姆边说边给自己又拿了一块烤棉花糖，“她只是在拿你练手。警醒点吧，我敢打赌她也对其他菜鸟说了类似的话。”

“对你说了吗?”我问他。

“呃……那倒没有，但这不说明什么。”

我看看埃琳，她也摇摇头。

“她还认为恐怖屋闹鬼。”我说。

“这我也听说过，”埃琳说，“是个在那里被谋杀的女孩。”

“狗屎!”汤姆喊道，“下次你就会对我说是虎克船长，他藏身于尖叫的头骨①后面!”

“真的发生过谋杀。”我说，“受害人是一个叫琳达·格雷的女孩。她来自南卡罗来纳州的弗洛伦斯。有人拍到她和凶手在打靶场玩的照片，还拍到他们在旋风杯前排队。没有虎克船长的钩子，但他手上有一只鸟的文身。老鹰或隼。”

这些信息让他一时说不出话来。

“莱恩·哈代说，罗琪只是认为恐怖屋闹鬼，因为她不肯进去一探究竟。只要能避免，她甚至不愿走近。莱恩觉得这真是很讽刺，因为他说那里是真的闹鬼。”

埃琳把眼睛瞪得又大又圆，迅速朝火堆凑近了些——一部分是夸张，但我觉得主要还是为了让汤姆可以用胳膊搂住她。

---

① 虎克船长（the Hook）是童话《小飞侠》里的反派人物，一只手是钩子。《尖叫的头骨》（*The Screaming Skull*，1958）是美国的一部低成本恐怖电影。

“他看到了——？”

“我不知道。他让我去问舍普洛太太。舍普洛太太把整个故事告诉我了。”接下来，我把从舍普洛太太那里听来的都讲给了他们。这是个很适合在夜里讲的故事。满天星辰之下，海浪翻涌，篝火渐弱，开始熄灭成炭。就连汤姆似乎也听得入了迷。

“她说她见过琳达·格雷吗？”我讲完后，他问我，“我是说舍普洛太太。”

我又把租下二楼房间那天听来的故事在脑子里回放了一遍，然后回答他：“我想没有，要是见过，她应该会说的。”

他满意地点点头：“简直是此类事件的教科书式模版。每个人都认识见过不明飞行物的人，每个人都认识见过鬼魂的人。传闻证据，无法在法庭上被采纳。我，我是怀疑论者托马斯[①]。明白了吗？汤姆·肯尼迪，怀疑论者托马斯。”

埃琳更用力地用胳膊肘撞了他一下：“我们明白了。”她若有所思地盯着营火，“你们知道我在想什么吗？夏天都过去三分之二了，我还一次都没去过乐园的恐怖屋呢，连前面吓小孩的那部分都没见过。我们是不能去那里拍照的。布兰达·拉弗蒂说，那是因为有许多情侣会在那里亲热。”她瞅了我一眼，“你傻笑什么？”

“没什么。”我想到已故的舍普洛先生曾在乐园关门后去那里收拾被游客丢弃的内裤。

“你俩去过吗？”

---

① 怀疑论者托马斯（Doubting Thomas）的典故出自《圣经》，汤姆拿这个典故跟自己的名字开双关语的玩笑。

我们都摇摇头。“恐怖屋是杜宾犬小组的地盘。”汤姆说。

“明天去吧。咱们三个坐同一辆车。也许我们能看到她呢。”

“难得休息一天，可以待在海滩上，却还要到乐园去？”汤姆问，“你可真是受虐狂的典范。”

这次，埃琳没有用胳膊肘顶他，而是戳了他的肋骨一下。我不知道他俩有没有发展到上床这一步，但看上去很有可能；显然，他俩的关系已经很亲密了。“滚蛋！作为工作人员，我们进去是不花钱的。而且进去一趟才多长时间？五分钟？”

“可能要稍长一点，”我说，“大概九、十分钟吧。还有前面的部分。所以，总共十五分钟左右。”

汤姆把下巴搁在埃琳的头上，越过那头浓密的秀发看着我：“她说‘滚蛋’！你看这位受过高等教育的年轻淑女，在她去参加女生联谊会之前，说不定还能语出惊人呢。”

“我要是跟那群热衷联谊的饥渴小荡妇厮混，还不如拍拍屁股去死呢。”不知为什么，她这句粗话让我特别受用。或许因为温蒂最喜欢的就是联谊社交吧。“你，托马斯·帕特里克·肯尼迪，你只是害怕我们真的会看见她。这样你就不得不收回之前所说的一切关于命运女神和鬼魂及不明飞行物的话——”

汤姆举起双手：“我投降。我们就和其他土包子——我是说，兔子们——一起排队，享受我们的鬼屋时光。我只有一个要求：下午去。我要睡美容觉呢。”

“你的确需要。”我说。

“把自己整成这副德行的人会理解这点还真让人想不到。给我罐啤酒，琼西。”

我给了他一听啤酒。

“给我们讲讲斯坦斯菲尔德一家人。”埃琳说，“他们是不是抱着你热泪盈眶，称你为他们的大英雄？”

差不多，但我不想这么说。“做父母的还好。那孩子坐在角落，看《银幕时光》，说她的小眼睛看到了迪安·马丁①。”

“别管这了，说点要紧的。”汤姆说，“他们给你钱了吗？”

我满脑子想的都是那小女孩念明星名字时的肃穆口气，仿佛那些人病重昏迷，甚至已经作古。因为心不在焉，我也就随口说了实话：“她爸爸想给我五百美金，我没收。”

汤姆瞪大了眼：“你说什么？”

我看着手里剩下的烤棉花糖。化掉的软糖稀稀拉拉流到了我的指头上，于是我把它扔进了火里。反正我也已经吃饱了。我感到有些尴尬，并因此而生气：“他的小生意刚起步，从他的话里判断，是有可能搞好也有可能破产的。他还有老婆孩子要养，老婆又怀了第二个。我觉得他没法负担这样一笔酬金。”

“他负担不起？你呢？”

我眨眨眼：“我怎么了？”

直到今天，我仍然不知道汤姆是真生气还是装的。我想，或许他一开始是装的，但回过神来我到底做了什么之后，就真的生起气来。我并不十分清楚他的家庭状况，但我知道他是靠一笔笔打工酬劳过活的，而且没有车。想带埃琳出去玩时，他就借我的……每次都付汽油钱，态度认真得近乎一丝不苟。钱对他来说不是小事。我从来不觉得他完全被金钱控制，不过，哦，是的，他很看重金钱。

---

① 迪安·马丁（Dean Martin，1917—1995），美国歌手，演员，制片人。

“你也是乘着祈祷的翅膀上学的，就像埃琳和我一样。在乐园打工并不能让我们平安着陆。你到底怎么回事？小时候你妈妈把你掉到地上磕坏了脑子吗？”

“别这样。”埃琳说。

汤姆对她的话置之不理，继续说：“下一个秋季学年，你还想每天起大早，从学校餐厅的传送带上拿脏餐盘吗？你肯定求之不得是吧？因为这样的工作在罗格斯大学就是一学期五百块钱。我知道这点，是因为我在投身家教大业之前就打听过。你知道我大学一年级是怎么挺过来的？为主修啤酒高级学位的富家子们写论文！如果被捉住，我就会被停课一学期，或干脆被踢出大学。我来告诉你你的慷慨之举意味着什么：放弃了每周二十小时用来专心学习的时间。”他听到自己的咆哮声，住了口，挤出一个笑脸，“或者追求苗条漂亮的小妞。”

“我给你一个苗条漂亮的小妞。”埃琳说着，跳起来朝他扑过去。他俩在沙滩上滚作一团。埃琳挠他的痒，汤姆尖叫着求饶，虽然他的叫声并没有什么说服力。我无所谓，反正我也不想继续谈汤姆挑起的话题。我似乎已经打定了某些主意，剩下的只是让我清醒的意识接受消息了。

♥

第二天下午三点一刻的时候，我们已经站在恐怖屋前排队了。一个叫布拉迪·沃特曼的男孩在入口处值班。我记得他，因为他也是个扮演霍伊的好手（不过，我觉得自己有必要加一句，纯粹是为了实话实说：他并没有我那么好）。尽管夏天开始时还挺肥壮，布拉迪现在已经变得精瘦结实。穿毛皮作为减肥项目，能把慧优体减肥中心[1]一脚踢到塔尔萨[2]去。

“你们来这儿干吗？”他问，“今天不是休息吗？”

“我们想看看乐园唯一黑暗的地方。”汤姆说，“我已经心满意足地感受到了一种和谐——布拉迪·沃特曼和恐怖屋，真是天作之合。”

布拉迪不太高兴：“你们是想挤进一辆车里吗？”

“没办法。”埃琳靠近布拉迪，在他的大耳朵边悄悄说道，“我们在玩真心话和大冒险。”

布拉迪伸出舌头尖，舔舔上嘴唇，我能看出他在盘算到底可不可行。

排在我们后面的人开口了：“孩子们，能往前走吗？我知道里面有空调，我想凉快会儿。”

“进去吧。”布拉迪对我们说，“鞋里放个蛋，快滚。”这话从布拉迪嘴里说出来，简直有拉伯雷[3]式的机智。

“里面有鬼吗？”我问。

“有成百上千呢，我希望它们追着你们的屁股跑。”

♥

我们从神秘人镜子屋开始，在镜前短暂停留，看自己被拉高或是压扁。小笑一阵后，我们跟着一些镜子下部的小红点往前走，直接到了蜡像馆。这个秘密线路图让我们比其他人走得

---

① 慧优体减肥中心（Weight Watchers），为减重纤体人士提供产品和服务的国际公司，于一九六三年成立于美国纽约。

② 塔尔萨（Tulsa），美国城市，位于俄克拉荷马州东北部。

③ 拉伯雷（Rabelais），文艺复兴时期法国的人文主义作家，代表作为《巨人传》。

都快，他们还在嘻嘻哈哈哈地到处晃悠，时不时撞到不同角度放置的镜子上呢。

令汤姆失望的是，蜡像馆里没有杀人犯，只有政客和明星。满面笑容的J.F.肯尼迪和穿连身衣的猫王一左一右站在门边。埃琳对那块**请勿触摸**的牌子视若罔闻，伸手拨了一下猫王的吉他琴弦。“走调——”她刚开口，猫王就突然跳起来，唱起“无法控制爱上你”，吓得她忙往后退。

“哈哈，吓到你了！”汤姆幸灾乐祸地说，上前抱了她一下。

蜡像馆再往里，是一扇门，通往“桶桥屋”，里面轰隆隆传来听上去很危险（实则并不危险）的机械声。各种彩灯频闪，颜色对比强烈，十分晃眼。埃琳从摇摇晃晃的“山羊比利之桥”上走到了另一边。陪在她身边的两位骑士则挑战了大桶。我跌跌撞撞地过去了，像个醉汉般脚下打滑，却只摔倒一次。汤姆在中间停住，伸出双手双脚，看上去像个纸娃娃，然后这个样子原地旋转三百六十度。

“停下，傻瓜，你会摔断脖子的！”埃琳喊道。

“不会的，”我说，“下面有垫子。”

汤姆站到了我们身边，咧嘴傻笑着，脸一直红到头发根：“哇，我从三岁起就沉睡的脑细胞都被唤醒了。”

“是啊，不过你怎么不想想那些被吓死的脑细胞呢？”埃琳说。

后面是倾斜屋。再往里是一道拱廊，挤满了玩弹球和滚球游戏的大孩子们。埃琳抱着膀子看了一会儿滚球，十分不屑地说：“他们难道不知道玩这游戏纯粹是被宰吗？”

“人们来这儿就是为了被宰的。”我说，“这正是魅力之一。”

埃琳叹了口气：“我之前还以为只有汤姆愤世嫉俗呢。”

拱廊的远端，在一个发光的绿色头骨下方，有一块牌子，上书：**恐怖屋就在前方！当心！孕妇和带幼童的游客可以从左边出去**。

我们走进恐怖屋的前厅，咯咯笑声和尖叫声在里面回荡，一听便知是录音机放出来的。悸动的红色灯光照亮了一条单轨和稍远处漆黑的地道入口。地道深处可见灯光闪灭，传来隆隆声和更多的尖叫声。那些不是录音。隔了一段距离来听，那些尖叫可不像是因为快乐而发出的，但也可能是，起码对有些人来说是的。

埃迪·帕克斯——恐怖屋的主管，也是杜宾组的组长——朝我们走过来。他戴着一双生皮手套，头上的狗头帽旧得连原本的颜色都看不出来了（不过，每次灯光亮起，帽子都会变得血红）。他不屑地哼了一声：“看来你们在休假日还真是闲得发慌啊。”

“我们只是想看看没看过的部分。”汤姆说。

埃琳向埃迪露出了她最有感染力的笑容，但没有得到回应。

“我猜你们是想三个人坐一辆车吧。”

“是的。”我说。

“我是无所谓。只要记住，规则对所有人都适用，你们也不例外：把你们的臭手放在车里面！”

“遵命，先生。”汤姆说着，向埃迪敬了个礼。埃迪看着他的表情就像一个人看着一只新品种的甲虫。他一言不发地走回齐腰高的控制台，上面有三根变速杆和一些按钮。一盏伸展灯被压得低低的，尽量减弱它那没有惊悚效果的白光。

“还真是‘讨人喜欢’哪。”汤姆嘟囔道。

埃琳伸手挽住汤姆的右胳膊，又挽住我的左胳膊，把我俩拉近。“有人喜欢他吗？”她小声说。

“没有。”汤姆回答，“连他自己组里的人都不喜欢他。他已经炒掉两个人了。”

和我们一起进来的那批人慢慢也到了。这时，一列小车满载着嘻嘻哈哈的兔子们开过来了。上面有几个孩子在哭，也许他们的父母应该听那块牌子的劝告，带着他们从拱廊出去的。埃琳问一个姑娘，里面吓不吓人。

“他的手要是老老实实待在该待的地方，就一点也不吓人。”姑娘话刚说完，她的男朋友就搂住她，开始吻她的脖子，同时拉着她朝拱廊走去，只留下一串笑声。

我们爬上车。三个人塞在本来只能容纳两人的车厢里实在挤得够呛。我能感觉到埃琳的大腿紧紧挨着我的，她的乳房不时蹭到我的胳膊。我的身体感到一阵突然而愉悦的战栗。脑中的绮丽幻想暂且不论，我可以争辩，大多数男人下巴以上都拥护一夫一妻制。然而，腰带扣下面那条暴走的刺鲅可不管这些狗屁理念。

“手放在车——里”埃迪·帕克斯喊道。他听上去已经无聊得快死了，与永远兴高采烈的莱恩·哈代截然相反。“手放在车——里！你的孩子不到一米高，把他抱到腿上，否则就下车——！都别动，当心安全杆——！”

嘎啦一声，安全杆放下来了，把几个姑娘吓得惊叫出声。也好，算是让她们为稍后的大叫清清喉咙。

车身一晃荡，启动了。我们驶进了恐怖屋。

♥

九分钟之后，我们下了车，和其他游客一起从拱廊出来。身后传来埃迪的喊声，那是他在催促下一批游客把手放在车——里，当心安全杆——。他连看都没看我们一眼。

“地牢没什么吓人的，因为所有的犯人都是杜宾组的人假扮的。”埃琳说，“穿海盗装的是比利·拉格里奥。”她兴奋得满脸通红，头发被鼓风机吹得一团糟，我却觉得她从来没这么好看过。“不过尖叫的头骨真的吓死我了，还有酷刑室……神哪！”

“很恶心。”我表示同意。上中学时，我看过很多恐怖电影，还以为自己早就有了免疫力，但那个一只眼睛鼓出来的脑袋从断头台的斜槽滚下来时，仍旧把我吓得屁滚尿流。老天爷，那脑袋上的嘴唇还在动呢。

再次来到乐园大道上之后，我们看见猎狐犬小组的卡姆·乔根森在卖柠檬汁。“谁想喝？”埃琳问，她仍然很兴奋，“我去买！”

“我喝。”我说。

“汤姆呢？”

汤姆耸耸肩表示同意。埃琳怀疑地看了他一眼，跑去买饮料了。我瞅着汤姆，但他只是盯着一圈圈转的游戏火箭。或许他的目光是透过了火箭，不知看着什么地方。

埃琳抱着三个高纸杯回来了，每杯上面都漂着半个柠檬。我们拿着饮料来到扭扭村旁边的小公园，坐在树荫下的长椅上。埃琳还在说最后出现的蝙蝠，说她知道那些只是拴在铁丝上的玩具，但她最害怕的东西就是蝙蝠了——

说到这儿，她停住了：“汤姆，你还好吧？怎么一句话不说？是不是在大桶上翻跟斗翻得胃不舒服了？”

“我的胃好得很。”他说着喝了一口柠檬汁，仿佛以此来证明自己说的话，“她穿着什么衣服，戴夫？你知道吗？”

“啊？”

“那个被谋杀的女孩，琳塔·格雷。”

“是琳达·格雷。”

“琳塔，琳德，琳达，有什么要紧。她穿的是什么？是伞裙吗？很长，一直到她的小腿肚。还有无袖衬衫。”

我细细观察他。我们两个都是，还以为汤姆·肯尼迪又在装神弄鬼。只是，他看上去并不像是装的。仔细看后才发现，他看上去像是被吓掉了半条命。

“汤姆？”埃琳碰碰他的肩膀，“你看到她了吗？别开玩笑，说真的。”

他伸出一只手，握住她的双手，却没有看她。他看的是我。“是的，”他说，“长裙和无袖衬衫。你知道，因为舍普洛太太告诉过你。”

“什么颜色？”我问。

“灯光一直变，很难说清是什么颜色，但我觉得应该是蓝色。裙子和衬衫都是。”

这时埃琳完全明白了。“天啊。”这句话说得像一声叹息。红晕迅速离开了她的脸颊。

还有些别的东西。据舍普洛太太说，警方隐瞒了很久的一条线索。

“她的头发是什么样的，汤姆？是马尾辫吗？”

汤姆摇摇头。他喝了一小口柠檬汁，用手背抹抹嘴唇。他的头发没有变白，眼睛没有变花，双手没有颤抖，然而他却再也不是那个和我们一路嬉笑怒骂走过镜子屋和桶桥屋的男孩了。他看上去像是接受了名为真相的灌肠手术，把大学三年级暑假工的狗屎屁话都从身体里冲走了。

“不是马尾辫。她是长发，但她在头上绑了一个什么东西，防止头发盖在脸上。那东西我见过上千次，就是记不住女孩们叫它什么。”

“爱丽丝带，就是发箍。”埃琳说。

“哦。我觉得，那东西也是蓝的。她这样伸出她的双手，”说着，他伸出自己的双手，跟艾玛莉娜·舍普洛告诉我这个故事时的姿势一模一样，“好像在求救。”

“你是从舍普洛太太那里知道的，”我说，“是不是？跟我们说实话，我们不生你的气。对吧，埃琳？”

“是，呵呵。”

但汤姆摇摇脑袋：“我只是告诉你们我看到了什么。你们俩都没看见她吗？”

我们都没看见，便这么对他说了。

“为什么是我呢？”汤姆哀怨地说，“进去之后，我想都没想过她，只一心想着玩儿。为什么是我呢？”

♥

我开着我那辆破车，带着他俩回天堂湾时，埃琳试图问出更多细节。汤姆回答了头两三个问题，就说他再也不想讨论这个话题了。他语气粗暴，我从来没听过他这样跟埃琳说过话。估计埃琳也没听过，因为余下的路程中，她一言不发，安静得像只老鼠。或许他俩私下里又谈过吧，我不知道，但他从未在我面前重提此事，直到他死前的一个月。说是旧事重提，其实也只是提了一两句。那场电话对谈很是痛苦，因为他发音不清，断断续续，而且不时犯糊涂。

“至少……我知道……*有件事*，”谈话临近结束时，他说，“我看到……亲眼看到……在那个夏天。在慌张屋里。”我没有纠正他；我知道他说的是什么。“你……你记得吗？”

“我记得。”我说。

“但我不知道……*那件事*……它是好……还是坏。”他将死的声音充满恐惧，“她……戴夫，*她伸出双手的样子*……”

是啊。

她伸出双手的样子。

♥

我下一次全天休假的时候，已经差不多是八月中旬了，兔子潮正在减退。我再也不用从乐园大道一路跳到卡罗来纳大转盘……再跳到命运女神的摊位，它就站在摩天轮旋转的阴影中。

莱恩和命运女神——罗琪今天又穿了全套吉卜赛行头，扮演命运女神的角色——正在摩天轮的控制台前聊天。莱恩看到了我，逆时针转转他的常礼帽。这是他向我打招呼的方式。

“看看猫拖来了什么。”他说，“你好吗，琼西？”

“很好。”我说，尽管这并不是实话。现在我每天只穿四五次毛皮，晚上又开始失眠了。我躺在床上，看着天色变亮。窗户开着，可以听到潮涌的声音。我想着温蒂和她的新男朋友，也想着汤姆在恐怖屋看到的那个女孩。她站在铁轨边，就在地牢和酷刑室之间的假砖隧道里。

我转身问命运女神："我能跟你聊聊吗？"

她没有问为什么，只是把我领到了她的摊位，拨开挂在门口的紫色布帘，让我进去。里面有张圆桌，铺着玫瑰粉的桌布。上面放着命运女神的水晶球，用布蒙着。摆了两张简单的折叠椅，让算命的人和求卜的人可以围着水晶球面对面坐着。我后来偶然知道，水晶球下面有个小灯泡，命运女神可以用脚控制开关。后墙上有只用丝绸做表面的大手，五指摊开，掌心向上，上面用标签清晰地指出七条重要的纹路：生命线、心灵线、头脑线、爱情线（又被称为维纳斯腰带）、太阳线、命运线和健康线。

命运女神拢好裙子，首先落座。她做手势让我也跟着。她没有取下水晶球上的布，也没有让我付钱，以知晓未来。

"问你想问的吧。"她说。

"我想知道，那个小女孩是你猜的，还是你真的知道什么、看见了什么。"

她久久地注视着我，目光沉静。在命运女神的办公场所，闻不到爆米花和炸面包圈的味道，只有一股淡淡的香气。墙很薄，墙外的音乐、人声和游乐设施的转动却好像十分遥远。我想低头，避开她的目光，但努力不这样做。

"事实上，你想知道我是不是个骗子，对不对？"

"我……女士，说实话，我也不知道我想知道什么。"

听到这话，她笑了。是愉快的笑，就好像我通过了某项测试。“你是个善良的小伙子，琼西，但就像大多数善良的小伙子一样，你不太会撒谎。”

我张嘴想回答，她却挥挥戴满戒指的右手让我噤声。她探手到桌下，拿出她的钱箱。找命运女神看手相是免费的——女士们先生们，男孩们女孩们，都包含在你们的门票里了——但欢迎给小费，这在北卡罗来纳州是合法的。她打开钱箱后，我看见一卷皱巴巴的纸币，大多数是一块钱的；一块击彩盘（北卡法律判为不合法）；最后是一个小信封。信封上写着我的名字。她拿出信封。我犹豫一下收下了。

“你今天来乐园不是为了问我那个的。”她说。

“嗯，这……”

她挥挥手，不让我说下去：“你完全清楚自己想要什么。起码短期来说是这样。既然我们每个人拥有的也只是短期，所以命运女神——或者罗琪·戈尔德——又有什么好跟你争辩的？走吧，去做你来这里想做的事。做完之后，打开信封，看看我写了什么。”她笑了，“我不收员工的钱，特别是你这样的好孩子的钱。”

“我没有——”

她站起来，宽大的裙子和身上众多首饰也跟着哗啦啦地起身。“走吧，琼西。我们没什么好谈的了。”

♥

我头晕目眩地走出她的小房间。二十几个游乐设施传来的音乐声袭向我，像对吹的风；阳光砸下来，像锤子。我径直走向行政楼（其实只是一个双倍宽度的拖车），礼貌地敲敲门，走进去，向布兰达·拉弗蒂问好。她正在一本打开的账簿和她忠实的计算机间穿梭忙碌。

“你好，戴文。”她说，“你们照顾好组里的好莱坞女孩了吗？”

“是的，女士，我们对她都很关照。”

“达娜·埃尔克哈特？”

“是埃琳·库克，女士。”

“哦，对，是埃琳。毕格尔组。红发女孩。我能为你做什么？”

“我想见伊斯特布鲁克先生。”

“他在休息，我不愿打扰他。今天他一直忙着打电话，我们稍后还要核对账本，我同样也不想用这些数字让他心烦。这些日子他很容易累。”

“我不需要很长时间。”

她叹了口气：“好吧，我可以看看他是否醒了。能告诉我是什么事吗？”

“一个人情。”我说，“他会明白的。”

♥

他的确明白，只问了我两个问题。第一个是我是否确定，我说是的。第二个……

“你告诉父母了吗，琼西？”

“我只有父亲了，伊斯特布鲁克先生，我今晚就给他打电话。”

“很好。走之前去找一下布兰达，她会准备好所有必须的文件，你可以填一下……”话音未落，他就张开嘴，打了个大哈欠，露出满口马牙。“对不起，孩子，今天很累人。整个夏天都很累人。”

“谢谢您，伊斯特布鲁克先生。”

他挥挥手：“别客气。我相信你留下会对我们大有帮助，但若事先没有取得你父亲的同意，我会对你失望的。出去的时候请把门关上。”

布兰达在文件柜里翻找，抽出乐园雇用全职员工所需的各式表格时，我尽量不去看她紧皱的眉头。没关系，反正就算不看她，我也能感觉到她的反对。我把表格折起来，塞进牛仔裤的后裤袋里，就离开了。

后院远端那排厕所的后面，有一小片紫树丛。我走进去，坐下，背靠着一棵树，打开了命运女神给我的小信封。上面的文字很短，但切中要害。

你会去找伊斯特布鲁克先生，问他你是否能在劳工节以后继续留在这里。你知道他无法拒绝你。

她说得对，我是想知道她是不是骗子。这封信就是她的回答。是的，我已经为戴文·琼斯的下一步打定了主意，这一点她也说对了。

不过，下面还有一行字。

你救了那个小女孩，但亲爱的孩子，你救不了所有人。

♥

我在电话里告诉老爸，我不回大学了；我告诉他，我要休学一年，在乐园打工。电话线在缅因州南部的那一端长久地沉默着。我想，他大概会朝我吼，但他没有。最终开口时，他听上去只是累了：“是因为那个女孩，对吗？”

大约两个月前，我告诉他温蒂和我“暂时分开一段时间”，可老爸一眼就看穿了。从那以后，在我们每周的通话中，他一次也没有说过温蒂的名字。她只是*那个女孩*。他这么说了一两次后，我逗他，问他是不是以为我正和玛洛·托马斯[①]约会。他没笑，于是我再也不拿这件事开玩笑了。

“部分是因为温蒂。”我承认，“但不是全部。我只是需要离开一段时间，短暂休息一下。而且我已经喜欢上这里了。”

他叹了口气：“也许你真的需要换个环境。起码你是在工作，而不是像杜威·米肖家的闺女那样环游欧洲。十四个月住在青年旅社！已经十四个月了，还没回来！上帝，我看她很可能回家时会身上长满癣，肚里揣个娃！”

“好吧。”我说，“如果我小心点儿，倒是可以避免这两个麻烦的。”

“最要紧是躲开飓风，听说今年很厉害。”

“你真的不反对吗，*爸爸*？”

“干吗要反对？你是想让我跟你争辩，试图说服你改变主意？如果你想这样，我倒是愿意一试。不过，我知道你妈妈若还在的话会怎么说——既然他已经到了合法饮酒的年龄，他就能为自己的人生做决定。”

---

① 玛洛·托马斯（Marlo Thomas，1937— ），美国演员，代表作为情景喜剧《那个女孩》（*That Girl*）。

我笑了："是的，像是她会说的话。"

"对我来说，我可不想你回到大学后整天都为那个女孩伤心，让自己的成绩一落千丈。如果给游乐设施上油漆和看管店铺能让你忘了她，说不定倒是件好事。不过，要是你明年才回学校，你的奖学金和助学贷款怎么办？"

"没问题的。我的绩点 3.2，还是很有说服力的。"

"那个女孩。"他的语气无比厌恶。接下来，我们就开始谈别的话题了。

♥

爸爸说得对，对于和温蒂分手，我仍然伤心而消沉，但我已经开始了从抗拒到接受的艰难跋涉（如今，自助团体称之为旅程）。真正的内心平静还很遥远，可我已经不再怀疑——就像我在六月那些漫长、痛苦的时日里的感觉——终有一天可以找到。

有很多因素促使我做出留下的决定，但很难将它们一一梳理，因为它们仿佛杂乱堆于货架上的物品，仅靠直觉的丝线固定。赫莉·斯坦斯菲尔德是一个。布莱德利·伊斯特布鲁克先生是另一个，他远在这个夏天的开始，说我们出售快乐。还有夜晚大海的声音，以及登岸的强风刮过卡罗来纳大转盘时唱响的短歌。我也喜欢乐园地下那些凉爽的地道和我们的行话。圣诞节来临前，其他菜鸟们应该就已经忘了这种秘密的语言。可我不想忘；它是那么丰富。我觉得乐园有更多东西可以给我。我不知道是什么，只知道还有别的。

但是，最主要的——我知道这很奇怪；我对那段记忆检查再检查，以确定它是否真实，而答案似乎是肯定的——是因为看见琳达·格雷鬼魂的人是我们的怀疑论者托马斯。我认为汤姆并不想改变，我认为他对自己安之若素，但我想改变。

我也想看到她。

♥

八月下旬时，有几个老员工——亚伦老爹是一个，多蒂·拉森是另一个——告诉我最好祈祷劳工节的周末下雨。可惜天不遂人愿。到了周六下午，我就明白他们的意思了。兔子们蜂拥而来，扑向最后的狂欢，乐园满得都快溢出来了。更糟的是，半数的暑期工都已经离开，回他们各自的大学去了。留下来的人忙得像狗一样。

这些人里面，有的不止忙得像狗，有的就是狗——明星狗。那个假日周末的大多数时候，我都是透过猎狗霍伊的丝网眼睛看世界。周日，我一共十二次爬进那该死的道具服里。那天的倒数第二个班时，我在乐园大道下方的大地道走了四分之三路程时，眼前突然出现了灰色的阴影，一切物体都仿佛游着泳般逐渐消失。琳达·格雷的阴影，我记得自己是这样想的。

我当时正驾驶着那辆员工用电动小车，毛皮褪到腰间，以便我汗湿的前胸可以吹到空调。意识到晕眩后，我立刻朝墙边靠去，把脚从担当加速器的橡胶钮上抬了起来。所幸负责称重摊位的肥沃利·施密特恰好在骨头院休息。他看见我歪七扭八地停了车，人倒在了驾驶杆上，忙从冰箱里抓出一壶冰水，摇摇晃晃地奔向我，用他胖乎乎的手抬起我的下巴。

“嗨，菜鸟，你还有另一套衣服吗？还是这是唯一合身的一套?”

“还有一套。”我听上去像是喝醉了,“戏服间里。加大号。”

“哦,好,太好了。”他说着,把那壶冰水倒在了我头上。我的尖叫声顿时响彻大地道,吓得几个人拔腿就跑。

“见鬼,你搞什么,肥沃利?”

他咧嘴一笑:“叫醒你呀!确实有效。这是劳工节周末,菜鸟。劳工就是你。别在岗上睡觉了,你要感谢祖国,外面没有四十三度。”

如果外面要是有四十三度,我肯定没法活着讲这个故事了。我会死在扭扭村的舞台上,死于大狗霍伊的一支舞蹈中间,脑袋被烤熟。还好劳工节那天是阴天,还有不时吹来的海风。我终究还是挺过来了。

周一下午四点,我正往替换的霍伊装里爬,为夏天最后一次表演做准备,汤姆·肯尼迪来到了戏服间。他平日穿戴的狗头帽和脏兮兮的球鞋不见了。他穿着熨烫平整的丝光卡其裤(*真不知道你把这裤子藏到哪里了,我想*);一件常春藤联盟的衬衫,下摆整齐地塞进腰间;还有一双浅口皮鞋。这面色红润的狗娘养的甚至还理了发。他从头到脚看上去都像一个踌躇满志的大学生,你绝猜不到两天前他还穿着油腻的牛仔裤,拎着油桶钻到“拉链”里去时露出半个屁股沟,每次脑袋撞到支杆上都要骂亚伦老爹的娘。

“要走了?”我问。

“猜得对,兄弟。我坐明早八点钟的火车去费城,在家待一个礼拜,然后回校继续磨炼。”

“真好。”

“埃琳还有点事，但她今晚会在威明顿跟我会合。我在一个漂亮的小酒店里订了房间。”

这话在我心中激起一阵嫉妒的情绪。“干得好。”

“我对她是认真的。”他说。

“我知道。”

“对你也是，戴夫。我们要保持联系。有时候人们会随便说这句话，可我是认真的。我们要保持联系。”他伸出手。

我握住他的手：“是的，保持联系。你是个好伙计，汤姆。能跟埃琳在一起是你的福气，好好照顾她。”

“当然。”他咧嘴笑了，“春季学年她就会转到罗格斯。我已经教她唱红骑士[①]的战歌了。你知道的，‘逆流而上，红骑士队，红骑士队，逆流而上——’”

“听上去蛮复杂。”我说。

他朝我摇摇手指：“讽刺不会让你出人头地，伙计，除非你在《疯狂》杂志找了份写文章的工作。”

多蒂·拉森喊道：“你们是不是最好快点道别，少洒几滴泪水？你还有表演呢，琼西。”

汤姆转过身去，向她伸出双臂：“多蒂，我爱你！我会想死你的！”

她拍拍自己的屁股，表示深受感动，然后就去忙她待修补的道具服了。

汤姆递给我一张纸条：“这是我家的地址、学校的地址，还

---

① 红骑士（Scarlet Knights），罗格斯大学体育代表队的总称，包括足球、篮球、棒球等各种运动。

有这两个地方的电话。我希望你用上它们。”

“我会的。”

“你真的要放弃本来可以喝酒泡妞的一年时间，在乐园刮油漆？”

“对头。”

“你疯了吗？”

我考虑了一下他的问题：“很可能有一点吧，但我正在好转。”

我浑身是汗，他衣着清爽，但他还是拥抱了我一下。然后，他朝门走去，中途停下在多蒂布满皱纹的脸上吻了一下。因为嘴里含满了别针，她没法骂他，只能摆摆手让他滚蛋。

他在门口停下，转过身来，对我说：“给你一个建议，戴夫……离那儿远点儿。”他一摆头，我明白了他的意思：恐怖屋。说完，他就走了，很可能满脑子都是回家和埃琳，他想买的车和埃琳，新的学年和埃琳。逆流而上，红骑士队，红骑士队，逆流而上。春季学年到来时，他们就可以一起唱了。天，只要愿意，当晚他们就可以一起唱。在威明顿。在床上。一起。

♥

乐园没有下班时间，我们的来去由组长监督。九月的第一个周一，我扮成霍伊跳完最后一支舞后，亚伦老爹让我拿着考勤表去找他。

“我还有一个小时。”我说。

“某人在大门口等着和你一起回去。”我知道他口中的“某人”是指谁。很难相信老爹干硬皱缩如葡萄干的心里会为某个人留下柔软的空间，但事实如此，而当年夏天，埃琳·库克占据了那个位置。

“你知道明天的工作时间吗?”

“七点半到六点。”我说。不用穿毛皮，上帝保佑。

“头两个星期我带你，然后我就去佛罗里达晒太阳了。我走后，你跟着莱恩·哈代。我猜弗莱德·迪安也说不定会管你，如果他碰巧注意到你还在这儿的话。”

“明白了。”

“很好。我会在你的考勤表上签字，然后你就可以走了。还有，琼西，告诉那姑娘偶尔给我寄张明信片来。我会想她的。”

他不是唯一会想她的人。

♥

埃琳也开始了从乐园生活到真实人生的转变。褪色的牛仔裤和袖管粗俗地卷到肩膀的T恤衫不见了，同样消失的还有好莱坞女孩的绿裙子和舍伍德森林帽。大门外，霓虹灯泼洒的红色灯光下站着的女孩穿着一件蓝色的无袖丝绸衬衫，塞进一条系腰带的A字裙里。她的头发用发夹别在脑后，看上去真是漂亮极了。

“跟我一起沿着海滩走走吧。”她说，“我要赶去威明顿的汽车。我去那里跟汤姆会合。”

“他告诉我了。别担心汽车，我开车送你。”

“真的可以吗?”

“当然。”

我们踩在白色的细沙上往前走。天边已经升起半轮月亮，在水面拖出银色的轨迹。走到离天堂海滩还有一半距离时——

也就是说，离当年秋天在我生命里扮演了重要角色的绿色维多利亚式大宅不远的地方——她牵起我的一只手，我们就这样手牵手继续走。一路上，我们没怎么说话，直到站在通往海滨停车场的台阶前。她转过身来看着我。

“你会忘记她的。”她的眼睛凝视着我的。当晚，她没有化妆，也不需要化妆。月光就是她的粉底。

“嗯。”我说。我知道这话是真的，却因此而有些难过。放手是艰难的，哪怕你握住的只剩满手刺，放手仍是艰难的。或许正因为痛，才更难忘。

“目前来说，乐园是你该待的地方，我有这种感觉。”

“汤姆也这么觉得吗？”

“他没有，但他对乐园从未有你这般的感情……也无法体会我在这个夏天感受到的。特别是，那天在恐怖屋，他看到……”

“你们俩后来又谈过那件事吗？”

“我试过挑起话题，但现在已经放弃了。那件事不符合他的人生哲学，所以他要假装它从未发生。不过我想，他在为你担心。”

“你担心我吗？”

“我倒不担心你和琳达·格雷的鬼魂。至于你和那个温蒂的鬼魂，嗯，有一点担心。”

我不由笑了：“我爸再也不叫她的名字了，只称她为‘那个女孩’。埃琳，回学校后能帮我个忙吗？我是说，如果你有时间的话。”

“没问题。帮什么忙？”

我告诉了她。

♥

她让我把她送到威明顿汽车站，而不是直接送到汤姆订的小酒店。她说她宁肯从汽车站打车过去。我刚想开口反对，说这纯粹是浪费钱，但又改变了主意。她看上去有些慌乱和尴尬，所以我想她大概是不愿爬出我的车两分钟后就脱了衣服爬上汤姆的床吧。

我把车停在出租车扬招处的对面。她双手捧起我的脸，开始亲吻我的嘴唇。那是一个悠长而甜蜜的吻。

“要不是有汤姆，我一定会让你忘了那个蠢丫头。”她说。

“可是有汤姆。”

“是，是的。保持联系，戴夫。”

“记得我拜托你的事。我是说，如果你有空。”

“我会记得的。你是个体贴的人。”

不知道为什么，她的话让我想哭，但我反而笑了：“还有，承认吧，我是扮演霍伊的天才。”

“是的，戴文·琼斯，小女孩的拯救者。”

一时间，我以为她又要吻我，但我猜错了。她下了我的车，奔向街对面的出租车扬招处，裙角上下飞扬。我坐在原处，直到看见她被一辆黄色的出租车带走。然后，我自己也开车离开了，回到天堂海滩，回到舍普洛太太家，回到在乐园度过的秋天——我一生中最好也最坏的秋天。

♥

劳工节过后的那个周二，当我沿着海滩走向乐园时，安妮和迈克·罗斯就坐在绿色维多利亚大宅的步道尽头吗？我记得边走边吃的热乎乎的羊角面包，记得盘旋飞舞的海鸥，关于他们却没法百分百确定。他们在这段风景中如此重要，是地标般的存在，我却无法准确定位自己第一次真正注意到他们的时间。没有什么比重复更能搅乱记忆了。

我正跟你们讲述的这件事过去十年后，我在（或许是因为我的缺点）《克利夫兰》杂志当驻社作家。大多数初稿都是在一家咖啡店里完成的，写在黄色的横线簿上。那家店在西三街，离前湖体育场不远，那里当时是克利夫兰印第安人职棒队的主场。每天上午十点，这个年轻的女人都会进来买四五杯咖啡，然后回隔壁的地产公司。我同样无法说清第一次看到她是什么时候。我只知道，有一天我看见了她，也意识到她出去时偶尔会看我一眼。那一天，我回看了她，她朝我笑笑，我也以微笑相报。八个月之后，我们结婚了。

安妮和迈克也是如此；不知从哪一天起，他们已变成了我世界的一部分。我总是挥手致意，坐轮椅的孩子也总是向我挥手。那条狗坐在地上盯着我看，竖起耳朵，身上的毛被风吹拂。旁边的女子是个金发美人——高颧骨，蓝色的大眼睛，饱满的嘴唇，看上去总是有点淤肿的那种。轮椅上的小男孩戴着一顶白袜队的球帽，盖住了耳朵。他看上去病得很厉害，笑容却很健康。不管我走去或走回，他都会露出笑容。有一两次，他甚至向我比划了和平手势，我立刻回礼。我已经变成了他风景中的一部分，正如他构建了我的风景一样。只有那位母亲超然物外。我经过时，她通常都不会把目光从正在看的书上抬起来。偶尔抬起来，也不会向我挥手。当然，她更不会向我比划和平手势。

♥

我在乐园有很多事可以打发时间。就算工作没有夏天时那么有趣和丰富，也更加稳定和轻松。我甚至还有机会重演登峰造极的霍伊一角。乐园在九月的前三个周末向公众开放，于是我扮成霍伊在扭扭村唱了几首《生日快乐》。游园的人数与夏天完全没法比，我再也没开过一台满员的设备。甚至连卡罗来纳大转盘——乐园里受欢迎程度仅次于旋转木马的游乐设施——也再没装满过人。

“往北，在新英格兰，大多数游乐场都周末开门一直到万圣节。”一天，弗莱德·迪安说。我们坐在一张长椅上，吃着富含维生素的高营养午餐——辣椒汉堡和猪皮脆。“佛罗里达的游乐场整年都开。我们处在灰色地带。六十年代时，伊斯特布鲁克先生试图推进全年开放，花了一大笔钱打广告，却没收到好效果。夜里转凉的时候，这里的人们就开始想着乡村市集了。而且，我们很多老员工都会到南边或西边过冬。”他看着空荡荡的猎狗路叹了口气，“每年这个时候，这里就有些孤单。”

“我喜欢这种感觉。”我说的是实话。那一年，是我拥抱孤独的一年。有时，我会去兰伯顿①或默特尔比奇②看电影，跟舍普洛太太和蒂娜·阿克利一起，就是那位戴学究大眼镜的图书馆员。不过，大多数晚上，我都待在自己的房间里，重读《魔戒》，或给埃琳、汤姆和我爸写信。我还写了很多诗，其质量

① 兰伯顿（Lumberton），美国北卡罗来纳州的一个小城。

② 默特尔比奇（Myrtle Beach），美国南卡罗来纳州的海滨城市。

令现在的我羞于谈论。谢天谢地我把它们都烧了。我给自己小小的音乐收藏增加了新成员，它阴郁的调调令我满意。这盒磁带叫《月亮黑暗的另一面》。在谚语书里，我们读过这样的话："狗食其秽物，人重蹈覆辙。"那个秋天，我一次又一次重听《黑暗的另一面》。弗洛伊德[①]偶尔休息的时候，我再去听庄重缓慢的吉姆·莫里森："这就是结束，我美丽的朋友。"好吧，我知道这就是悲惨的二十一岁，我知道，我知道。

至少白天乐园有很多活干。头两个星期，乐园限时开放，我们的时间都用在秋季大扫除上。弗莱德·迪安任命我当了一群"扫灰工"的头儿。当前门挂起**当季休园**的牌子时，我们已经修剪过每一块草坪，为每一块花圃做好了防寒保护，擦净了每一间店铺和每一个摊位。我们还在后院用金属波浪预制板搭了个棚子，把所有的食品车（行话里被叫做粮食滚轮）放进去过冬。每辆爆米花车、冰激凌甜筒车和狗狗美餐车都塞到了绿色的防水布下。

等"扫灰工"们都到北方摘苹果去了，我便与莱恩·哈代和埃迪·帕克斯——就是那个负责恐怖屋（还有杜宾组）的老员工——开始了过冬的准备。我们抽干了乐园大道和猎狗路交叉口的喷泉。当伊斯特布鲁克先生穿着他黑色的旅行装出现时，我们已经开始处理尼莫船长的激流勇进了，这可是个工作量大得多的活儿。

"我今晚要到萨拉索塔去。"他告诉我们，"和往常一样，布

---

① 平克·弗洛伊德（Pink Floyd），成立于伦敦的英国摇滚乐队，以前卫和迷幻音乐赢得国际声誉，是流行音乐史上最成功、影响力最大的乐队之一。

兰达·拉弗蒂跟我一起去。”他笑了，露出两排马牙，“我在园区里逛逛，跟你们道谢，谢谢你们留下来。”

“祝您冬假愉快，伊斯特布鲁克先生。”莱恩说。

埃迪嘟囔了句什么，听上去像是一屋蜜蜂，但很可能是一路顺风。

“谢谢您为我做的一切。”我说。

他跟我们一一握手，最后来到我身前：“我希望明年还能看到你，琼西。年轻人，我觉得你的血液里流淌着这一行的精神。”

不过，来年他并没有见到我，也没有任何人见到他。伊斯特布鲁克先生在新年那天去世了，死在萨拉索塔城约翰·林格灵大街的一间公寓里，离著名的大马戏团越冬修整的地方不到一公里。

“疯狂的老浑蛋。”帕克斯评价道。彼时伊斯特布鲁克先生正朝他的汽车走去，布兰达等在车门边帮他上车。

莱恩缓缓转过头去瞪着他，半晌说了一句：“闭嘴，埃迪。”

埃迪明智地没再往下说。

♥

一天早上，我吃着羊角面包朝乐园走时，那条杰克罗素终于从沙滩那头跑过来，上下打量起我。

“米罗，回来！”女人叫道。

米罗转过头去看看她，又扭过头来，用那双黑亮的眼睛看着我。我没有细想，便撕下一块面包，蹲下来，向米罗伸出手。米罗像箭一样冲上来。

“不要喂它！”女人尖声叫道。

“哦，妈妈，别这样。”男孩说。

米罗听到女主人的叫声，没有接下那块羊角面包……但它终究还是在我面前坐下，摊开两只前爪。我把面包放在它爪上。

“我以后不会这样做了。”我说着站起身来，“不过看它多机灵，我不能让它空手而归啊。”

女人哼了一声，又埋头于她的书本。那本书很厚，看上去一副艰深的样子。男孩喊道：“我们不停地喂它吃东西，可它从来都长不胖，肉都被它跑掉了。”

当妈妈的那位头也不抬，说道：“关于陌生人，我是怎么教育你的，迈克宝贝儿？”

“他并不算陌生人啊，我们每天都见面。”男孩说。至少在我看来，他说得有道理。

“我是戴文·琼斯。”我说，“也住在海滨。我在乐园工作。”

“那么你一定不想上班迟到吧。”说话的人还是没有抬头。

男孩朝我耸耸肩——*她就这样，你能怎么办*，那动作表示。男孩脸色苍白，像老头一样弯腰驼背，但我想他那耸肩的动作和脸上的表情表明他内里生机勃勃，充满幽默感。我也朝他耸耸肩，然后继续往前走。第二天，我特意在经过绿色维多利亚大宅之前就把面包吃完了，免得米罗再遭诱惑。不过，我照常向他们挥手。叫迈克的男孩回了礼。女人还在她通常的位置，坐在绿色的阳伞下，手上没拿书，却和往常一样对我不理不睬。她漂亮的脸上是一副拒人千里之外的表情。*你从我们这里得不到任何东西*，那副表情说，*到你那个庸俗的游乐场上班去吧，别来烦我们。*

我正是这么做的。不过，我还是照常向他们挥手，男孩也会回礼。不管早上还是傍晚，男孩都会向我挥手。

♥

“老爹”加里·亚伦去佛罗里达——他在杰克逊维尔的全明星嘉年华谋了个项目主管的差事——之后的那个周一，我到了乐园，发现我最不喜欢的老员工——埃迪·帕克斯正坐在恐怖屋前的一个苹果箱上。乐园是禁止抽烟的，但伊斯特布鲁克先生不在，弗莱德·迪安也不见踪影，埃迪就觉得违规也没什么风险了。他抽烟的时候仍然戴着手套，估计他要是摘下手套我反而会不适应了，反正他似乎从来没有这个打算。

“你来了，小子，只迟到了五分钟。”这里的其他人都叫我戴夫或琼西，但对埃迪来说，我只是小子，而且永远是小子。

“刚好是七点三十分。”我敲敲腕上的手表。

“那就是你的表慢了。你为什么不像其他人那样从镇上开车过来？五分钟就到了。”

“我喜欢海滩。”

“我才不关心你他妈的喜欢什么，小子，但你别迟到。这可不是你在大学上课，想来就来，想走就走。这是工作！现在毕格尔组的头儿也不在了，你就应该更自觉些，用心干活。”

我可以对他说，老爹告诉过我，他走后由莱恩·哈代负责管我，但还是没吭声。没必要把本来就坏的局面弄得更糟。至于埃迪为什么不喜欢我，答案显而易见。埃迪对世人充满厌恶，对谁都一视同仁。要是在他手下日子太难过，我就去找莱恩，但那只能是最后的出路。我老爸教育我——大多数是身体力行——要是一个人想主宰自己的生活，就必须先主宰自己的麻烦。

“您有什么活儿给我，帕克斯先生？”

“多得是。首先，你去供给棚拿一桶龟牌水蜡，别在那里和你的伙计们鬼扯。然后，去恐怖屋，给所有的车上蜡。”按习惯，他拖长尾音，说的是“车——”“你知道营业季结束后我们就要给所有车上蜡吧？”

“事实上，我不知道。”

“上帝啊，你们这些小子。”他用力踩熄香烟屁股，抬起正坐着的苹果箱，把烟头扔在下面，好像这样就能让它消失一样。“你要好好擦，小子，否则我会让你从头再来。听懂了吗？”

“听懂了。”

“很好。”他又往嘴里塞了一根烟，然后在裤袋里摸索着找打火机。戴着手套很不灵活，花了他一会儿工夫。终于，他摸到打火机，掀开盖子，又停下：“你看什么呢？”

“没什么。”我说。

“那就快走。把里面的灯都打开，省得你看不清自己在干吗。你知道开关在哪里吧？”

其实我不知道，但我应该能找到，不用让他帮忙。“当然。”

他一脸厌恶地打量着我：“还真是个机灵鬼啊。”

♥

我在蜡像馆和桶桥屋之间的墙上找到个写着 LTS[①] 的金属

---

① LTS，英文 lights（灯）的缩写。

盒子。我打开盒子，用掌根把所有开关都推了上去。我本以为，所有的灯都打开后，恐怖屋肯定就失掉它阴森森的神秘气息了，然而事实并非如此。拐角处的阴影仍在，而且我能听到风声——那天早上的风很强——在薄薄的木板墙外呼啸，把不知何处的一块松动的木板拍得哗哗响。我提醒自己，以后要找到那块板，把它修好。

我拎着一个铁丝篮，里面放着干净的抹布和一大罐超大号的龟牌水蜡。我提着篮子穿过倾斜屋——如今被固定在右侧的斜坡上——走进拱廊。看着那些滚球机器，我想起了埃琳不屑的评论：*他们难道不知道玩这游戏纯粹是被宰吗？*这段回忆让我不禁面露微笑，但我的心跳得很厉害，因为我知道完成工作后要去干什么。

小车总共有二十辆，在上客处一线排开。前方通往恐怖屋深处的隧道被两盏明晃晃的工作灯照亮，而非以前营业时的频闪灯，看上去毫不刺激，平庸得很。

我敢肯定埃迪整个夏天都没有用湿抹布擦过车，所以我得先做卫生才能上蜡，也就意味着我还得去供给棚取皂粉，再到最近的工作龙头去打水。等到把二十辆车都洗净擦干，已经到了休息时间，但我决定不去后院或骨头院喝咖啡，而是一口气把活儿干完。那两个地方都有可能碰见埃迪，我可不想再听他发牢骚。于是，我开始着手给车上蜡。把龟牌水蜡在车上涂上厚厚一层，然后擦掉，一辆车一辆车地擦过去，直到它们在上方灯光的照耀下闪闪发光，像新的一样。其实，我干得这么卖力，下一拨找刺激的游客也未必能在那短短九分钟的车程中看出有何不同，倒是我自己的手套，活儿干完时也已经报废了。

我得到镇上的五金店里再买副新的，好手套可不便宜。我要是让埃迪为手套买单，不知他会有什么反应，想到这个我就乐了。

我把一篮脏抹布和龟牌水蜡（罐子基本上空了）藏在拱廊的出口处。已经中午十二点十分了，但我还一点也不想吃东西。我活动下酸疼的四肢，回到了上客处。我稍作停留，欣赏了一下灯光下焕然一新的车子，然后沿着铁轨慢慢地向恐怖屋深处走去。

走到尖叫头骨的下方时，我不得不低下头，尽管它已经被吊起来锁好了。再过去是地牢，才华横溢的杜宾组成员曾用他们的呻吟和哀号多次成功地把各年龄段的孩子吓得屁滚尿流。地牢的屋顶很高，我终于能直起腰来了。木地板漆了颜色，看上去像石头一样，只是踩上去会发出咚咚的声响。我能听见自己的呼吸声，听上去沙哑而干燥。好吧，我承认我害怕。汤姆告诫我要远离这个地方，但汤姆并不比埃迪·帕克斯对我的人生有更多主导权。我有“大门”乐队和平克·弗洛伊德，但我还想要更多。我想要琳达·格雷。

在地牢和酷刑室之间，铁轨走势向下，并连续两次 S 状扭转，游戏车就是在这里加速的，带得游客们来回前倾后仰。恐怖屋里基本光线晦暗，但车开动之后，这里才是唯一完全漆黑的地段。一定就是在这里，凶手割断了那女孩的喉咙，丢弃了她的尸体。他的动作得多快啊，想必他对自己每一步行动都周密筹划、成竹在胸！拐过最后一个弯后，游客们会被头顶闪烁的各色灯光晃得头晕目眩。尽管汤姆没有细说，但我敢肯定他就是在这里看到他不愿看到的东西的。

我沿着连续 S 形的轨道慢慢往里走。我觉得，要是埃迪听到我的声音，说不定会把所有的工作灯关掉来吓我。这事他不是做不出来的。把我留在这漆黑的凶案地点，让我一点点摸路出去，只有风声和松动木板的拍打声陪伴着我。万一……我是说万一……有个年轻的女孩从黑暗中伸出手来，牵起我的手，就像昨晚埃琳在海滩上与我手牵手一样……

灯光仍然亮着。幽灵般发着微光的轨道边也没有出现染血的衬衫和手套。靠近酷刑室入口的地方是我推断的地点，但那里也没有女孩的鬼魂向我伸出手来。

然而，那里仍有某种东西。我那时知道，现在也知道。那里的空气更冷，虽然没有冷到让我呼出的气凝成白烟，但绝对比之前冷。我的四肢和腹部蹿满了鸡皮疙瘩，后脖颈的汗毛都竖了起来。

“让我看看你。”我轻声说，觉得自己愚蠢而胆怯。我想让它发生，却又希望它不会发生。

传来一个声音。一声悠长的、缓慢的叹息。不是人类的叹息声，绝对不是。就像不知什么人打开了一个看不见的气阀。然后，声音消失了，再也没有了。那天是没有了。

♥

“你花的时间可真不少。”我一点差十分才出来，埃迪不满地说。他还坐在那个苹果箱上，一只手上拿着吃剩的熏肉汉堡，另一只手上端着塑料咖啡杯。我从头到脚都是油污，埃迪却干净得如雏菊一般。

“车都很脏，打蜡之前必须先把它们擦干净。”

埃迪吸了一口痰，扭过头，把痰吐到地上。“要是你想得个奖章，我可是刚发完。去找哈代。他说要把所有的灌溉系统都抽干。那活儿估计能让你这样的懒骨头一直忙到下班。要是不能，就再来找我，我会给你点别的事做。相信我，我有一张满满的清单呢。”

“好。”我很高兴终于能走了。

“小子！”

我不情愿地转过身去。

“你在里面看到她了吗？”

“哈？”

他露出让人很不舒服的笑容：“别对我‘哈’。我知道你在干什么。你不是第一个，也不会是最后一个。你看到她了吗？”

“你看见过她吗？”

“没。”那张被太阳晒得黝黑的脸上，一双狡猾而犀利的小眼睛死死盯着我。他有多大？三十岁？六十岁？根本看不出来，也无法判定他说的是否是实话。我不在乎。我只想从他身边离开。这个人让我毛骨悚然。

埃迪举起他戴着手套的手：“杀人的家伙就是戴着一副这样的手套，你知道吗？”

我点点头：“他还多穿了一件衬衫。”

“没错。”他的嘴咧得更开了，“为了不让血染上去。确实有用，不是吗？警察一直都没抓住他。好了，从我眼前滚蛋吧。”

♥

我到摩天轮时，发现只有莱恩的影子在欢迎我。影子的主人正在半空中，踩着支杆往上爬。把全身重量放上去之前，他会先落脚试试牢固程度。他屁股上挂着个皮质工具包，时不时把手伸进去拿出扳手。乐园只有一个暗处的游乐项目，却足有半打高处的载客设施，包括大转盘、“拉链”机、霹雳弹和眩晕晃动机。旺季时，有个三人的维修小组会在每天“早门”之前检查这些设施，北卡罗来纳州游乐监管局的人也会时不时来抽查（有时提前打招呼，有时候突然驾临），但莱恩说主管这些设施的人不亲自检查是懒惰和不负责任的。他这话让我不禁怀疑埃迪·帕克斯上次坐进他自己的小车、测试安全杆是什么时候的事了。

莱恩低头看见了我，喊道：“那丑陋的浑球是不是从来不让你午休吃饭？”

“是我自己干活过了点儿，”我喊回去，“忘了时间。”不过，现在我倒是饿了。

“想吃饭的话，我的狗屋里还有一些金枪鱼通心粉色拉。我昨晚做得太多了。”

我走进小小的控制间，找到一个大号特百惠饭盒，打开盖子。莱恩回到地面上时，金枪鱼和通心粉已经进了我的肚子，我正用纽顿曲奇把它们往下送呢。

“多谢，莱恩，味道很好。”

“嗯，有朝一日我肯定会成为贤妻良母。给我两片曲奇，我看你很快就要把它们全干掉了。”

我把盒子递给他：“大转盘怎么样？”

“又紧又棒。你先消化一会儿，然后帮我看看发动机怎么样？”

“没问题。”

他摘下帽子，把它顶在一根指头上转了起来。他的头发向后梳成了一个紧紧的小马尾，我注意到他的黑发中夹了几缕白色。我很肯定，夏天刚开始时他还没有白头发的。“听着，琼西，埃迪·帕克斯是这一行的老手，但这并不说明他就不是一个刻薄的浑球。你有两点尤其招他烦：第一，你很年轻；第二，你的学历超过了八年级。受够他的时候，过来告诉我，我会让他别再烦你。”

“谢谢，不过我现在还行。”

“我知道你现在还行。我一直关注你，你的表现很不错，但埃迪不是个一般的麻烦。”

“他是个恶棍，专门恃强凌弱。”我说。

“没错。不过，也有好消息给你：就像大多数恶棍那样，你只要刮掉他们的表皮，就会发现下面全是鸡屎。而且，通常表皮还没多厚。这里有几个他怕的人，我恰巧就是其中一个。我以前打断过他的鼻子，也不介意再打断一次。我想说的是，如果有一天你需要呼吸的空间，我会让你得到。”

“我能问你一个问题吗，关于他的？”

“说。”

“他为什么总是戴着手套？”

莱恩笑了，把帽子扣回头上，照往常那样往一边斜。“牛皮癣，两只手像长了鳞一样。或者说，他自己是这么说的，我都记不得上次看到他的手是什么时候了。他说要是不戴手套，就会一直抓痒，直到把皮肤抓出血来。”

“也许正因为这样，他的脾气才这么坏。”

“我觉得倒过来更有可能——因为脾气坏，皮肤才出问题。”

他拍拍自己的太阳穴，“头脑控制身体，我是这么相信的。走吧，琼西，工作时间到了。”

♥

我们为大转盘做好了休冬假的准备，继而着手进行灌溉系统的修整。当管道被压缩空气排空水，下水道吞下几加仑的抗凝剂后，太阳已经西沉，地上的影子都变长了。

“今天的活儿干完了。”莱恩说，“超额完成。把考勤卡拿来给我签字。”

我敲敲手表，给他看，现在只有五点一刻。

他笑着摇摇头：“不要紧，我在卡上写六点。你今天干了十二小时的活儿，小子。十二小时都不止。”

“好。”我说，“不过，别叫我小子。他老这样叫我。”我朝恐怖屋一摆头。

“我记住了。好，把卡拿来，然后快走吧。”

♥

下午，风势略减，但当我走上海滩时，仍觉得出温暖的风吹。通常在海滩上走回镇子时，我都喜欢看着自己长长的影子漂在海浪上，但那个傍晚，我基本上都低头看自己的脚。我累坏了，只想从贝蒂饼屋买个火腿奶酪三明治，再从旁边的 7—11 便利店买两听啤酒。我要回自己的小房间，坐在窗边的椅子上，边吃边读托尔金①。我正看《双塔奇兵》看得入迷。

---

① 托尔金，《魔戒》的作者。《双塔奇兵》是《魔戒》的第二部。

是男孩的声音让我抬起头来。风是朝我这边吹的，因此我听得很清楚。“快点，妈妈，你快成——”他的话音被一阵咳嗽打断，然后才说完，“你快成功了！”

迈克的妈妈今晚在沙滩上，而不是像往常那样待在她的伞下。她朝我跑来，却没有看到我，因为她正盯着被她举在头顶的风筝。风筝线握在小男孩的手里，他坐在步道尽头的轮椅上。

方向错了，妈咪，我想。

她放开了风筝。风筝向上跃了不到一米，调皮地左右摇摆了一阵后，便一头栽到沙里。风把它踢起，吹得它在沙滩上跳动奔跑。她不得不跑着去追风筝。

“再来一次！”迈克喊道，“上次——”咳嗽咳嗽咳嗽，剧烈，撕心裂肺。“上次你差点就成功了！”

“不，我没有。”她听上去又累又烦，“这该死的风筝恨我。我们进去吃饭——”

米罗本来是坐在迈克的轮椅旁的，明亮的眼睛一直关注着这场晚间沙滩运动。看到我后，它叫着向我飞奔而来。看到它冲过来，我突然想起遇到命运女神的那一天，她对我说：在你的未来有一个小女孩和一个小男孩。男孩有一条狗。

“米罗，回来！”当妈妈的喊道。她的头发原本肯定是梳理整齐的，但经过了几次“航空”实验之后，便凌乱地散落下来。她疲倦地用手背把遮住脸的头发往后拢拢。

米罗对她的话充耳不闻。它在我面前猛地停下，前爪掀起一片沙子，乖乖坐好。我笑起来，拍拍它的脑袋：“好了，今晚没有羊角面包，只有口头奖赏。”

它朝我叫了一声，一路小跑着回到妈咪身边。后者站在齐脚踝深的沙里，大口喘着气，被捉拿归案的风筝垂在腿边。

“明白了吗？”她说，“我为什么不愿意让你喂它。它是个没气节的家伙，喜欢找人要吃的，不管谁给它点饭渣，它都会把人家当朋友。”

“哦，我确实是个可以当朋友的人。”

“随你怎么说。”她说，“只要你别再喂我们的狗。”她穿着运动七分裤和一件旧的蓝T恤，上面印的图案都褪色了。从T恤上的汗迹来看，她让风筝上天的尝试已经进行了很久，费了不少劲。为什么不呢？如果我有个被困在轮椅上的孩子，我很可能也想给他个能飞的东西。

“你的方向不对。”我说，“而且，你不用跟着风筝跑。我不知道为什么人人都觉得要跟着风筝跑。”

“我相信你是专家。”她说，“不过，天晚了，迈克该吃晚饭了。”

“妈妈，让他试试吧。”迈克说，“求你了。”

她站在原地一动不动，低着头，散乱汗湿的头发贴在脖子上。然后，她叹了口气，把风筝递给我。我终于看清了她T恤上的字：**佩里营竞技赛（卧式）1050**。风筝的图案好多了，是耶稣的脸。我差点笑了出来。

“这是一个私人笑话。”她说，“请不要问。”

“好吧。”

“你有一次机会，乐园先生，成与不成我都带他进去吃晚饭。他不能着凉。他去年生了病，现在还没全好。他认为自己好了，但这不是事实。”

海滩上的温度至少还有二十四五度，但我没有指出这一点。

妈咪显然没有心情听我反驳她。相反，我告诉她我的名字是戴文·琼斯。她举起双手，又重重放下，像是在说：随你说什么，愣头青。

我看着男孩："迈克？"

"嗯？"

"收线。该停的时候我会告诉你。"

他照我说的做了。我跟着线走，到了和他坐的位置处于一条直线时，我看看风筝上的耶稣："您这次会飞吗，耶稣先生？"

迈克笑了。妈咪没有，但我想我看到她的嘴角抽动了一下。

"他说他准备好了。"我告诉迈克。

"很好，因为——"咳嗽。咳嗽咳嗽咳嗽。她说得对，迈克还没好，不管他得的是什么病。"因为到目前为止，他除了吃沙，还什么都没干呢。"

我把风筝举到头顶，朝着天堂湾的方向。立刻，我就感觉到风在拽它。风筝的塑料表面哗哗作响。"我要放手了，迈克。我放手后，你继续收线。"

"但那样它只会——"

"不，它不会，只是你动作要快，而且要小心。"我有意夸大了难度，因为等风筝飞起来时，我想让他觉得自己很棒，很酷。是的，风筝会飞起来的，只要风别放我们鸽子。我真的希望风能够站在我这边，因为我相信妈咪说只给一次机会是认真的。"风筝会升起来。它升起来时，你就开始放线。要保持风筝线紧绷，记住了吗？也就是说，一旦它往下掉，你就——"

"我就再收一点。我明白了，看在上帝的份上。"

"好。准备好了吗？"

“好了！”

米罗坐在妈咪和我之间，仰头看着风筝。

“好，预备，三……二……一……起！”

那困在轮椅里的孩子躬身耸肩，短裤下的两条腿瘦弱不堪，但他的两只手没有任何问题，而且他知道如何听从指令。他开始收线，风筝立刻升了起来。他开始放线——一开始放得太多了，风筝往下掉，但他马上更正，风筝又开始往上升了。他笑了：“我能感觉到！我的手感觉到了！”

“你感觉到的是风。”我说，“继续，迈克。等风筝再飞高点，风就会接手，那时你要做的就是别松开线就行。”

他继续放线，风筝不断地往空中爬升，先是越过了海滩，又飞过了海面，越飞越高，越飞越高，飞到了九月傍晚蓝色的天空中。我盯着风筝看了一会儿，然后偷偷地看向迈克的妈妈。她没有因我的注视而恼怒，因为她根本没看到我。她所有的注意力都放在儿子身上，我从来没在一个人的脸上见过这样的爱意和欢乐。因为他是快乐的。他的眼睛闪闪发光，咳嗽也停止了。

“妈妈，它就像活的一样！”

它是活的，我想。我记起了爸爸在镇上的公园里教我放风筝的情景，那时我跟迈克一样大，但我的两条腿是能动的。*只要它飞上天空，到了它该去的地方，它就是活的。*

“过来试试！”

她沿着沙滩上的小斜坡走上步道，站在儿子身旁。她的眼睛盯着风筝，手却抚摸着他颈后深棕色的头发。“你确定吗，亲爱的？这是你的风筝。”

“是，但你一定要试一下，感觉太棒了！”

她接过线轴，举在身前。随着风筝越飞越高（风筝现在只是一个黑色的小点，再也看不到耶稣的脸了），不断放线，线轴已经很单薄了。一时间，她看上去有些焦虑，但接下来就露出了笑容。当一阵风吹过，扯动风筝先是向内陆方向，继而是右舷方向摆动，在翻滚的海浪上方起舞，她的笑容变得愈发灿烂。

她放了一会儿风筝后，迈克说：“让他来。”

“不，我不用。”我说。

但她已经递过线轴：“我们坚持，琼斯先生，毕竟，你是飞行总指挥。”

于是，我接过线轴，立刻感到一阵熟悉的激动。风筝扯线的感觉就像是一条个头不小的鳟鱼上钩，咬紧了鱼线，但放风筝的美妙之处在于不用杀生。

“它能飞多高？”迈克问。

“我不知道，但也许今晚它不应该再飞更高了。上面的风更强，或许会把线扯断。还有，你们该吃晚饭了。”

“琼斯先生能跟我们一起吃饭吗，妈妈？”

这个提议让她惊讶，并非惊喜。尽管如此，我看出她仍然打算让步，因为我把风筝放起来了。

“不用。”我说，“谢谢你们的邀请，可我在乐园里忙了一天，准备封舱过冬。我现在从头到脚都脏得要命。”

“你可以在房子里洗澡。”迈克说，“我们有，嗯，大概七十间浴室。”

“迈克·罗斯，我们没有！”

“或许有七十五间，每间里面都有按摩浴缸。”他大笑起来。

这笑声十分动人，深具感染力，直到它被又一阵咳嗽声打断。咳嗽又变成了喘息。就在妈咪开始着急之际，他控制住了自己。

“下次吧。”我说着把线轴还给他，“我喜欢你的耶稣风筝。你的狗也不赖。”我弯下腰，拍拍米罗的脑袋。

“哦……好吧。下次再说吧，但是别等太久，因为——”

当妈妈的匆忙打断他：“你明天能早点上班吗，琼斯先生？”

“能，我想没问题。”

“如果明天天气好，我们可以在这里吃水果奶昔，我做这个还不错。”

我打赌她做得一手好奶昔。而且，这样她就不用请一个陌生人到家里去了。

“你来吗？”迈克说，“我觉得很棒。”

“好呀。我会从贝蒂饼屋带些点心来。”

“哦，你不用——”她开口谢绝。

“您不用客气，女士。”

“哦！”她看上去大惊失色，“我是不是还没自我介绍？我是安妮·罗斯。”她伸出一只手。

“跟您握手是我的荣幸，罗斯太太，可我手太脏了。”我摊开手给她看，“很可能都把风筝弄脏了。”

“你应该给耶稣加上小胡子！”迈克叫道，然后再一次笑得以咳嗽收场。

“线有点松了，迈克，”我说，“最好收紧些。”他收线时，我拍了拍米罗，开始沿着海滩往回走。

“琼斯先生。”她叫道。

我转过身，看见她站得笔直，高抬着下巴。汗水把T恤紧紧贴在她身上，使她丰满的胸部轮廓毕现。

“我是罗斯小姐。不过，既然我们已经互相介绍过了，你可以叫我安妮。”

“好的。”我指指她的T恤，“是什么竞技赛？又为什么是卧式？”

“就是说你躺下射击。”迈克说。

“几百年没玩过了。”她简短地说，一副不愿再谈这个话题的样子。

我对此没有异议。我朝迈克挥手道别，他立刻做了同样的动作。他在咧着嘴笑。这孩子笑起来真好看。

沿着海滩走了四五十米之后，我回头看看。风筝下降了一些，但风仍控制着它。那母子俩都仰头看着风筝，母亲的一只手放在儿子的肩膀上。

*小姐，我想，小姐，不是太太。有位先生和他们一同住在那栋有七十间浴室的维多利亚式大宅里吗？*虽然我自己没见过并不代表就没有，但我真的觉得没有这样一位先生的存在。我认为只有他们母子俩，孤立无援，相依为命。

♥

第二天早上，我并没有从安妮·罗斯口中得到这个问题的确切答案，却从迈克那里得到了很多食物。我还吃到了超级棒的水果奶昔。她说酸奶是她自己做的，上面铺满了不知从哪里弄到的新鲜草莓。我带来了贝蒂饼屋的羊角面包和蓝莓松饼。迈克没有吃点心，但把自己那份奶昔吃完了，并要求再来一杯。从他妈妈张大了嘴吃惊的模样判断，我猜这是个令人惊叹的进步。

“你确定还要再吃一杯？”

“也许半杯就够。”他说，“怎么了，妈妈，不是你一直说新鲜酸奶能帮助我肠蠕动吗？”

“迈克，我觉得没必要在早上七点讨论你的肠道问题。”她站起身，朝我投来怀疑的一瞥。

“别担心，”迈克轻快地说，“要是他想猥亵幼童，我就让米罗咬他。”

红晕立时飞上她的脸颊：“迈克·埃弗里特·罗斯！”

“对不起。”他说，但他看上去一点也没有对不起的意思。他的眼睛闪闪发亮。

“不是向我，而是向琼斯先生道歉。”

“不要紧，不要紧。”

“你可以照顾他一会吗，琼斯先生？我去去就回。”

“当然可以，只要你叫我戴文。”

“好。”她沿着步道匆匆离去，中间停下脚步，扭头看了看我们。我猜她是很想回来，但能让被病痛折磨得皮包骨头的儿子多吃一点健康食物的想法实在太诱人，所以她还是走了。

迈克看着她登上通往后露台的台阶，叹了口气：“现在我必须多吃一杯了。”

“呃……是的。是你自己要的，不是吗？”

“只有这样，我才能跟你单独说话，不会有她在旁边打岔。我非常爱她，但她总是管得太多，就好像我的病是什么丢人的事，不能让别人知道。”他耸耸肩，“我得的是肌营养不良症，就这样，所以我必须坐轮椅。要知道，我能走，但那些支架和拐杖很烦人。”

“我很难过，”我说，“这是很烦人，迈克。”

“是的，可我从有记忆起就是这个样子，所以也没什么大不了的。只不过，这是一种特殊的肌营养不良症，被叫做杜兴式肌营养不良症①。得这个病的大多数孩子十几岁或二十出头就挂了。”

好吧，你们告诉我，对一个刚刚告诉你他被判了死刑的孩子，该说些什么才好？

“但是。”他举起一根手指，像老师教育学生般说，“记得她说我去年生病了吗？”

“迈克，如果你不想说，就不用告诉我这些。”

“嗯。可是我想告诉你。”他专注地看着我，目光甚至是急切的，“因为你想知道。或许甚至你需要知道。”

我又想起了命运女神。两个孩子，她告诉我，一个女孩戴红帽子，一个男孩有一条狗。她说这两个孩子中的一个有预视力，但她不确定是哪个。我想，我现在知道了。

“妈妈说我觉得自己已经好了。我听上去像已经好了吗？”

“咳得很厉害，”我鼓起勇气说，“但除此之外……”我不知道该怎么把这句话说完。*除此之外，你的腿就像两根棍子，什么用也没有？除此之外，你长得很像你母亲；我若在你衬衫后面栓根绳子，就能把你像风筝一样放上天？除此之外，如果要在你和米罗之间选一个活得更长的，我会赌你的狗赢？*

“去年感恩节之后，我得了肺炎，在医院里躺了两个礼拜都

---

① 杜兴式肌营养不良症（Duchenne muscular dystrophy），简称 DMD。

没有好转。医生告诉妈妈，我很可能熬不过去了，让她，嗯，让她做好心理准备。”

可是，他并没有当着你的面说这些话，我想，医生们从不当着病人的面说这些话。

“但我还是挺过来了。”他骄傲地说，“外公给妈妈打电话——我想，那是很长一段时间以来他们第一次通电话。我不知道是谁告诉他的，但他到处都有人。很可能就是那些人中的某一个说的。”

他到处都有人听上去是个偏执的想法，但我闭嘴不谈。后来我才发现，这个想法一点也不偏执，迈克的外公确实到处都有人，他们都信仰耶稣、国旗和全美步枪协会①，尽管不一定按这个顺序排列。

“外公说我的肺炎能好是靠上帝的旨意。妈妈说他胡扯，就像他当时说我得 DMD 是上帝的惩罚一样。她说，我只是一个难养的小鬼，上帝和这一点关系也没有。说完她就挂了电话。”

迈克也许只听到了他妈妈说的话，没有听到外公的，而且我十分怀疑他妈妈会转述，但我也不认为上面的对话是他编出来的。我发现自己暗自希望安妮不要很快回来。听迈克说话和听命运女神说话不一样。我相信（多年以后仍然这样相信），罗琪·戈尔德只拥有一点真正的通灵能力，这种能力被对人性的深刻理解加强，又被花哨的秀场把戏包装。迈克的能力却清楚得多，简单得多，纯净得多。这虽然跟能看见琳达·格雷的鬼魂不同，但它们是一类。它们都是对另一个世界的触碰。

---

① 全美步枪协会（National Rifle Association），简称 NRA。

“妈妈说她再也不会回到这里了，可我们还是回来了，因为我想到海边来，因为我想放风筝，因为我不会活到十二岁，更不用说二十岁出头了。是由于肺炎，明白吗？我接受类固醇治疗，本来是有效果的，但狗娘养的肺炎加上 DMD 彻底摧毁了我的肺和心脏。”

他看着我，带着孩子的叛逆神情，等我如何回应他的脏话。我当然没有任何反应。我的脑子忙于理解这些话的含义，根本顾不上他的用词。

“那么，”我说，“我猜你是说，多喝一杯水果奶昔对你也没什么帮助。”

他仰头哈哈大笑起来。大笑随之变成了我在他身上见过的最严重的一次咳嗽。我立刻担心起来，起身走到他身边，拍拍他的背……轻轻地，很小心。他的背很瘦，仿佛那些骨头下面什么都没有。米罗叫了一声，抬起两只前爪放在迈克残疾的两条腿上。

桌子上放了两只宽口壶，一只里面盛的是水，一只里面是鲜榨橙汁。迈克指指水壶，我给他倒了一杯。我想帮他拿着杯子，他不耐烦地看了我一眼，接过了杯子，尽管仍然咳个不停。他把一些水洒到了衬衫上，但大部分还是喝了进去，咳嗽减轻了。

“这次咳得真狠。”他拍拍自己的胸口，“我的心脏跳得像个浑球。别告诉我妈妈。”

“天啊，孩子！你觉得她会不知道吗？”

“我觉得她知道得太多了。”迈克说，“她知道我可能还有好过的三个月，接下来是难过的四到五个月。要整天躺在床上，什么都做不了，只能边吸氧气边看《陆军野战医院》和《肥亚伯》。唯一的问题是她会不会让外公和外婆来参加葬礼。”他先前咳得太厉害，眼眶都湿了，可我不会把那当成泪水。他是很虚弱，但没有失控。昨天傍晚，他扯动线绳让风筝飞上天时，看上去比实际年龄要小。现在，我却看着他努力要表现得比实际年龄成熟许多。可怕的是，他真的成功了。他的目光对上了我的，双眼平静无波：“她当然知道，她只是不知道我也知道。”

后门响了一声。我们朝那个方向看过去，看见安妮穿过露台，正朝步道走来。

“为什么我需要知道，迈克？”

他摇摇头：“我也不清楚。但你不能对妈妈说，好不好？这会让她不安的。她现在只有我了。”他说这话的口气丝毫没有骄傲，只带着一种沉重的实事求是。

“好。”

“哦，对了，还有一件事，我差点忘了。”他飞快地看了妈妈一眼，发现她只走到步道的一半，忙转身对我说，“不是白的。”

“什么不是白的？”

迈克·罗斯看上去有些困惑：“不清楚。今天早上醒来时，我想到你要过来吃水果奶昔，这句话就钻进我脑子里了。我还以为你会明白呢。”

安妮到了。她在果汁杯了装了一小份奶昔，上面只放了一个草莓。

“棒极了！”迈克说，“谢谢妈妈！”

“别客气，亲爱的。”

她看了一眼他打湿的衬衫，却没吭声。当她问我是否想再喝一点果汁时，我看到迈克冲我眨眼，便说再来点果汁也好。安妮倒果汁时，迈克挖了两大勺奶昔喂给了米罗。

安妮转过身来，发现迈克的奶昔杯已经空了一半：“哇哦，你还真是饿了。”

“早就告诉你了啊。”

“你和琼斯先生——戴文，刚才都聊了些什么？”

“没聊什么。”迈克说，“他一直很伤心，但现在好些了。”

我什么也没说，但能感觉到两颊发烫。待我终于鼓起勇气看向安妮时，看到她正在微笑。

“欢迎来到迈克的世界，戴文。”她说。我想，我当时的表情一定像是刚吞了一条金鱼，因为她放声大笑起来，笑声十分悦耳。

♥

那天傍晚我从乐园走回去时，她站在步道的尽头，在等我。这是我第一次见她穿衬衫和裙子。而且，她独自一人，这也是第一次。

“戴文？能耽误你几分钟吗？”

“没问题。”我说着走上沙地斜坡，朝她走去，“迈克呢？”

“他一周要做三次理疗。通常，珍妮丝——他的理疗师——都是上午来，但今天我安排她晚上来，因为我想单独跟你说话。”

“迈克知道吗？”

安妮沮丧地笑笑：“很可能知道。迈克知道许多他原本不应该知情的东西。我不会问你，今天早上他支走我之后跟你说了什么，但我猜，他的……他能看见某些东西的能力……并没有让你吃惊。”

“他告诉我他为什么要坐轮椅，仅此而已。哦，他还提到，他是去年感恩节生的肺炎。”

“我想为风筝的事谢谢你，戴文。我儿子晚上睡眠非常不好。严格来说并不是疼痛，但他睡着时会呼吸困难。类似呼吸暂停。他必须半坐着睡觉，就连那样也没什么帮助。有时，他会完全停止呼吸，这种时候，警报就会响起，把他叫醒。可是昨晚——放完风筝之后——他睡得很香。我甚至凌晨两点进去一趟，生怕监视器出了故障。他睡得像个婴儿。没有辗转反侧，没有噩梦连连——他经常做噩梦——也没有痛苦呻吟。是风筝，从来没有任何东西像风筝那样让他心满意足。或许除了去你工作的那座该死的游乐场，而这是绝对不可能发生的。”她顿了一下，笑了，“哦，见鬼，我怎么像发表演说一样滔滔不绝。”

“没关系。”我说。

“只是因为我没有能谈话的对象。有人帮我做家务——天堂镇当地的一个妇女，人非常好——当然，还有珍妮丝，但这不一样，你没法跟她们聊天。”她深吸一口气，“还有，我之前对你很粗鲁，而且没有任何正当的理由。对不起。”

“太太……小姐……”哦，该死，“安妮，你不需要向我道歉。”

“不，我应该道歉。看到我折腾那风筝时，你本可以袖手旁观的，那样迈克就无法得到一夜安眠。我只能说，我常常无法信任别人，这是我的问题。”

这时她就要请我去家里吃晚餐了，我想。然而事情并未像我想象中发展，或许是因为我下面说的话。

“要知道，他可以到乐园来的。很容易安排，游乐场已经关门了，他可以想怎么玩就怎么玩。”

她的脸顿时沉了下来，就像手突然握成了拳：“哦，不，绝对不行。如果你有这种想法，只能说他告诉你的事情没有我想象中多。请别对他灌输这个念头，事实上，我坚决要求你不要这样做。”

“好的，”我说，“不过，要是你改变主意……”

我说不下去了。她不会改变主意的。她看看表，脸上又出现了笑容。这笑容如此美丽，让我几乎忘记她的眼睛里并没有笑意。“哦天啊，看看现在多晚了。理疗之后迈克通常都会饿，我还没准备晚餐呢。我们就此道别吧？”

“好。”

我站在原处，看着她飞快地跑过步道，进了那栋绿色的维多利亚式大宅。由于多嘴，我可能永远也没机会看见那栋房子里面是什么样子了。不过，带迈克去乐园玩这个想法似乎没什么不好。整个夏天，我们接待了有各种各样困难的孩子——肢体障碍的孩子，视力障碍的孩子，患了癌症的孩子，还有精神障碍的孩子（二十世纪七十年代，我们管这样的孩子叫弱智）。何况，我不会把迈克塞进眩晕晃动机的最前部，把他吓个半死。即使晃动机没有锁起来过冬，我也不会那样做，我又不是白痴。

旋转木马就没问题，它还在运转，迈克玩这个绝对安全。还有在扭扭村跑的小火车。同样，我认为弗莱德·迪安也不会介意我带迈克去神秘人镜子屋。可是，哦，不，迈克是她养在温室里的花朵，她决意这样把他养下去。风筝的事只是误差，向我的道歉是她自认为不得不吞下的苦果。

尽管这样想，我仍然无法不去注意她是多么灵敏迅速。她的动作带着自然而然的优雅，这是她的儿子永远也无法做到的。我看着她裙子下面未穿袜子的两条长腿，把温蒂·吉根忘到了九霄云外。

♥

周末我休息，你猜怎样？我觉得逢周末必下雨应该是我的错觉，可它真的不像错觉，不信你去问问任何一个朝九晚五忙工作，只能周末筹划野营或钓鱼的人。

好吧，还好我有托尔金。周六的下午，我坐在窗边的椅子上，正跟着佛罗多和山姆二人深入摩多的群山时，舍普洛太太敲门了，问我是否愿意到楼下起居室同她和蒂娜·阿克利一起玩拼字板①。我对拼字板游戏没什么热情，当年在坦瑟阿姨和娜奥米阿姨手上有过多次丢脸的失败经验，给我留下了心理阴影。那两位阿姨有巨大而怪异的词汇储备，我称那些词为“拼字板狗屎词汇”——比如 suq，tranq 和 bhoot 这种破词（最后一个词是印第安人的某个神的名字）。尽管如此，我还是说我很乐意。毕竟，舍普洛太太是我的房东，而讨好房东太太有多种方式。

下楼的时候，她向我透露：“我们在帮蒂娜热身。她是拼字板‘鲨鱼’。下个礼拜，她要去大西洋城参加什么比赛，我相信是有奖金的。”

---

① 拼字板游戏（Scrabble），一种在图版上玩的拼词游戏。图版上一般有 15×15 方格，词汇以填字游戏的方式横竖排出，不同字母按照在标准书写英语中出现的频率有不同的得分。参与者有两到四人。

没花多长时间——或许只有四个回合——我就发现这位图书馆员可以把我的两个阿姨揍得满地找牙。当阿克利小姐放下 nubility 这个词时（她脸上挂着抱歉的笑容，所有拼字板鲨鱼都是这样笑的，我觉得他们肯定私下里练习过），艾玛莉娜·舍普洛已经落后了八十分。至于我……算了，不说也罢。

“你们俩都不会知道安妮和迈克·罗斯的什么事吧？”游戏的间歇，我问她们（每放一个字母，这两位女士似乎都觉得有必要仔细研究拼字板一番），“就是住在海滨路那栋绿色维多利亚式大宅里的母子俩。”

阿克利小姐的手停在了放字母的棕色小袋里。她本来眼睛就很大，那副厚眼镜把它们变得更大了。“你见过他们了？”

“嗯哼。他们在放风筝……好吧，是她在放……我帮了一点小忙。他们人很好。我只是好奇……那对母子独自住在那么大的房子里，孩子还病得厉害……”

她们交换了完全不相信的眼神，我开始后悔自己挑起了这个话题。

“她跟你说话了？”舍普洛太太问，“冰雪女王真的跟你说话了？”

不只跟我说话了，还给我做了水果奶昔，感谢我，甚至向我道歉。不过，这些话我都没说。不是因为安妮听了我的鲁莽提议后又变得冷若冰霜，而是因为告诉别人这些事感觉好像对她的不忠，某种程度上。

“哦，说了几句，毕竟我帮他们把风筝放起来了。”我转了一下拼字板。是蒂娜的，那种有精巧的内置转轴的专业用品。“好了，舍普洛太太，轮到你了。或许你能想出一个连我孱弱的词汇库都收录了的词。”

“只要位置合适，孱弱（puny）这个词本身也能值七十分。”蒂娜·阿克利说，“甚至更多，因为它是以 y 结尾，跟 pun 连着一起。”

舍普洛太太没有理会拼字板和蒂娜的建议：“你肯定知道她父亲是谁吧？”

“我不知道。”我知道的只是安妮和她的父亲不和，而且很长时间了。

“巴迪·罗斯你都不知道？《巴迪·罗斯力量时间》？还没想起来？”

有些隐约的印象。我好像在戏服间的收音机里听到过某位叫罗斯的布道者。这倒说得通了。在我快速换装，变身为霍伊之际，多蒂·拉森曾经问我——毫无征兆地突然发问——有没有找到耶稣基督。我第一个反应就是告诉她，我不知道耶稣基督迷路了，但还是没敢如此造次。

“他是宣扬圣经的布道者？”

“他和欧洛·罗伯茨、吉米·斯瓦戈特①并列，是最有影响力的布道家之一。”舍普洛太太说，“他从他位于亚特兰大的大教堂里向世人广播，他管那里叫上帝的堡垒。他的广播节目全国都可以听得到，如今他正越来越频繁地出现在电视上。我不知道那些电视台是否让他免费上节目，还是他出钱买的。反正他也付得起，特别是夜间时段。那个时段是属于饱受病痛疾苦

① 欧洛·罗伯茨（Oral Roberts，1918—2009）和吉米·斯瓦戈特（1935— ），都是美国著名的布道者。

折磨的老年人的。他的节目一半是奇迹治愈，一半是恳请大家爱心奉献。”

“怎么没运气治愈自己的外孙呢?”我说。

蒂娜把手从字母袋里抽出来，什么也没拿。她暂时忘记了拼字板游戏，对于我们这些绝望的对手来说是件好事。她兴奋地两眼放光：“你一点也不知道，是不是？通常，我是不喜欢背后议论别人的，但是……”她压低声音，接近耳语，像是要泄露什么天大的秘密，“但是既然你已经见过他们了，我可以告诉你。”

“好，请说。”我说。我想，我的疑问之一——安妮和迈克怎么会在北卡最富裕的海滩有所大房子——已经得到了解答。这是外公大人的消夏别墅，用爱心奉献买的。

“他有两个儿子，”蒂娜说，“在他的教堂里都做到高位——执事或助理牧师，我不知道确切的称谓，因为我并不是善男信女。她的女儿倒是不一样。她是运动型的。骑马、网球、射箭，和父亲一起猎鹿，还是竞技射击选手。这些都是报纸上说的，在她出了问题之后。”

现在我知道为什么会有那件佩里营的T恤了。

“她十八岁的时候，一切都跌进地狱了——若按他父亲的理解，就是字面意思。她去了被他们称为‘俗世人文大学’的地方念书，而且她本质上还是野性难驯。她放弃了射击比赛和网球赛，不再去教堂，而是参加派对、喝酒、交男朋友。还有……”蒂娜压低声音，“抽大麻。”

“天，”我说，“不会吧！”

舍普洛太太看了我一眼，但蒂娜没有注意到。“是的！她抽大麻！她开始在报纸上频繁露脸，那些花边小报，因为她漂亮又有钱，但最主要还是因为她的父亲。她堕落了，他们就是那么说的。她穿迷你裙，不穿胸衣，这些对于她的教堂来说都是丑闻。好吧，你也知道原教旨主义直接来源于《旧约》，信奉信者得报，有罪者罚及七代。她做的可不只是参加女巫们的派对，”蒂娜的眼睛瞪得那么大，看上去马上就要从眼窝里掉出来了，“她退出了全美步枪协会，加入了全美无神论者协会！”

“啊。这也上了报纸吗？”

“当然！然后，她毫不意外地怀了孕，孩子生下来就有毛病……大概是脑瘫吧，我认为——”

“是肌营养不良症。”

“好吧，不管是什么毛病，孩子的外公有次布道时被问及此事，你知道他是怎么说的吗？”

我摇摇头，但已经能猜个八九不离十了。

“他说，上帝惩罚没有信仰的人和犯罪的人。他说他的女儿也不例外，或许她儿子的病痛能让她重归上帝的怀抱。”

“我想这还没有发生。”我想到了风筝上的耶稣。

“我不能理解，为什么人们要利用宗教来伤害彼此，世界上明明已经有那么多痛苦了。”舍普洛太太说，“宗教应该是安抚人心的啊。”

“他只是个自以为是的老顽固。”蒂娜说，“不管她交了多少男朋友，抽了多少大麻，她也是他的女儿，孩子也还是他的外孙。我在镇上见过那孩子一两次，要么坐在轮椅上，要么不得不带着那些残忍的支架，摇摇晃晃地走。他看上去是个好孩子，她则很清醒，也穿了胸罩。”蒂娜又回忆了一下，“我觉得她穿了。”

“她的父亲或许会改变想法，”舍普洛太太说，“只是我对此表示怀疑。年轻的女孩和男孩会长大，年老的妇人和男人却只会变老，更坚信自己手握真理。老人看得懂经文时尤其如此。”

我想起了我妈以前说过的一句话：“魔鬼也会引用经文。”

“而且声音悦耳。”舍普洛太太郁郁地表示同意。紧接着，她的情绪又高起来了：“不过，既然罗斯神父让他们住在他海滨路的房子里，或许他已经决定既往不咎了。或许，他会想到，那时的她还年轻，甚至有可能还不到民主投票的年纪。好了，戴夫，轮到你了吗？”

是的。我拼出了眼泪（tear），得了四分。

♥

我并没有手下留情，但一旦蒂娜·阿克利全力以赴，战争就很快结束了。我回到了自己的房间，坐在窗边的椅子上，试着跟佛罗多和山姆会合，重回末日火山，可是办不到。于是，我合上书本，透过雨帘朦胧的窗玻璃，看向无人的海滩和其后灰色的大海。此情此景异常孤单。通常，在这样的情况下，我的思绪总是无可救药地回到温蒂身上——我会想她在哪里，在做什么，和谁在一起。我会想起她的微笑，她垂在脸颊的头发，她柔和的胸部曲线藏在她无数开襟毛衫中的一件后面。

今天却没有。我没有想到温蒂，反而发现自己在想安妮·罗斯。我意识到，我迷上她了。这感情虽初生，却强烈。我知道不会有什么发展——她比我大十岁，或者十二岁——但知道这点只把情况变得更糟。或者我想说的是更好，因为思而不得对于年轻人来说反倒有种特殊的吸引力。

舍普洛太太猜测安妮那位比任何人都虔诚的父亲或许乐意既往不咎，也许她说得有些道理。我听说过，小孩子能让顽固的老人家低头，说不定他想趁还来得及，多了解一下自己的外孙。他一定会发现（从他遍布的眼线那里），迈克虽然腿脚不好，却是个十分聪明的孩子。他甚至有可能听到迈克有那种被命运女神称为“预视力”的本事。不过，也许这一切都是我想得太美好了。也许，斗志昂扬的老先生让她住进大房子，只是为了让她承诺闭紧嘴巴，也不再弄出什么新的迷你裙和大麻的丑闻，让他能顺利完成从广播进军电视的关键转变。

我可以一直这样猜测下去，直到戴着乌云面纱的太阳下山，也不会得出任何关于巴迪·罗斯的确切结论，但是我认为，关于安妮，我有一点可以肯定：她并没有准备好让过去的事过去。

我站起身，下楼来到起居室，一边从口袋里摸出张写着一个电话号码的小纸条。我听见蒂娜和舍普洛太太在厨房里兴致勃勃地聊着天。我打电话到埃琳的寝室，还以为她不会在。毕竟这是周六的下午，她很可能在新泽西，跟汤姆在一起，唱着红骑士的战歌，看罗格斯队打橄榄球。

然而，接电话的女孩对我说，她去找埃琳来。三分钟后，我就听到了埃琳的声音。

“戴夫，我正准备给你打电话呢。事实上，如果能说服汤姆一起去的话，我打算去看看你。我觉得我能说服他，不过，下个周末不行，很可能是下下个周末。”

我看了看挂在墙上的日历，发现那是十月份的第一个周末。“你是不是找到什么了？”

“我也不知道。或许吧。我喜欢做调查，这次也做了一些深入的工作。毫无疑问，我搜集了很多背景资料，但这并不代表我在大学图书馆里破获了琳达·格雷被杀一案。不管怎样，我有些东西想拿给你看。这些东西让我不安。”

“为什么让你不安？怎么让你不安？”

“我不想在电话上解释。如果没法说服汤姆，我就把所有资料都放在牛皮纸信封里寄给你。不过我觉得我能行，因为他也想你。他只是不愿意跟我的调查扯上任何关系，他甚至连照片都不肯看。”

我觉得她是故作神秘，但没有这么说。“对了，你听说过一个叫巴迪·罗斯的传教士吗？”

“巴迪——”她咯咯笑了起来，“《巴迪·罗斯力量时间》！我奶奶一直听那个老骗子的节目！他假装把羊肚从人身体里拽出来，宣称那是肿瘤！你知道亚伦老爹会怎么说吗？”

“祖传的嘉年华气质。”我也乐了。

“没错。你想知道他的什么事？为什么不自己去打听呢？难道你妈妈怀着你的时候被一张索引卡片吓着了吗？”

“我倒没听说有这回事。不过，我下班的时候，天堂湾的图书馆已经关了。而且，我觉得他们也不大可能有《名人录》，毕竟那是个只有一个阅览室的小地方。我感兴趣的并不是他，而是他的两个儿子。我想知道他的两个儿子是否有子女。”

“为什么？”

“因为他的女儿有一个孩子，一个非常棒的小男孩，可他病得快死了。”

电话那边安静了片刻，随后：“你又遇到了什么事，戴夫？”

"认识了新的人。来吧，我想你们了。告诉汤姆，我们会离恐怖屋远远的。"

我还以为这句话会逗笑她，可惜我猜错了。"是的，他肯定会的，你都没办法让他走到离那里二十米的地方。"

我们道了别，我把通话时间写在旁边的通话记录表上，然后上楼，重新坐在窗边。我又感到了那股古怪而乏味的嫉妒感。为什么是汤姆·肯尼迪看见了琳达·格雷？为什么是他而不是我？

♥

天堂湾的周报每周四出版，十月四日周报的大标题是这样的：乐园雇工救了第二条人命。我觉得这标题有些夸张了。拯救赫莉·斯坦斯菲尔德是我的功劳，但不讨人喜欢的埃迪·帕克斯能活命却不能完全归功于我。其他的功劳——也不能忘了用狗头帽向莱恩·哈代致意——主要属于温蒂·吉根。要不是她六月份跟我分手，我那年秋天肯定就回新罕布什尔州的达勒姆了，离乐园有一千一百多公里。

我绝对没想到我的日程表上有更多的拯救人类的安排；预知未来的能力只有罗琪·戈尔德和迈克·罗斯那样的人才有。过了又一个下雨的周末后，十月一日那天我到乐园时，满脑子想的都是埃琳和汤姆要来。天气仍旧阴沉，但第一个工作日很有面子，雨终究是停了。埃迪坐在恐怖屋前的苹果箱宝座上，同平日一样抽着烟。我向他举手致意，他像没看见一样，只是把烟头踩熄，弯下腰去掀苹果箱，打算把烟头扔进去。这个动作我大概已经见过五十次了，或许更多，有时我都会好奇箱子底下到底堆了多少只烟头。然而，这次他没有掀起苹果箱，反而一路弯下腰去。

他脸上有没有出现惊讶的表情？我不知道。当我意识到出事时，他的脑袋已经埋到了两腿间，我只能看到他那顶褪色的、布满油污的狗头帽。他继续往前趴，最后整个身体翻了过去，两腿摊开，倒在地上，脸朝着多云的天空。那时候，他的脸上只剩扭曲拧转的痛苦之色。

我丢下午餐袋，拔脚向他跑去，在他身边跪下："埃迪！怎么了？"

"痹……"他挤出这个字。

一开始，我以为他说的是由蜱虫蛰咬引起的某种罕见病症，看到他戴着手套的右手死死抓住左胸才明白。

没来乐园之前的戴文·琼斯肯定会张口喊救命，但说了四个月的行话后，救命一词压根没从我的脑中闪过。我深吸一口气，仰起头，对着潮湿的晨间空气放声大喊："嘿，土包子！"附近唯一听见喊声的人是莱恩·哈代，他立刻跑了过来。

弗莱德·迪安雇用的暑期工签约时不一定懂心肺复苏，但他们必须要学。而因为十几岁时上过急救课，我早已经会了。当时我们班的五六个人是在基督教青年会的池塘边上的课，练习对象是一个叫赫基默·索特费许的傻小子，真想不到还有人姓咸鱼的①。现在，我第一次有机会把学过的理论用于实践，你猜怎么着？和我用力一拧，将那口热狗从斯坦斯菲尔德家小女孩的喉咙里挤出来并没多少不同。和上次不一样，我没有穿毛皮，也没有抱住施救对象，可说到底仍然是用强力。急救过程

---

① 原文为 Herkimer Saltfish，saltfish 字面意思为咸鱼。

中，我弄裂了那老浑蛋的四根肋骨，折断了一根。对此，我并不觉得抱歉。

莱恩赶到的时候，我正跪在埃迪身旁，为他做胸外心脏按压。将全身力气压在手掌根部，先是朝前按压，再朝后，同时听他有没有吸气。

“上帝，”莱恩问，“心脏麻痹？”

“是，我敢肯定。快叫救护车。”

最近的电话在亚伦老爹打靶场旁边的小棚子里——用行话来说，是他的狗屋。棚子上了锁，但莱恩有王国钥匙：三把可以打开乐园里任何一把锁的钥匙。他跑开了。我继续做心肺复苏，身体摇前摇后，大腿酸软，膝盖因为在乐园大道粗粝的地面上跪了太久而生疼。每五次按压，我就慢慢数三下，听埃迪有没有吸气，但什么都没有。对埃迪来说，乐园没有任何乐趣。第一组按压，没有结果；第二组按压，没有结果；六组按压之后，仍然没有结果。埃迪就这么躺在地上，戴手套的双手放在身侧，嘴巴张开。“讨厌鬼”埃迪·帕克斯。我瞪着他，犹豫着下一步该做什么。这时，莱恩跑了回来，喊着救护车已经在路上了。

我不做，我想，我要做了就真是找死了。

想完，我向前探身，又做了一组按压，然后把嘴贴到了他的嘴上。不像我想象中那么糟，而是更糟。他的嘴唇因为抽烟而发苦，嘴里还有不知什么发出的臭味——上帝保佑，我觉得是墨西哥辣椒的味道，可能是早上吃了煎蛋卷。我捏紧他的鼻孔，往他的喉咙里吹气。

这样做了五六次之后，他终于有了自主呼吸。我停止按压，观察他的反应。他的呼吸并没有停止。我只能说，那天地狱大概满员了。我推他翻个身，让他侧身躺着，以防他呕吐。莱恩站在旁边，一只手放在我肩上。很快，我们就听到了救护车的尖叫声。

莱恩飞奔到大门口，接车，带路。他走后，我发现自己盯着装饰恐怖屋门面的几个龇牙咧嘴的绿色恶魔头像。**有胆就进来**，这几个绿色的大字写在恶魔头像上方，做成滴血的效果。我发现自己又一次想到了琳达·格雷，她活着进了这里，几小时后却变成冰冷的尸体被抬了出来。我觉得我会想到这些是因为埃琳要带着她找到的信息来了。让她不安的信息。我还想到了杀害那女孩的凶手。

也可能是你，舍普洛太太曾说，只不过你是黑发，不是金发，而且你的一只手上没有鸟头文身，这个男人有。是一只老鹰或是隼。

由于常年抽烟，埃迪的头发是一种早衰的灰色，可四年之前这头发也可能是金色的。他总是戴着手套。当然，他太老了，不可能是带琳达·格雷走上末路的那个男人，不过……

救护车已经非常近了，但还没到。我能看见莱恩站在大门口，两手举过头顶拼命挥动，让救护车快点。我想，管他娘的，然后一把扯下埃迪的手套。他的手指布满死皮，手背红红的，上面涂了一层白色的药膏。没有文身。

只是牛皮癣。

♥

埃迪刚被抬上救护车，朝超小规模的天堂湾医院飞驰而去，我就赶忙冲到最近的厕所，把嘴巴洗了又洗。过了很久，我才把那该死的墨西哥辣椒的味道去掉。从那以后，我再也没碰过那玩意儿。

我出来时，看见莱恩·哈代站在门口。“了不起，”他说，“你把他救活了。”

“他暂时还不会清醒，说不定会有脑损伤。”

“也许会，也许不会，但要是没有你，他就永远醒不过来了。先是那个小女孩，现在又是这个老浑蛋。我应该叫你救主，而不是琼斯，因为你绝对是专门来这里救人的。”

“你要是那样叫，我就滚到南方去。”在行话里，到南方去意味着上交你的考勤卡，再也不回来。

“好吧。不过你真的很厉害，琼斯。事实上，我要说，你是乐园的英雄。”

“他的味道，”我说，“天啊！”

“呃，我敢说不会太好。想想光明的一面吧，他不在了，你终于自由了，终于自由了，感谢万能的主，你终于自由了。这样想，是不是就舒服点了？”

的确是。

莱恩从他的后裤袋里掏出一双生皮手套，是埃迪的。“我在地上发现了这个。你为什么把他的手套摘下来？”

“嗯……我想让他的手呼吸。”这话听上去蠢透了，可是真话听上去会更蠢。我简直不能相信自己曾经会认为埃迪·帕克斯是杀害琳达·格雷的凶手。“我上急救课的时候，老师说心脏麻痹的患者需要尽可能裸露皮肤。某种程度上是有用的。”我耸耸肩，“起码应该是有用的。”

“哈，还真是每天都长见识呢。”他扬扬手套，“埃迪大概很久都不会回来了——如果他还能回来的话——所以，你能去把这个放到他的狗屋里吗？”

“好的。”我照办了。不过那天晚些时候，我又把它们拿了出来。还拿了别的东西。

♥

让我们坦率一点，好吧？我并不喜欢他。他没有给我任何喜欢他的理由。据我所知，他也没给乐园的任何雇员喜欢他的理由。就连像罗琪·戈尔德和亚伦老爹这样的老员工对他都没什么好感。尽管如此，当天下午四点钟，我仍然发现自己走进了天堂湾社区医院，询问爱德华·帕克斯是否可以接受探病。我一只手上拿着他的手套和另一样东西。

蓝头发的志愿者接待员在她的文件里找了两遍，仍然摇头。正当我怀疑埃迪是不是已经死了时，她叫道：“啊，是埃德温，不是爱德华。他在 315 号病房。那是重症监护室，所以你要先去护士站问一下。”

我向她道了谢，走进电梯——是可以容得下轮床的那种大电梯，速度比死神还慢，所以我有充足的时间来反思自己到底来这里干什么。如果乐园需要有人来探望埃迪，肯定是弗莱德·迪安亲自出马，而不是我，因为弗莱德在那个秋天是负责人。可我还是来了。管他呢，说不定他们根本不让我进去呢。

然而，看过病历表之后，护士长就放行了，说：“病人也许正在睡觉。”

“您知不知道他这里——”我敲敲自己的头。

“神经功能？嗯……至少他还说得出自己的名字。”

听上去前景乐观。

他睡得很沉，紧闭双眼，当天迟来的阳光照亮了他的脸庞。此刻，他看起来就更不像是四年前约会琳达·格雷的那个人了。我的怀疑显得如此荒谬。他看上去至少有一百岁，或者有一百二十岁。我还发现，根本没必要把他的手套带来。有人包扎了他的双手，很可能还给他敷了比他自己在药店买的更有效的药膏。看着那两只被纱布缠得不见天日的手，我感到了一阵不愿承认的、古怪的怜悯。

我尽可能放轻脚步，走过房间，把手套放进壁橱，里面还放着他入院时身上穿的衣服。现在该处理另一样东西了——一张照片，是我在他杂乱的、充满烟味的小棚子里找到的。用图钉钉在墙上，在一本过期两年的发黄的日历旁边。照片上是埃迪和一个相貌寻常的女人，站在某栋屋村草木丛生的前院。埃迪看上去大约二十五岁。他搂着那个女人。她正冲着他笑。令人惊掉大牙的是，他也在看着她笑。

病床前有张带轮子的小桌子，上面有个塑料水壶和一只杯子。我觉得放这些东西真的很傻；他的手都裹成这德行了，一段时间以内肯定什么都倒不了。不过，水壶倒可以起另外一个作用。我把照片倚放在水壶上，这样他醒来后就可以看到了。放好照片后，我转身朝门口走去。

我快走到门口时，他开口了，耳语般的声音，跟他通常暴躁的怒吼有天壤之别。“小子。”

我不太情愿地回到病床边。角落里有张椅子，但我并不打算把它拖过来坐下。“你感觉怎么样，埃迪？”

“不好说。很难呼吸，他们把我裹起来了。”

“我把你的手套拿来了，不过我看到他们已经……”我朝他缠满纱布的双手点点头。

“是的，”他吸了一口气，“如果非要说这事儿有什么好的，那就是他们说不定能治好我的手。狗娘养的一直痒。”他看了一眼照片，“带这来干什么？还有，你干吗进我的狗屋？”

“莱恩让我把你的手套放进去。我放了，但又觉得你可能还会需要它们。说不定也会想要这张照片。你想让弗莱德·迪安给她打个电话吗？”

“科琳娜？”他哼了一声，“她死了二十年了。给我倒杯水，小子。我像坨十年的狗屎一样干。”

我倒了水，为他端着杯子，甚至用床单给他擦了擦嘴角流下的水。我本不想做这些亲密的举动，但想到几个小时之前我还跟这可怜的浑球深吻过，又觉得不算什么了。

他没有向我道谢。他什么时候谢过别人呢？他说的是：“把那照片举起来。”我照做了。他愣愣地盯着照片看了几秒钟，叹了口气：“当面骂人、背后捅刀的臭娘们。甩开她去参加‘至尊美国秀’① 是我这辈子干过的最聪明的事。”一滴眼泪在他的左眼角颤抖着，犹豫了片刻，顺着脸颊滚了下来。

“埃迪，要我把它拿回去重新钉在墙上吗？”

“不，就这么放着吧。我们还有个孩子。一个小女孩。”

“是吗？”

“是的。她被车撞了。她才三岁，像狗一样死在了街上。那

---

① 至尊美国秀（Royal American Show），二十世纪美国最大的嘉年华之一，于一八八六年创建于内布拉斯加，最后一场表演在一九九七年。

可恨的臭娘们光顾在电话上胡扯，没有看好她。”他把头扭到一边，闭上眼睛，“走吧，离开这儿。一说话就疼，而且我也累了，就像有头大象压在我胸口。”

“好。照顾好自己。”

他眼都没睁，做了个鬼脸：“真好笑。我该怎么照顾好自己？你知道吗？因为我不知道。我没有亲戚，没有朋友，没有存款，没有保险。我现在该怎么办？”

“会有办法的。”我无力地答道。

“当然，在电影里总会有办法的。走吧，走。”

这次我一直走到门口，他才说话。

“你该让我死的，小子。”他的口气没有丝毫情绪，只是实话实说，“那样我就能见到我的女儿了。”

♥

回到医院大厅时，我愣住了，一时不敢相信竟然看到了那个人。然而，是她没错，身前仍旧摊开一本厚厚的小说，是她无穷尽的大部头藏书之一。她正在看的这本叫做《论文》①。

“安妮？”

她小心地抬起头，看到是我后，露出了笑容：“戴夫，你在这里做什么？”

“探望一个同事。他今天心脏病发作了。”

“哦，上帝，他还好吧？”

她没有邀请我在旁边就座，但我还是坐下了。对埃迪的这

---

① 《论文》（*The Dissertation*）是美国作家 R.M. 科斯特（R.M.Koster，1934—　）写于一九七五年的小说。

次探望不知为何让我不安，我觉得自己的神经仍在躁动。并非不快，也非悲伤，而是一种古怪的、没有焦点的愤怒，或许跟我嘴里残留的墨西哥辣椒的臭味有关。也与温蒂有关，天知道为什么。我想，大概是发现自己还没忘记她这件事本身让我生气吧，一条断掉的胳膊恢复得都要更快些。“我也不知道，没机会问医生。迈克没事吧？”

“没事，只是常规的检查，提前预约的。拍个胸片，做一次全面血检。你知道的，因为他得过肺炎。谢天谢地他现在好了。除了有些咳嗽以外，迈克还好。”她仍然把书摊开，很可能意味着她想让我离开，而这让我更加愤怒。你们要记住，那一年似乎所有的人都想让我走，甚至被我救了性命的人。

或许正是在这种情绪的驱动下，我才会说：“迈克并不认为自己好了。所以，我应该相信谁，安妮？”

她吃惊地瞪大了眼睛，脸上随之换上了冷漠疏离的表情：“我并不在乎你相信谁或相信什么，戴文，本来就跟你一点关系也没有。”

“跟他有关系。”声音从我们身后传来，是迈克。他坐在轮椅上，不是那种全自动的，他需要用双手滚动轮子。尽管咳嗽，尽管扣错了衬衫的扣子，他仍是个强壮的孩子。

安妮惊讶地转过身去：“你怎么在这儿？护士应该——”

“我告诉她我自己能行，她同意了。你也知道，从影像科过来只要一个左转弯和两个右转弯。我又没瞎，只是快死——”

“琼斯先生在医院探望他的朋友，迈克。”现在，我又降级为琼斯先生了。她啪的一声合上书，站起身来。“他急着回家，而我敢肯定你也累了——”

“我想让他带我们去乐园。”迈克的语气听上去够冷静，可他的声音大得让厅里的人纷纷侧目。“*我们*。”

“迈克，你知道这不可——”

“去乐园。去乐——园。”仍然冷静，但声音更大。现在所有人都向这边看过来，安妮的脸红得像着火一样。“我想让你们两个人带我去。”他进一步抬高了声音，“*我想让你们带我去乐园，在我死之前*。”

她用手捂住了嘴，双目圆睁。从她口中说出的话有些含混，却也能勉强听懂：“迈克……你不会*死*的。谁告诉你……”她转身看着我，“是你吗，是你把这个想法放到他脑子里的吗？”

“当然不是。”我很清楚围观的人群正在扩大，还包括两个护士和一个身穿蓝色刷手服和短靴的医生，但我不在乎。我仍然怒气冲冲：“是*他*告诉*我*的。你既然知道他的直觉，又有什么好震惊的？”

那个下午，我好像有意把人弄哭。先是埃迪，现在又是安妮。迈克没有掉眼泪，他看上去和我一样愤怒。然而，当她抓住他轮椅的把手，把轮椅掉头，朝门走去时，他没说任何话。我本以为她会撞在门上，幸好门及时地自动打开了。

让他们走，我想，但我已经厌倦了让女人走。我厌倦了听之任之，对发生在自己身上的事只是承受，徒劳伤感。

一名护士向我走来：“一切还好吗？”

“不好。”我说完就跟着那对母子走了出去。

♥

安妮把车停在了医院旁边的停车场，有块牌子上写着**此两**

列为残疾人专用车位。我看到她开的是旅行车，后面有足够的空间放置折叠起来的轮椅。她已经打开了副驾驶座的车门，但迈克拒绝从轮椅上下来。他死死抓住轮椅的扶手，指节都发白了。

“进来！”安妮冲他吼道。

迈克看也不看她，只是摇头。

“进来，该死！”

这一次他连头都懒得摇。

她抓住他，往前一拽。轮子的闸已经扣上，不能活动，轮椅顿时向前倒去。我及时拉住轮椅，才避免他俩被甩进旅行车打开的车门里。

安妮的头发蓬乱地散在脸上，两只眼睛像雷暴天中受惊的马儿一样狂野。“放开！都怪你，我不该——”

“停下。”我按住她的肩膀。她肩膀的凹处很深，骨头上面仿佛就是皮肤。我想，她忙着把卡路里塞进儿子肚里，根本无暇顾及自己。

“**放开**——”

“我不是想从你身边把他带走。”我说，“我永远都不会那样做。”

她停止了挣扎。我小心地放开她。挣扎中，她手中的小说掉到了地上，我弯腰捡起来，把它放进轮椅后面的袋子里。

“妈妈，”迈克握住她的一只手，“那不必是最后一段快乐的时光。”

我马上就明白了。甚至在她的肩膀垮下来，她开始抽泣之前，我就明白了。她并不是怕我把迈克塞进某个疯狂转动的游乐设施里，令她的儿子被激增的肾上腺素害死。她也不是怕我这个陌生人会偷走这颗她深爱的、受伤的心。只是一种返祖的迷信——一个母亲的迷信——如果不去开始做某些最后的事情，生活就可以一直照原样进行下去：早上步道尽头的水果奶昔，傍晚步道尽头的风筝，一切都在永不终止的夏日。然而，现在已经是十月了，海滩几近荒凉。霹雳弹上少年的欢笑和激流勇进里儿童的戏水声都消失了。夜幕降临时，空气已带寒凉。没有永不终止的夏天。

她用双手捂住脸，往旅行车的副驾驶座坐去。车座太高了，她几乎滑了下去。我扶住她，帮她坐好。她甚至都没留意我。

“去吧，带他去吧。”她说，“我他妈的不在乎。你愿意的话，带他去跳伞都行。只是，别指望我会参加你们……男孩们的历险。”

迈克说：“没有你我去不了。”

听到这句话，安妮放下手，看着他：“迈克，我只有你了，你明白吗？”

“明白。”他拿起她的一只手，放在自己的两手间，“我也只有你。”

我能从她脸上的表情看出，她从未真正想到过这点。

“请帮我上车。”他说，“我需要你们两个的帮助。”

他坐好后（我不记得给他系安全带，所以也许那时候大家并没有这么重视安全带吧），我关好车门，和安妮一起走到车前。

“他的轮椅，”她心不在焉地说，“我要去拿他的轮椅。”

“我会把它放进去的。你到驾驶座去，稳定下情绪，做几次深呼吸。”

她接受了我扶她上车的举动。我抓住她的手肘上方，她的上臂那么细，我的手可以完全握住。我想告诉她不能只靠那些艰深的小说活着，但终究还是没开口。她这个下午已经听了太多话了。

我折好轮椅，把它塞进后备箱，刻意多用了些时间，好让她平静下来。回到驾驶座旁边时，我本以为车窗已经摇上去了，但没有。她擦净了眼睛和鼻子，把头发也整理了一下。

我说：“他没有你去不了。我也是。”

她对我说的那些话，仿佛迈克不在身边：“我很怕他，一直都是。他看见得太多，看见那么多会伤害他。我知道，他就是因为这样才做噩梦的。他是个非常棒的孩子，为什么就不能健健康康的？为什么会这样？为什么？”

“我不知道。”我说。

她扭过头去吻了吻迈克，然后转身看着我。她颤抖着深吸一口气，又呼出。“好了，我们什么时候去？”她问。

♥

《王者归来》绝对没有《论文》艰深，但当晚，我估计连童书《帽子里的猫》都读不进去。我吃了一些罐装意大利面当晚餐（不去理会舍普洛太太对某些年轻人执意虐待身体的点评），然后上楼回到自己的房间，坐在窗边，看着窗外的黑夜，听着平稳安定的潮涌潮落。

就在我迷迷糊糊将要睡着时，响起了轻轻的敲门声，是舍普洛太太。她说：“有电话找你，戴夫，是个小男孩。”

我飞跑下楼，因为我只能想到一个小男孩会打电话给我。

“迈克？”

电话那头的他压低了声音：“我妈妈睡了。她说她很累。”

“肯定累了。”我想到了我们是怎么联合起来逼她的。

“唉，我知道是这样，”迈克仿佛听到了我脑子里的声音，“但我们别无选择。”

“迈克……你会读心术吗？你在读我的思想吗？”

“我不太确定。”他说，“有时候我会看到、听到一些事情，仅此而已。有时候，我会有一些想法。到外公的房子来是我的主意。妈妈说他不会答应的，但我知道他会的。不管我会什么，我是说这种特殊的能力，都是从外公那里继承的。你知道吗，他能治愈别人。我是说，有时候他是装的，但有时候是真的。”

“为什么打电话来，迈克？”

他一下子兴奋起来：“当然是为了乐园啦！我们真的能坐旋转木马和摩天轮吗？”

“保证能。”

“还能去打靶场打枪？”

“可能吧，如果你妈妈允许的话。所有这些都是以你妈妈的许可为前提，也就是说——”

“我知道这句话是什么意思。”他听上去有些不耐烦。接着，他再次兴奋起来：“太棒了！”

“不能玩那些速度太快的设施。”我说，“我们可说好了哦。何况它们都已经被锁起来准备越冬了。”其实卡罗来纳大转盘也被锁起来了，但有莱恩·哈代帮忙，让它重新转起来也就需要四十分钟。“还有一件事——”

“是的，我知道，我的心脏。摩天轮对我来说就够了。要知道，我们在步道就能看到它。要是上到最高的地方，肯定就像是从我的风筝上看世界。”

我笑了：“嗯，从某种程度上来说是这样的。不过，要记住，只有你妈妈同意，你才能做。她说了算。”

“我们是为了她才去的。到了那儿之后她就会明白了。”他对自己的话仿佛有十分的把握，“也是为了你，戴夫。但主要是为了那个女孩。她在那里待得太久了。她想离开。”

我惊得张大了嘴巴，所幸没有口水滴下来，因为我嘴里干得像沙漠一样。“你——”嗓子哑得说不清话，我咽了口唾沫，“你怎么知道她的事的？”

“我并不知道，但我想她是我来这里的原因。我有没有告诉过你，不是白的？”

“说过，但你说你不明白那是什么意思。你现在明白了吗？”

“不。”他开始咳嗽了。咳嗽平息后，他接着说，“我得走了，妈妈从小睡中醒了。好吧，现在她又要半夜睡不着了，只能看书。”

“是吗？”

“是的。我真的希望她能让我坐摩天轮。”

“乐园的摩天轮叫做卡罗来纳大转盘，但在这里工作的人都管它叫起重机。”事实上，有些人——比如埃迪——叫它呆瓜起重机，但我没对他说这个。“乐园的人会使用这种秘密语言，起重机是其中之一。”

“起重机。我记住了。拜拜，戴夫。”

电话挂断了。

♥

这一次发心脏病的是弗莱德·迪安。

他躺在通往卡罗来纳大转盘的斜坡上，脸色扭曲发青。我在他身边跪下，开始做胸外按压，可是毫无效果。于是我探下身，捏住他的鼻子，把我的嘴唇贴在他的嘴上。有什么东西爬过我的牙齿，跳到我的舌头上。我直起身体，看见一长队黑色的小蜘蛛从他的嘴里涌出来。

我从床上惊醒，手捂着嘴，心脏狂跳，被单松松地裹在身上，如尸布一般。几秒钟之后，我才意识到嘴里什么东西都没有。不过，我还是起身到了浴室，喝了两杯水。或许我还做过别的什么噩梦，比周二凌晨三点吓醒我的那场梦更可怕，但我记不得了。我重新铺好床，深信自己不可能再睡着了。然而，我昏昏沉沉，几近瞌睡，直到突然想起，昨天我们三个在医院上演的那场情感大戏，有可能根本是没有意义的。

乐园确实乐于为那些有“特殊需求”的孩子——肢体不便，行动迟缓，或视力障碍——安排特别活动，但那是在营业季，而营业季已经结束了。若迈克·罗斯在十月的游园活动中发生任何意外，乐园无疑非常昂贵的保险政策能为他提供赔偿吗？我能想象弗莱德·迪安摇着头，婉拒我的要求，说他非常抱歉，但是——

♥

那个早上天冷风强，所以我选择开车上班，把车停在了莱恩的敞篷小货车旁边。我到得很早，我们俩的车是 A 区唯一停泊的车辆，而那里足够容纳五百辆车。风裹挟落叶在人行道上蹒跚前行，发出昆虫般沙沙的声音，令我想起梦中的那些蜘蛛。

莱恩坐在命运女神算命棚外的草地椅上，这个棚子也马上会被拆掉收好，以为即将到来的冬天做准备。他正在吃百吉圈，上面涂了厚厚一层奶油干酪。同往常一样，他的常礼帽漫不经心地往一边歪着，耳朵后面夹着一根香烟。唯一不同的是，他穿了一件牛仔夹克。若是还需要有什么东西来提醒我夏日已经结束，这件夹克便是了。

“琼西，看上去很孤单啊。想来个百吉圈吗？我还有一个。”

“好。”我说，“我能边吃边跟你谈谈吗？”

“来忏悔你的罪行吗？坐下吧，孩子。”他指指算命棚的一侧，那里放着另两把折叠起来的草地椅。

“没什么罪行。”我说着撑开了一把椅子。我在椅子上坐下，接过他递过来的棕色纸袋。“但是，我许下了一个承诺，现在却担心无法履行。”

我把迈克的事告诉他，还有我是怎么说服他妈妈答应让他来乐园的——考虑到她脆弱的精神状态，那可不是一件容易事。最后，我给他说了我在半夜醒来，担心弗莱德·迪安绝不会同意。我唯一没说的事是把我惊醒的那场噩梦。

“好了，”我说完后，莱恩问我，“告诉我，她是个尤物吗，那位妈咪？”

“呃……是，她的确是，但我不是因为——”

他拍拍我的肩膀，给我一个心照不宣的眼神，我可一点也不喜欢。“不用说了，琼西，不用说了。”

“莱恩，她比我大十岁呢！”

“那又怎么样。如果每次约会比我小十岁的女孩都可以得一美元，我都可以在天堂湾的翰拉迪餐厅买一份顶级牛排大餐了。年龄只是个数字，我的孩子。”

“棒极了。谢谢你的算术课。现在告诉我，我告诉那孩子他可以来这里坐摩天轮和旋转木马是自讨苦吃。”

“你是自讨苦吃。”他说，我的心一沉。他又举起一根手指：“不过。”

“不过什么？”

“你跟他们商量好游园时间了吗？”

“没有确切日期。我只是在想，说不定周四可以。”也就是说，在埃琳和汤姆来之前。

“周四不好，周五也不行。那孩子和她的性感妈咪下周还在吗？”

“我想大概在吧，不过——”

“那就安排在下周一或周二。”

“为什么要等？”

“等报纸啊。”莱恩看着我，仿佛我是天字第一号傻瓜。

“报纸……？”

“地方小报周四出来。等你最新的救人壮举登了头版，你就是弗莱德·迪安眼里的红人了。”莱恩把吃剩的百吉圈扔到最近的垃圾桶里——中了，得两分！——把双手举到空中，比画出一个标题框：“到乐园来吧！我们不仅出售快乐，还拯救生命！”他笑着把帽子歪到另一边，“这可是无价的宣传。弗莱德又欠了你一次。把他欠你的人情存起来，说谢谢您。”

“可报纸怎么会知道呢？我觉得埃迪·帕克斯不会主动告诉

记者的。”就算他说了，也很能要求人家务必把我压断他肋骨的事放在第一段。

他翻翻白眼：“我一直记不住你对这地界来说是个新人。这里的人唯一会看的文章就是警方通告和救护车出诊。但只有救护车就太枯燥了。我要卖你个人情，琼西。我打算午休时段晃悠到《旗帜报》的办公室去，宣扬一下你的英雄事迹。他们会马上派人采访你的。”

“我并不想——”

“哦，天哪，你真该得块谦虚勋章。省省吧，你到底想不想带那孩子来乐园玩？”

“想。”

“那就乖乖接受采访。还有，在照相机镜头前多笑。”

我也确实这么做了。当然，这是后话了。

我把椅子折起来时，他说：“其实，我们的弗莱德·迪安很可能说去他娘的保险，来就来吧。虽然看起来不像，但他也是个祖传的嘉年华。他爹以前就是乡间嘉年华的主力。弗莱德有次告诉我他爹拿的密歇根银行卷大得足以噎死一匹马。”

我问莱恩什么是密歇根银行卷，他笑了：“外面裹的是二十元，其他要么是一块钱，要么只是剪开的绿纸片。是用来骗小费的把戏。不过，对于弗莱德来说，那些东西并不要紧。”他又调了调自己的帽子。

“那什么要紧？”

“在嘉年华工作的人有两个软肋：一是穿紧身短裙的漂亮点子；二是不走运的孩子。碰上这两种人就心软。他们还对土包子的规则过敏，其中包括做事精打细算这种屁话。”

“所以我说不定不用——”

他抬起两只手，不让我说下去：“最好还是别碰运气。接受采访吧。”

♥

《旗帜报》的摄影师让我在霹雳弹前摆好姿势。最后报纸上登出来的照片让我直皱眉头：我的眼睛斜着不知瞥向何处，看上去就像个乡下傻瓜。不过，不管怎样它还是发挥了预期的作用。周五上午我去找弗莱德时，那张报纸就放在他的桌子上。他哼唧着犹豫了一会儿，还是批准了我的请求，只要求那对母子来园时，莱恩也要从旁陪伴。

莱恩干净利落地答应了，说他也想见见我的女朋友。看到我又窘又气的样子，他哈哈大笑起来。

上午晚些时候，我给安妮·罗斯打了电话，用的是莱恩呼叫救护车的那部电话。我告诉她，我都安排好了，要是天气好，就定在下个周二；如果天气不好，就推迟到周三或周四。说完后，我屏息静待回音。

电话那端沉默良久，然后是一声叹息。

之后，她说好。

♥

那是个繁忙的周五。我提早离园，开车去威明顿。汤姆和埃琳走下火车时，我已经在那里等着他们了。埃琳跑过整个站台，扑到我怀里，在我的两颊和鼻尖都吻了一下。虽然她如此亲热，却只是兄妹般的情谊，我不会误作其他。我松开她，听由汤姆把我抱个满怀，狠狠在我背上拍了几下。就好像我们已经五年没见面了，而不是五个礼拜。我现在是个早晚打卡的上班族了，尽管我穿上了我最好的裤子和运动衫，我看上去仍像个上班族。即使穿戴着挂在舍普洛太太家二楼衣橱里的油污点点的牛仔裤和被太阳晒褪色的狗头帽，我也像个上班族。

“见到你真棒！”埃琳说，“看看你晒的！”

我耸耸肩：“我能怎么办呢？我可是在红脖子海岸的最北端打工的！”

“你做了正确的决定。”汤姆说，“当时你说不打算回学校时，我简直不敢相信自己的耳朵，但现在看来，你的决定是正确的。或许我也应该留在乐园。”

他笑了——他的*我舌吻了巧言石*[①]的微笑，足以倾倒树上的鸟——但那笑容并未驱散他脸上一闪而过的阴影。他永远不会留在乐园。自从那段黑暗的旅程之后，他绝对不会留下来。

他们在舍普洛太太的海滨旅舍过了周末。舍普洛太太很高兴收容他们，蒂娜·阿克利也很高兴见到他们。我们五个人在海滩上点燃篝火取暖，共进晚餐，喝得半醉。但在周六下午，埃琳打算将困扰她的那些信息告诉我的时候，汤姆却说他要在拼字板上痛击舍普洛太太和蒂娜，让我们自己去乐园。我本来打算，若是安妮和迈克还坐在步道上的话，就把埃琳介绍给他们，可天有点冷，从海面吹来的风更是刺骨，步道尽头的野餐桌边空无一人。就连阳伞也被收起来过冬了。

---

① 巧言石（Blarney Stone），爱尔兰布拉尼城堡城垛上的一块石头，相传亲吻这块石头可以让人巧舌如簧。

乐园的四个停车区基本上都是空的，只停了一些服务车。埃琳穿着厚厚的套头毛衣、羊毛呢裤子，手上拎了一个非常简洁正式的公文包。看到我拿出钥匙串，用最大的那把打开大门时，她扬了扬眉毛。

“好吧，”她说，“你现在是他们中的一员了。”

这句话让我有点尴尬。被人说是他们中的一员时，尽管不知为什么，但我们不都会感觉尴尬吗？

“也不算。我拿着大门钥匙，只是怕我会第一个到，或者最后一个离开。只有弗莱德和莱恩才有王国钥匙。”

她笑了，就像我说了什么蠢话：“我认为，开启大门的钥匙就是开启王国的钥匙。”说完，她收起玩笑的口气，久久地、认真地打量着我，最后说：“你看起来老了一些，戴文。甚至在我们下车之前，看到你等在站台上时，我就这么想了。现在我知道原因了。你去工作了，而我们却回了彼得·潘的梦幻岛，和那些迷失的男孩女孩一起玩耍。那些最终穿着布克兄弟[①]套装，怀揣 MBA 文凭的男孩女孩。”

我指指她的公文包：“这个包跟布克兄弟的套装很配……我是说，如果他们真的有女士正装的话。”

她叹了口气：“这是父母送我的礼物。我父亲想让我跟他一样做律师。到目前为止，我还没鼓起勇气告诉他我想当一名自由摄影师。他肯定会气疯的。”

说完，我们都沉默了。安静的乐园大道上，只有落叶的沙

① 布克兄弟（Brooks Brothers），一八一八年在纽约创立，是美国最老牌的服装品牌之一，以正装最为出名。

沙声。她看着被遮盖的设备、抽干的喷泉、旋转木马转台上静止的动物和荒凉的扭扭村里空无一人的舞台。

“乐园这个样子让人有一点感伤，让我想起死亡。”说完，她上下打量起我来，“我们看见报纸了。舍普洛太太特意把报纸放在我们房间了。你又救了一个人。”

“埃迪？我只是碰巧在那儿。”我们已经走到了命运女神的算命棚。草地椅仍然靠在上面。我撑开两把，招呼埃琳坐下来，然后在她旁边坐下，从夹克口袋里掏出一瓶老木屋。“廉价威士忌，但好歹能驱赶寒气。”

她饶有兴趣地喝了一小口。我也喝了一口，盖上瓶盖，把瓶子放回口袋。沿着乐园大道——我们的中央大道——再过去不到五十米，我能看到恐怖屋的假门和上面滴血般的绿色大字：**有胆就进来**。

她抓住我的肩膀。没想到她的手虽小，力量却很大。“你救了那老浑蛋一命。是你救了他，不要这么谦虚。”

我想到了莱恩说我应该得块谦虚勋章，不由笑了。或许吧，那些日子里，居功自傲确实不是我的强项。

“他会活下去吗？”

“希望很大。弗莱德·迪安跟医生谈过，医生说了一通话，例如病人应该戒烟，应该戒薯条，应该开始规律的体育锻炼，等等。”

“不敢想象埃迪·帕克斯慢跑的样子。”埃琳说。

“哈哈，嘴里叼着烟，手里提着一袋猪皮脆。”

她咯咯笑了起来。风呼吼着，把她的头发吹得满脸都是。穿着厚毛衣和深灰色正装裤的埃琳看上去一点也不像那个在乐园到处跑的美国美人。她热得满脸通红，穿着绿色的迷你裙，带着满脸灿烂的笑容，招呼人们用她手里的老相机照相。

“你带了什么给我？你发现了什么吗？”

她打开公文包，拿出一个文件夹：“你确定你想看这堆东西？我可不认为你会像福尔摩斯那样，听完案情陈述后说，‘这是基本演绎法，亲爱的埃琳’，然后报出凶手的名字。”

如果我需要证据证明自己不是福尔摩斯，对埃迪·帕克斯的无端怀疑就够了。我想告诉她，其实我更在乎让死者得到安息，而不是抓住凶手，但就算考虑到汤姆的经历，这想法听上去仍然有些疯狂。于是我只说：“我也不认为我是福尔摩斯。”

“还有，顺便说一句，你欠我差不多四十块钱，这是图书馆馆际互借的花费。”

“没问题。”

她戳了一下我的肋骨：“你最好没问题。我做这个调查可是没得到任何乐趣。”

她把公文包放在两脚之间，打开了文件夹。我看见了文档复印件、两三张打印笔记，还有几张表面光滑的照片，看上去像是用好莱坞女孩的相机拍的那种。“好，现在开始吧。首先是你提到过的查尔斯顿的《新闻信使报》上的文章。”她递给我一张复印件，“是周日版，五千字猜测加八百字真实情况。以后有空时你可以慢慢看，我把重要信息给你概括一下。”

“总共四个女孩。算上她的话，是五个。”她指指恐怖屋，“第一个是德莉特·莫布雷，她的朋友们叫她迪迪。她来自佐治亚州的韦克罗斯，白人，二十一岁。被害前两三天，她告诉好友雅斯敏·威瑟斯，说她交了一个新男友，年龄比她大，非常英俊。一九六一年八月三十一日，她的尸体在奥克弗诺基沼泽边缘的轨道旁被发现，距她失踪已九天。如果凶手把她带进了沼泽，哪怕不走远，她的尸体被发现的时间就可能要久得多。”

“能被发现都算好的。”我说，“丢在那里的尸体恐怕二十分钟内就会被鳄鱼吃掉。”

“恶心，但没错。”她递给我另一张复印件，“这是韦克罗斯《新闻先驱报》的报道。”报道中有张照片，上面是一个面色阴沉的警察，举着一个车辙石膏模型。“警方推测，凶手将受害人割喉后就地抛尸。据报道说，车辙是一辆卡车留下的。”

“像丢垃圾一样抛尸。”我说。

“你又说了一句话糙理不糙的话。”她说着，递给我第三份报纸复印件，“这里是二号受害人。克劳蒂娜·夏普，来自落基山城，就在北卡。白人，二十三岁。一九六三年八月二日，被害于当地的一家电影院。当时放映的电影是《阿拉伯的劳伦斯》，恰好是一部非常长、非常吵的电影。写报道的人引用了‘一位不愿透露姓名的警方人士’的话，说凶手很可能是在某段打斗场景时下的手。当然，这纯粹是推测。凶手留下染血的衬衫和手套，肯定是穿着里面的干净衬衫离开电影院的。”

“很有可能跟杀害琳达·格雷的是同一个人。”我说，“你不这么认为吗？”

“听上去是很像。警察询问了被害人所有的朋友，但克劳蒂娜没有对别人说过任何新男友的事。”

“也没说过那晚要去看电影吗？跟父母都没有说过？”

埃琳耐住性子解释道：“她二十三岁了，戴夫，不是十四岁。她住在城市的另一头，跟父母离得很远。她在药店工作，住在店铺楼上的小公寓里。”

“这些信息你都是从报纸上得到的？”

“当然不是。我还打了几个电话。事实上，如果你想听实话的话，我把手指头都快拨断了。对了，你还欠我的长途电话费。稍后再说克劳蒂娜·夏普，现在还是继续往下走吧。三号受害人——根据《新闻信使报》的报道——来自南卡罗来纳州的桑蒂。事发于一九六五年。伊娃·朗博顿，十九岁，非洲裔。七月四日被报失踪。九天后，她的尸体在桑蒂河的北岸被两个渔民发现。身上有被强奸的痕迹，被人刺穿心脏而死。其他受害者都是白人，都没有被强奸。如果愿意，你可以把她也归类到恐怖屋凶手的行凶名单里，但我自己对此是怀疑的。最后一个受害人——在琳达·格雷之前的——是她。”

她递给我一张应该是高中年鉴上的照片，上面是一个金发美女。拉拉队队长的类型，归校舞会皇后，约会校橄榄球队四分卫……仍然讨所有人喜欢。

“达莉妮·斯塔姆尼奇。要是实现她的人生目标，进入电影业，很可能会把她的姓改了。白人，十九岁，来自马克斯顿，北卡罗来纳。于一九六七年六月二十九日失踪。警方组织了大规模的搜索。两天后，尸体在埃尔罗德南部兰伯氏松林中一栋路边小屋里被发现。也是被割喉。”

“天啊，她真美。难道她没有固定的男朋友吗？”

“这么漂亮的女孩还用说吗？警察首先找的就是她的男朋友，但他有不在场证明。他和三个朋友去蓝岭野营了，他们都可以为他作证。而且，除非他长了翅膀飞回来，时间上也来不及。”

“下一个就是琳达·格雷，”我说，“第五个被害人。也就是说，如果凶手是同一人的话。”

埃琳举起手指，提醒我注意：“还要所有的被害人都被发现了，她才算第五个。要知道，还可能有其他被害人，一九六二年、一九六四年、一九六六年……都可能出事。”

风变强了，从大转盘的支柱间隙吹过，发出阵阵呻吟。

“现在来说让我不安的东西。”埃琳说，好像五个死去的女孩还不够让人不安似的。她从文件夹里又取出一张复印件。是一张传单——用行话来说，就是“吆喝”——给曼利·威尔曼的千种奇观打广告。传单上有两个举着羊皮纸的小丑，列出了几种奇观，其中一个是美国最全**怪胎奇人**展！还有各种游乐设施、游戏、小孩子玩的东西，以及**世界上最可怕的恐怖屋！**

有胆就进来，我想。

“这也是通过馆际互借找到的？”我问。

“是的。我现在是懂了，你能从图书馆找到任何东西，只要你愿意深挖。或者说只要你愿意倾听，因为这真的是世界上最大的丛林传声系统。这份广告是登在韦克罗斯的《新闻先驱报》上的，刊登时间是一九六一年八月的第一个星期。”

“第一个女孩失踪的时候，威尔曼嘉年华就在韦克罗斯？”

“她的名字是迪迪·莫布雷。不，凶案发生时，他们已经搬走了。但是，当迪迪告诉她的朋友，说她交了个新男友时，威尔曼嘉年华是在的。现在看看这个。登在落基山城的《电讯报》上，一九六三年的七月中旬，登了一个星期。标准的提前宣传，哦，这点你可能不需要我告诉。”

又是一张曼利·威尔曼的千种奇观的整版广告，还是那两个举着羊皮纸的小丑。只不过，跟两年前韦克罗斯的版本不同，他们还许诺了一场奖金总值一万美元、所有游客都有奖的宾果游戏。另一个变化是，怪胎这个字眼不见了。

“夏普家的女孩在电影院被害时，他们在吗？”

“案发前一天离开了。”她敲敲复印纸的尾部，“你看看日期不就知道了，戴夫？”

我对这串时间没有她那么熟，但也懒得为自己辩护。“第三个女孩呢？姓朗博顿的那个？”

“我没有找到桑蒂地区的任何一个嘉年华。可以肯定的是，不会再有威尔曼嘉年华的消息了，因为它在一九六四年秋天破产了。这是从《户外商贸》上看来的。我和许多图书馆员找了很久，《户外商贸》是唯一一份报道嘉年华和游乐场行业的专业杂志。”

“上帝啊，埃琳，你别去管什么摄影了，给自己找个有钱的作家或电影制片人吧，当他的调研助理。”

“我还是宁愿拍照片，调研太像工作了。戴文，别在这里掉线。桑蒂地区确实没有嘉年华，但反正伊娃·朗博顿的谋杀案也跟其他几桩不太一样。起码我是这样看的。你还记得吗，其他受害人都没有被强奸？”

“那只是你得出的结论。报纸对于这种事情是很隐晦的。”

“说得没错，报纸上会说非礼或性侵，而不是强奸，但他们会把意思表达到位的，相信我。”

“那么做鞋的达莉妮[①]呢？有没有——”

---

① 达莉妮的姓斯塔姆尼奇（stamnacher）比较拗口，戴文记成了做鞋的（shoemaker）。

“是斯塔姆尼奇。这些女孩被杀了，戴文，你至少应该把她们的名字念对吧。”

“好吧，只要多给我点时间。”

她伸出一只手，放在我的手上：“对不起，我一股脑把这么多信息扔给你。我自己已经琢磨了好几个星期了。”

“真的？”

“嗯，这些事情很可怕，让人忍不住去想。”

她是对的。如果只是读推理小说或是看侦探电影，你大可以吹着口哨，笑对成堆的尸体，唯一感兴趣的只是验证凶手到底是管家还是坏后妈。可是这些女孩都是真实的。她们的皮肉很可能被乌鸦啃食。蛆虫说不定在她们的眼窝里繁衍，在她们的鼻孔里蠕动，直至钻进她们灰色的大脑里。

“斯塔姆尼奇家的女孩被杀时，马克斯顿地区有嘉年华吗？”

“没有，但在兰伯顿有场乡村市集即将开始——那是离那里最近的成规模的市镇了。看这里。”

她递给我一张新的复印件，这次是罗伯逊县夏季市集的广告。埃琳又一次敲敲这张纸，让我注意一句话：五十种**安全**游乐设施，由南方之星游乐公司提供。“我在《户外商贸》上查了南方之星。这个公司创建于二战以后，总部位于伯明翰，活动足迹遍布整个南方。他们会搭建游乐设施，不像霹雳弹或眩晕机这么大，但有不少稻草货，也有足够的人手来操作。”

听到她的用词，我忍不住笑了。看来，她还没有完全忘记乐园的行话。“稻草货”是指容易搭建也容易拆卸的项目。如果你玩过疯狂转转杯或飞天老鼠，你就玩过稻草货。

“我给南方之星的设施主管打了电话，对他说我今年暑假在乐园工作过，正在写一篇关于游乐行业的社会学论文。好吧，我好像确实应该写一篇，做了这么多调查，一定会写出篇扎实的文章。他告诉我的是我已经猜到的。他说他们有过一次大的人事变更。因为手头没有资料，他没办法确切告诉我当时是不是从解散的威尔曼嘉年华收了人，但这是很可能的——这儿招两个干粗活的，那儿招两个帮工，也许还有一两个开设施的。所以，杀害迪迪和克劳蒂娜的那个人确实有可能在市集上，达莉妮·斯塔姆尼奇也有可能遇到了他。市集还没有正式开业，但很多当地人都跑去看热闹，看设施管理员和当地的'扫灰工'做准备工作。"她平静地看着我，"我想，事情就是那样的。"

"埃琳，琳达·格雷被害后，《新闻信使报》的报道上写了这一系列凶案和嘉年华的联系吗？"

"没有。我能再喝一口酒吗？我很冷。"

"我们到室内——"

"不，是这些凶案让我浑身发冷，每次思考它们时都这样。"

我把酒瓶给她。她喝了一口后，我接过酒瓶，也灌了一口。"也许你才是夏洛克·福尔摩斯。"我说，"警察呢？你认为他们错过了这些信息吗？"

"我不能确定，但我认为……是的，他们忽视了这点。如果这是电视剧，就会有一个睿智的老警察——神探可伦坡①那个类型的——通观全局，看到问题所在。不过，我怀疑现实生活中的神探可伦坡并不多。还有，全局很难看清，是因为这些案

① 《神探可伦坡》(*Columbo*)，经典美剧，由彼得·福克主演，于一九六八至二〇〇三年播出。

件散布在三个州，跨越了八年时间。有一点可以肯定的是，就算他在乐园工作过，也早就走了。我相信，游乐场的人事变动不会像南方之星这样的公路公司如此频繁，但还是有很多人进出。”

这点我也知道。开设施和卖东西都不算什么稳定职业，“扫灰工”更是来去如潮水。

“还有另一件事让我介怀。”她说着递给我一小沓二十乘二十五厘米的照片。照片底部的白边上印着**由您的乐园“好莱坞女孩”拍摄**。

我翻动这些照片，当我看清上面是什么时，立刻觉得有必要再喝一口酒。照片上是琳达·格雷和杀害她的那个男人。“老天在上，埃琳，这不是报纸复印件，你从哪里弄到的？”

“布兰达·拉弗蒂给我的。我拍了一点马屁，说她是我们所有好莱坞女孩的好妈妈，终于说动她帮忙。这些是用她收藏的底片冲洗的。有个有趣的地方，戴夫。你看到格雷家女孩的发箍了吗？”

“看到了。”爱丽丝带，舍普洛太太是这么称呼的。一条蓝色的爱丽丝带。

“布兰达说，他们在给媒体的照片中把这个抹掉了，认为这样能够帮助找到凶手。可惜凶手从未被找到。”

“所以，是什么让你感到困扰？”

事实上，所有的照片都让我感到困扰，哪怕是格雷家女孩和凶手只是背景的那些。在那些照片上，只能通过她的无袖衬衫、爱丽丝带和他的棒球帽、墨镜来辨认。只有两张照片清楚地拍出了凶手和被害人。第一张照片里，他俩在旋风杯旁边，他的手随意地放在她的臀部。第二张——所有照片中拍得最清楚的那张——拍到了他们在安妮·奥克利打靶场。然而，在这两张照片中，凶手的脸都是看不清的。就算在大街上迎面而过，我也认不出来。

埃琳拿起那张旋风杯："看他的手。"

"哦，是的，那个文身。我看见了，也从舍普洛太太那里听说过。你觉得是什么？是鹰吗？"

"我想是的，但它是什么都没关系。"

"真的？"

"真的。还记得我刚才说稍后再说克劳蒂娜·夏普吗？一个年轻女孩在当地电影院里被割喉——在《阿拉伯的劳伦斯》放映期间——这种事在落基山城那样的小地方可是大新闻。《电讯报》报道了几乎一个月。警察们找到了一条确切线索，戴夫。克劳蒂娜的一个高中同学在电影院的小吃店里看到她并跟她打了招呼。克劳蒂娜立刻回礼。那女孩说，克劳蒂娜旁边坐着一个戴墨镜和棒球帽的男人，但她没觉得是克劳蒂娜的约会对象，因为那男人的年龄要大得多。她注意到那人的唯一原因是因为很少有人会在电影院里戴墨镜……还因为他手上有文身。"

"老鹰文身。"

"不，戴夫，是哥普特十字架。像这样的。"她拿出一张复印件递给我，"她告诉警察，刚开始她还以为是什么纳粹标志呢。"

我看着那个十字架图案。华丽优美，但丝毫不像老鹰。"肯定是两个文身，一只手上一个。"我最后下了结论，"老鹰在一边，十字架在另一边。"

埃琳摇摇头，又把旋风杯旁边的照片给我看："你看老鹰在哪只手上？"

凶手站在琳达·格雷的左边，搂着她的腰，手放在她的臀部……

"右手。"

"是的。可是在电影院里看见他的女孩也说十字架在他的右手上。"

我想了一会儿："一定是她弄错了，就这样。证人们常会弄错这样的细节。"

"没错，关于这点，我爸可以说上一整天。可是，你再看看，戴夫。"

埃琳递给我打靶场的照片。在这张拍得最好的照片里，那两个人不再只是背景。一个好莱坞女孩看到了他们，觉得是个好姿势，就拍了下来，想卖给他们。只是，那男人拒绝了。态度强硬，舍普洛太太说。这让我想起她是怎么描述这张照片的：*他们俩屁股挨屁股地腻在一起，他教她怎么拿来复枪，男人们惯用的亲昵伎俩*。舍普洛太太看到的肯定只是报纸上由微小的墨点组成的模糊版本，而这张是原始照片，清楚得让我觉得简直可以走进去警告姓格雷的那个女孩。他是跟她腻在一起，一只手放在她握着点二二的手上，帮她瞄准。

这是他的*左手*，上面没有任何文身。

埃琳说："你看到了，对不对？"

"没有任何东西啊。"

"这就对了，戴夫，这就是问题的关键。"

"你是说有两个男人？手上有十字架文身的杀了克劳蒂

娜·夏普。另一个——手上有老鹰文身的——杀了琳达·格雷？不像是这么回事啊。”

“我也觉得不像。”

“那么你认为是怎么回事？”

“我认为我在其中一张照片上看到了某样东西，但我不敢确信，所以我拿着照片和底片去找了一个叫菲尔·亨得利恩的研究生。他是个暗室天才，巴德学院摄影系，简直是以系为家。你知道我们拿的那种快速成像的相机吗？”

“当然。”

“拿那些相机主要是为了视觉效果——俏皮女孩拿着老式的大相机——但菲尔说，那种老相机其实非常棒，可以拿它的底片做很多文章。比如……”

她递给我一张放大的旋风杯照片。拍那张照片的好莱坞女孩的目标本来是一对带小孩的年轻夫妻，但在这张放大的照片里，那家人几乎看不见了，照片的中心是琳达·格雷和她的杀人犯男友。

“看他的手，戴夫。看他的文身！”

我皱起了眉头。“看不太清楚啊，”我抱怨道，“手比其他地方模糊。”

“我不这么认为。”

这次，我把照片举在了眼前：“是……天啊，埃琳，那是墨水吗？是墨水流下来了？只是一点点？”

她胜利地笑了：“一九六九年七月。迪克西[①]火热之夜。几

---

① 美国东南部各州的非正式统称。

乎所有人汗流得都可以用桶装了。要是不相信，你可以看看其他照片，注意一下大家身上的汗。何况，他还有别的心事，让他更容易冒汗，不是吗？他脑子里盘算着一场谋杀，而且是一场胆大妄为的谋杀。”

我说：“哦，该死，海盗皮特。”

她用食指点点我：“答对！”

海盗皮特是开在激流勇进外面的纪念品商店，屋顶上有个同名雕像。在店里，游客们能买到游乐场的常规商品——T恤衫，咖啡杯，沙滩毛巾，甚至还有游泳裤，给游泳课上忘记带游泳裤的孩子们准备的。所有商品上都印着乐园的商标。店里有一个柜台出售各种各样的假文身，都是移画印花。如果游客自己弄不好，海盗皮特（或他手下的菜鸟们）会帮忙，只收取一点额外的费用。

埃琳点点头：“我倒不觉得他是去海盗皮特那里弄的东西——那样就太傻了，而这个凶手显然不傻——但我敢肯定那不是真正的文身。那个女孩在落基山城的电影院里看到的哥普特十字架也不是真的文身。”她探过身来，抓住我的胳膊，“你知道我是怎么想的吗？我想，凶手给自己弄个假文身是为了吸引注意力。这样，人们只会注意文身，而其他的东西就……”她敲敲照片上那些模糊的形状；在她巴德学院的那位朋友放大照片之前，它们原本才是镜头的目标。

我说：“他身上其他所有的东西都弱化成了背景。”

“是的。之后，他把文身洗掉就行。”

“警察知道吗？”

“我不清楚。你可以告诉他们——我不会去找警察的，因为我要回去上学了——但我觉得案子过去了这么久，他们不会再关心了。”

我再次翻阅照片。我毫不怀疑埃琳真的有所发现，虽然我的确怀疑这个发现本身能使恐怖屋杀手落入法网。不过，那些照片还有什么东西不对劲。还有什么。你们都有过话到嘴边却怎么都想不起来的经历吧？就是那种感觉。

“琳达·格雷被害之后，还有别的凶杀案跟这五个——或者说四个，如果我们排除伊娃·朗博顿的话——一样吗？你调查过吗？”

“我试着调查过。”埃琳回答，“长话短说，就是我没找到，但我并不能百分百肯定。我读了五十桩凶杀案的报道，至少五十桩，被害人都是年轻女性，却没有再找到符合这些特征的。”她一一列举，“总是在夏天。总是和一个年长的陌生男性约会。总是割喉。总是和某种嘉年华有联系——”

“孩子们，你们好。”

我们被这声音吓了一跳，抬起头来。是弗莱德·迪安。今天，他穿了一件高尔夫球衫，亮红色的宽松裤，戴着一顶长檐帽，帽缘上方用金线绣着**天堂湾乡村俱乐部**。我习惯了看他穿西装，最不正式的时候也只是不系领带，并解开范·霍伊森衬衫的第一颗纽扣。穿着这身行头，他看上去年轻得过分。当然，你得忽视他斑白的两鬓。

“你好，迪安先生。”埃琳说着站了起来。大多数文件——还有一些照片——仍然握在她的一只手里，另一只手上拿着文件夹。“我不知道你是否还记得我——”

“当然记得。”他走了过来，“我从来不会忘记一个好莱坞女孩，只不过有时我会把名字搞混。你是艾什莉还是杰莉？”

她笑了，把手上的东西放回文件夹，递给我。我把自己手上的照片也放了进去。“我是埃琳。”

“哦当然，埃琳·库克。”他朝我挤挤眼，这个小动作比看到他穿着过时的高尔夫装更让人感到奇怪。“你挑选女伴的眼光不错，琼西。”

“从来没错过，不是吗？”对他解释埃琳实际上是汤姆·肯尼迪的女朋友似乎太复杂了。弗莱德十有八九根本不记得有汤姆这个人，反正也没见过他身穿风流小绿裙和高跟鞋。

“我只是顺路来拿账本。到了每季度向国税局报到的时候了。真是‘他母亲的’令人头疼。埃琳，怎么样，这小小的秋季返乡游玩得还好吗？”

“是的，先生，非常棒。”

“明年还回来吗？”

她似乎有点不自在，终于还是勇敢地实话实说：“很可能不回来了。”

“好的，没关系。不过，要是你改变主意，我敢肯定布兰达·拉弗蒂会给你找到位置。”他把注意力转向我，“说到那个你打算带到园里来的男孩，琼西，你和他妈妈约好时间了吗？”

“周二。如果下雨的话就周三或周四。那孩子不能雨天出来。”

埃琳好奇地看着我。

“我建议你们周二来。”他说，“有风暴要登陆。谢天谢地，不是龙卷风，只是热带扰动。天气预报说，会有强降雨和大风，估计周三上午抵达本区域。”

“好的。”我说，“谢谢提醒。”

“很高兴再次见到你，埃琳。”他点点帽檐，向她致意，然后朝后停车场走去。

直到他消失在视线外，埃琳才咯咯地笑出声来：“那条裤子。你看到他的裤子了吗？”

“看到了。”我说，“野性十足。”但我一点也不想取笑那条裤子，也不想取笑他。据莱恩说，是弗莱德·迪安用唾沫、钢丝和账本施的法术让乐园得以维持的。我觉得，有这种功劳，他想穿多肥的裤子都可以。至少，那些裤子不是支票。

“带孩子来乐园又是怎么回事？”

“说来话长。”我说，“我可以在走回去的路上讲给你听。”

回去的路上，我给她讲了事情的来龙去脉，是“谦虚勋章”版的，也略去了医院的那场争吵。埃琳一声不响地听完了我的讲述，只问了我一个问题。那时我们已经走到了离开沙滩的台阶处。“告诉我实话，戴夫——那位妈咪是不是很性感？”

人们一直问我这个问题。

♥

当晚，汤姆和埃琳去了冲浪者酒吧。那个夏天，他们常在休假日的晚上去那里喝啤酒，跳布吉舞。汤姆邀我一同前往，但我信奉那句老话：两人成伴，三人不欢。而且，我怀疑他们还能不能找到同样热闹欢乐的气氛。在天堂湾这样的小镇，七月和十月是很不同的。考虑到我兄长的角色，我尽职尽责地提醒他们了。

“你不明白，戴夫。”汤姆说，“我和埃琳不是去找乐子的，我们是给别人带去快乐的。这是我们在夏天学到的。”

虽然他们如此自信，还是早早回来了。而且，从脚步声判断，两个人还很清醒。尽管如此，他们压低了声音的谈话说笑仍然让我感到有些孤单。不是思念温蒂，只是想有人做伴。如今回头看，我想哪怕是那样，也已经算向前迈了一步了。

他们不在的时候，我重温了埃琳给我的资料，却没有任何新的发现。十五分钟后，我把它们放在一边，重新翻看照片，那些**由您的乐园“好莱坞女孩”拍摄**的黑白照片。首先，我只是随手翻检，后来便把它们排列成方形，一张张挪动，像是试图拼好一副拼图。我想，我要做的正是这样，把支离的线索拼起来。

困扰埃琳的是这些凶杀案背后似乎都有嘉年华，还有凶手的文身很可能根本不是真正的文身。这些事情同样也让我困扰，但还有些别的东西。别的我说不清楚是什么的东西。我觉得它就在眼前，瞪着我，我却抓不到，这种感觉真令人发疯。最后，我把照片放回文件夹，只留了两张在外面。关键的那两张。我把它们举起来，先盯着一张看，又盯着另一张。

琳达·格雷和杀死她的人在旋风杯外排队等候。

琳达·格雷和杀死她的人在打靶场。

别管那该死的文身了，我告诉自己，不是那个，是别的什么东西。

可是，还能是什么呢？墨镜遮住了他的眼睛，山羊胡盖住了他的下半张脸，棒球帽略微倾向一边的帽檐挡住了他的前额和眉毛。帽子上的图案是一条鲶鱼，从红色的字母C中向外张望。这是南卡罗来纳的职棒小联盟球队鲶鱼队的徽章。旺季时，每天会有许多戴鲶鱼帽的人来乐园，我们把它叫做鱼头帽，与我们自家的狗头帽区别。那浑蛋挑了顶再寻常不过的帽子，因为混迹人群绝对是他的打算。

我来来回回地看，从旋风杯看到打靶场，又看回旋风杯。最后，我把这两张照片也塞进文件夹，把文件夹扔到我的小书桌上，拿起书来读。我一直读到汤姆和埃琳回来，才上床睡觉。

或许明天一早我就能想起来了，我想，明早一觉醒来，我会说，“哦，见鬼，当然是这样。”

拍岸的海浪声催眠般送我进入梦乡。我梦见我在海滩上，跟安妮和迈克在一起。我和安妮赤脚站在海水里，搂着彼此，看迈克放风筝。他一边放线，一边追着风筝跑。他跑得很好，因为他没有任何毛病，健康得很。那个杜兴式肌营养不良症只是我做的一个噩梦。

因为忘记拉窗帘，我很早就醒了。我拿起文件夹，抽出那两张照片，借着白日的第一道天光仔细端详，心中确信能看出答案。

然而我什么都没看出来。

♥

统一行程使得汤姆和埃琳得以一同从新泽西州到北卡罗来纳来，但涉及回程的火车时，就没有那么凑巧了。周日那天，他们唯一同行的那段旅程是从天堂湾到威明顿，在我的福特车上。埃琳要坐开往纽约和安嫩代尔的火车，比那列将汤姆带回新泽西的海岸快线早开两个小时。

我将一张支票塞进埃琳的夹克口袋：“这是给你的馆际互借

费用和长途电话费。”

她掏出支票，看到上面的金额，便想退还给我：“八十美元太多了，戴夫。”

“跟你发现的东西比起来一点也不多。收下吧，神探可伦坡。”

她笑起来，把支票放回口袋，跟我吻别——又一个兄妹情谊的轻吻，与夏天结束时的那一吻完全不同。她在汤姆的臂弯里待的时间要长得多。我们商量好感恩节时一同到汤姆的父母位于宾州西部的家里去。我能看出，汤姆不舍得让她走，但当扩音器最后一次宣布北上开往里士满、巴尔的摩和威尔克斯-巴里的火车即将出发时，他不得不放她离开。

埃琳走后，汤姆和我在街上走了一会儿，提前吃了一份还不错的肋排晚餐。我正在考虑餐后甜点选什么时，汤姆清清喉咙，对我说：“听着，戴夫。”

他声音中的某种情绪让我立刻抬起头来，看到他的双颊比平常更红。我把菜单放下了。

“你让埃琳做的事……应该停止了。这件事让她不安，我觉得甚至让她有些荒废学业。”他笑了起来，往窗外忙碌的火车站看去，又看回我，“我听上去更像她的父亲，而不是她的男朋友，对不对？”

“你听上去有些担心，仅此而已。我知道你喜欢她、关心她。”

“喜欢她？伙计，我爱她爱得神魂颠倒。她是我生命中最重要的东西。我希望你不要误会，我刚刚说的话跟嫉妒一点关系都没有。问题在于：如果她想转学并保留助学贷款，就不能让成绩下滑。你肯定也明白的。”

是的，我明白。我还明白别的事情，汤姆却没有意识到。他想让她远离乐园，不止是身体远离，精神也是，因为他在乐园遇到的事是他没法理解，也不想理解的。在我看来，这种固执让他有点像傻瓜。心中再次涌起的那种酸涩的嫉妒拧转我的腹腔，让它试图消化的食物不安分起来。

接下来，我笑了——艰难地挤出来的笑，不骗你们。我说：“我明白你的意思了。我们的小调查结束了。”所以，放心吧，托马斯，你可以不用再想恐怖屋里发生的事了。不用再想你在那里看到了什么。

“好。我们还是朋友吧？”

我伸手到桌对面。“永远是朋友。”我说。

我们握了手。

♥

扭扭村的故事舞台有三个背景：白马王子的城堡、杰克的魔豆豆茎和一片星空，上面有红色霓虹灯勾勒出的卡罗来纳大转盘的轮廓。夏天过后，这三块背景幕布都被太阳晒得有些褪色了。周一上午，我在扭扭村狭窄的后台区域给这些幕布上色，希望自己不要把它们搞砸，毕竟我不是梵高。正忙着，突然有个兼职的“扫灰工”跑过来，说是弗莱德·迪安要我到他的办公室去。

我有些不安地去了，不知道我是不是要因为周六把埃琳带到乐园来而被训。到了之后，我惊讶地发现弗莱德既没有穿他的西装，也没有穿那套喜感十足的高尔夫球服。他身穿一条褪色的牛仔裤，上身是同样褪色的乐园 T 恤，短袖卷起来，露出上臂的肌肉。他的额头上还系了一条佩斯利图案[①]的吸汗带，看上去一点也不像会计或人力资源总管，而像个开设施的。

他注意到我的惊讶，笑了："喜欢我这副打扮吗？必须承认，我自己是喜欢的。五十年代时，我在中西部参加布里兹兄弟会的时候，就是这个样子。我妈妈对布里兹没什么意见，我爸却吓坏了。要知道，他自己就是这一行的。"

"我知道。"我说。

他扬了扬眉毛："真的？八卦消息传得远，不是吗？言归正传，这个下午有得好忙。"

"把我要干的活儿列个单子吧。我差不多给幕布上好色了。"

"不，不，琼西，你中午就签退，明天上午九点之前不要让我看到你。带你的客人们一起来。别担心你的工资，这几个小时不扣你钱。"

"为什么，弗莱德？"

他笑得意味深长："惊喜。"

♥

那个周一晴朗而暖和。我走回天堂湾时，安妮和迈克正在步道尽头吃午餐。米罗先看见，撒腿飞奔向我。

"戴夫！"迈克喊道，"过来吃个三明治吧！我们有很多呢！"

"不，我真的不——"

"过来吧！"安妮说着皱起了眉头，"除非你生病了或怎么

---

① 佩斯利（paisley），由羽状和水滴曲线组成的华丽纹样，名字来源于苏格兰一个纺织小镇，那里以出产这种样式的披肩而闻名。

着，我可不想你传染迈克。”

“我很好，只是被提前打发回来了。迪安先生——他是我的老板——不肯说原因，只说是个惊喜。我猜跟明天的活动有关。”我突然有些紧张起来，“我们明天的安排不变吧？”

“放心，”她说，“我投降了就是投降了。只是……我们不能让他太累。是不是，戴夫？”

“妈妈。”迈克说。

她没有理会儿子：“是不是？”

“不会累着他的。”话虽如此，看到弗莱德·迪安不寻常的打扮，甚至还露出了雪藏的肌肉，我其实心里是有些忐忑的。我有没有明确对他说过，迈克的身体很脆弱？我觉得应该是说了，但——

“那就过来吃块三明治吧。”她说，“希望你喜欢鸡蛋沙拉。”

♥

周一晚上我没有睡好，总担心弗莱德提到的那场热带风暴会提前驾临，让迈克的游园计划泡汤，幸好周二的早晨晴朗无云。我下楼来到起居室，打开电视，刚好看到威明顿的 WECT 频道在播六点四十五分的天气预报。风暴还是要来，但今天唯一能感觉得到的是住在佛罗里达和佐治亚海岸线上的人们。我希望伊斯特布鲁克先生的行囊里装了雨鞋。

“你起得很早啊。”舍普洛太太从厨房探出头来，“我正在煎蛋和培根。来吃一点吧。”

“我不饿，舍普洛太太。”

“胡说。你还在长身体呢，戴文，需要好好吃饭。埃琳告诉我你今天打算干什么了，我觉得你做的事很棒。会一切顺利的。”

“承您吉言。”我说，但我老忍不住想到弗莱德·迪安身穿工作服的样子。让我提前回家的弗莱德，给我预备了惊喜的弗莱德。

♥

前一天午餐时我们都商量好了，所以当我开着我的旧福特驶上八十三号那栋维多利亚式绿色大宅的车道时，安妮和迈克已经在等我了。米罗也是。

“你确定没人会介意我们带着米罗吗？”周一的时候迈克就问了，“我不想惹麻烦。”

“服务犬是可以进入乐园的。”我说，“米罗可以扮演服务犬的角色。是不是，米罗？”

米罗歪着头，显然对服务犬这个概念十分陌生。

今天，迈克穿好了他那副巨大的、嘎吱作响的支架。我想帮他坐进旅行车，但他挥挥手，示意我他要自己来。他费了很大劲，我担心他会咳嗽，但并没有这样。他简直激动地要欢呼雀跃了。安妮今天穿了一条李牌的修身牛仔裤，两条腿看上去长得不可思议。她把旅行车的钥匙给我：“你来开车吧。”随后压低声音，不让迈克听见说：“该死，我太紧张了，开不了车。”

我也紧张。毕竟，是我逼她让步的。是的，有迈克做我的同谋，但我是成年人，真要出什么问题，责任在我。我并不是个常祈祷的人，但当我把迈克的拐杖和轮椅搬上旅行车后车厢时，却暗中祈祷不要有事。之后，我将车倒出车道，开上沿海公路，驶过那块写着**带你的孩子来乐园度过欢乐时光**的大广告牌。

安妮坐在副驾驶，穿着她的褪色牛仔裤和一件薄毛衣，头发用蓝色的发带束在脑后。在我看来，她从来没有像那个十月的早晨那样美丽。

“谢谢你，戴夫。”她说，“希望我们做的是正确的。”

“我们做的是正确的。”我试着表现出更多的信心，因为木已成舟，我却心怀疑虑。

♥

乐园的标志牌亮了灯——这是我注意到的第一件事。第二件是扩音器里放出了夏天时的音乐：一连串六十年代末七十年代初的曲子，都是些能调动情绪的。我本想把车停在 A 区残障人士车位——它们离入口只有大约十五米——但我还没来得及这么做，弗莱德·迪安就从打开的大门中走了出来，摆手让我继续往前开。今天，他不仅穿了正装，还是他很少穿戴、专门接待贵宾游客的三件套。我见过那套西装，却没有见过那顶黑丝绸礼帽，就像老新闻短片里外交官们戴的那种。

“常规都是这样？”安妮问。

“当然。”我有一点眩晕。所有这些都不是常规。

我将车开进大门，驶上乐园大道，在扭扭村外的长椅旁停下。第一次扮演霍伊时，我和伊斯特布鲁克先生曾在这张长椅上坐过。

迈克想像上车时那样自己独立下车。我站在旁边，生怕他万一失去平衡。安妮将轮椅从后车厢拖了出来。米罗坐在我的脚上，尾巴拍着地，竖起两只耳朵，眼睛闪闪发光。

安妮把轮椅推过来时，弗莱德带着须后水的香味也赶到了。他实在是……太炫了。我找不到别的字眼来形容。他摘下帽子，向安妮鞠了一躬，伸出一只手："你一定是迈克的妈妈。"你们要记得，无法显示婚姻状况的"女士"（Ms.）一词当时并不常用。尽管我当时十分紧张，却仍然注意到了他如此机智地解决了是称呼安妮"太太"还是"小姐"的难题，并为此深感佩服。

"我是。"她说。我不知道安妮是否因为弗莱德的郑重其事而慌乱，或是因为他们两人着装上的差异——她一身游玩休闲装，他却如国事访问般郑重——但她看上去确实有些手足无措。尽管如此，她还是伸出手，跟弗莱德握了握。"这位年轻人——"

"——想必就是迈克了。"他向那靠钢架支撑的男孩伸出手去，后者早已惊奇地瞪大了眼睛，"谢谢你今天大驾光临。"

"您太客气了……我是说，该我说谢谢。谢谢您让我们来。"他握住弗莱德的手，"这个地方真大。"

当然，乐园并不大；迪士尼乐园才叫大。但是在一个从来没去过任何游乐场的十岁孩子眼里，它肯定是大得不得了。我可以在他眼中看出他的新奇和激动，对于带他来这里是否正确的疑问也开始慢慢消失。

弗莱德弯下腰，双手放在膝盖上，盯着罗斯家族的第三个成员："你一定是米罗！"

米罗叫了一声。

"嗨，"弗莱德说，"同样很高兴见到你。"他伸出一只手，等米罗举起前爪。米罗真这么做时，他握了握它的爪子。

"你怎么知道我们的狗叫什么？"安妮问，"是戴夫告诉你的吗？”

他笑着直起身来：“他没说。我知道米罗的名字，是因为这是个有魔力的地方，亲爱的。比方说，”他摊开两只空空的手，又把它们放到背后，“哪只手？”

“左。”安妮乐意配合他。

弗莱德伸出左手，什么都没有。

安妮转转眼珠，笑了：“好吧，右手。”

这次，他拿出一束玫瑰花。真正的玫瑰花。安妮和迈克张大了嘴。我也是。直至多年以后的今天，我仍然不知道弗莱德是怎么做到的。

“乐园是孩子们的，亲爱的，既然迈克是这里唯一的孩子，今天乐园就是属于他的。不过，这些花是给你的。”

她如在梦中般接过玫瑰花，把脸埋进花束，闻着甜甜的花香。

“我帮你放到车里吧。”我说。

她又将花捧了一会儿，才将它们给我。

“迈克，”弗莱德问，“你知道我们这里出售什么吗？”

迈克对自己的回答没有把握：“游乐项目？游乐项目和游戏？”

“我们出售快乐。所以，现在跟我去找快乐，怎么样？”

♥

我仍然记得迈克在乐园的那天——那一天同样也属于安妮——清晰得就像上周发生的事，但若要告诉你们我如何感觉，或是解释它如何终结了温蒂·吉根对我心灵和情感的最后一丝牵制，则需要比我高明得多的叙述才能。我只能说出你们已经知道的话：有些日子是珍宝。这样的日子并不多，但我觉得几乎每个人的生命里都有。那天便是我的珍宝之一，当我沮丧低落之时——生活之潮汹涌而来，一切看上去都花哨而廉价，就像雨天乐园大道的样子——我总会回头去看，哪怕只是为了提醒自己，生活并不总是坑人的游戏。有时候，奖品是真实的。有时候，奖品是珍贵的。

当然，不是所有的设备都开放，那也没关系，毕竟有很多都是迈克不能玩的。不过，那天上午，乐园的一多半地方都是在运转的——灯光，音乐，甚至一些摊位都营业，五六个值班的“扫灰工”在卖爆米花、薯条、汽水、棉花糖和狗狗美餐。我不知道弗莱德和迪安是怎么在短短一个下午弄好这些的，但他们确实做到了。

我们从扭扭村开始。莱恩已经等在小火车的引擎旁了。他没有戴平日里的常礼帽，而是戴着一顶车长帽，照样漫不经心地往一侧歪着。当然是这样，歪戴帽子是他的老习惯了。“都上车！孩子们的快乐之旅，请抓紧时间！小狗免费乘坐，妈咪免费乘坐，小孩儿和我一起坐车头！”

他指指迈克，又指指引擎旁边的副驾驶座。迈克从轮椅中站起来，拄上拐杖，身体晃了一下。安妮忙想上前扶他。

“不，妈妈，我没问题，让我自己来。”

他找到平衡，开始朝莱恩站的地方走去——一个真实的男孩，两条机械腿。莱恩帮他在副驾驶座上坐好后，他问：“这根绳子是鸣笛用的吗？我能拉一下吗？”

“正是派这个用场的。”莱恩说，“要当心避开铁轨上的猪。

这一带有狼，小猪们怕得要命。”

安妮和我在一个车厢里坐好。她的眼睛晶亮亮的，脸颊红润得像是有玫瑰在那里盛开。她的嘴唇，尽管紧紧抿着，却在发抖。

“你还好吧？”我问。

“还好。”她抓住我的手，手指交叉地握住，那么用力，握得我手疼。“是的。是的。是的。”

“仪表板绿灯亮！”莱恩喊道，“请复核，迈克！”

“已复核！”

“避开铁轨上的什么？”

“猪！”

“孩子，我喜欢你的工作风格。现在，鸣笛，出发！”

迈克拉了一下绳子。火车鸣笛。米罗叫了起来。制动器噗噗地开始运转，火车动了。

扭扭村的火车是绝对的小把戏。事实上，扭扭村里所有的游乐设施都是小把戏，也就是说它们是给三岁到七岁间的小朋友准备的。不过请别忘了，迈克·罗斯很少出门，特别是去年生了肺炎以后。大多数日子里，他都和他的妈妈坐在步道尽头，听着海浪潮涌和沙滩远处传来的嬉笑声，知道那些欢乐尖叫都不属于他。属于他的只有虚弱的肺部呼喊着想要更多的空气，只有剧烈的咳嗽，只有逐渐丧失的行走能力，哪怕是在拐杖和支架的帮助下。还有他最终会死在上面的那张床，睡裤下穿着纸尿裤，脸上蒙着氧气罩。

离了装扮成童话人物的菜鸟们，扭扭村看上去有些人烟稀少，但弗莱德和迪安把所有的机械都重新打开了：在滚滚白烟中从地下钻出的魔豆；糖果屋前嘎嘎笑着的巫婆；开茶会的“疯帽子”；还有戴睡帽的大灰狼，火车经过时，它会从藏身的地道猛扑出来。火车拐过最后一个弯，我们看到了所有孩子都知道的三栋小屋——一栋用草盖的，一栋用木柴盖的，一栋用砖头盖的。

“当心小猪！”莱恩话音未落，就有三只小猪摇摇晃晃地走上轨道，内置的扩音器发出哼哼的叫声。迈克尖叫一声，随即大笑着拉响汽笛。和往常一样，三只小猪在车撞上它们之前匆匆避开了。

火车进站后，安妮松开我的手，跑到车头：“你怎么样，宝贝儿？需要吸氧吗？”

“不，我很好。”迈克转向莱恩，“谢谢你，车长！”

“这是我的荣幸，迈克。”莱恩伸出一只手，手心向上，“还活着的话就拍拍我的手。”

迈克高兴地拍了一下。他或许从没像现在这样觉得自己充满活力。

“我得赶紧走了。”莱恩说，“今天我可有好多顶帽子要换。”说完，他冲我挤挤眼。

♥

安妮给旋风杯投了否定票，但不无担忧地允许迈克登上旋转飞椅。当迈克的椅子升上去，离地九米并开始倾斜时，她紧紧抓住了我的胳膊，比在小火车上握住我的手时还要用力。不过，听到迈克的笑声后，她便松懈下来。

“上帝，”她说，“看他的头发！都飞起来了！”她在笑，同时也在哭，只是自己没有意识到。她也没意识到我的胳膊搂住了她的腰。

是弗莱德在控制飞椅。他了解迈克的情况，因此只开了半速；若是开到全速，迈克将被甩得与地面平行，仅靠离心力将他固定在椅子上。脚终于踩到地面时，那孩子晕得都走不了路了。安妮和我各架着他的一条胳膊，扶他坐上轮椅。弗莱德拿着他的拐杖。

“哦，天啊。”他似乎只会说这句话了，“哦，天啊。哦天啊。”

下一个是眩晕快艇。尽管叫快艇，实际上却是个地面项目。迈克和米罗坐进其中一艘快艇，在油漆画就的水面上飞驰，一看就知都玩得很高兴。安妮和我坐在另一艘上。虽然在乐园工作四个月多了，我却是第一次坐这个，所以当我们的船头朝迈克和米罗的船迎面撞上去时，我吓得尖叫起来。当然，在最后关头，两条船错开了。

“哇哦！”安妮在我耳边叫了起来。

下来后，迈克大口喘着粗气，但并没有咳嗽。我们推着他走上猎狗路，买了几杯汽水。看摊的“扫灰工”拒绝了安妮给他的五块钱：“今天所有的东西都是乐园请客。”

“我能吃个热狗吗，妈妈？还有棉花糖。”

她皱了皱眉头，随即叹口气，耸耸肩：“好吧，只要你记住这些东西还是违禁品，臭小子。今天是个例外。还有，不准再玩速度快的东西了。”

他摇着轮椅朝卖狗狗美餐的摊位去了，他自己的狗狗跟在旁边一路小跑。安妮转身看向我：“我不是因为营养问题才不让他吃那些东西，而是如果他肚子不舒服，就可能呕吐，呕吐对他的身体状况来说是非常危险的。他——”

她没有把话说完，因为我吻了她。只是在她的唇上轻轻一扫，像是吃到了一滴甜得不可思议的蜜露。“嘘，”我说，“他看上去像不舒服的样子吗？”

她瞪大了眼睛。一时间，我几乎可以确定她会扇我一耳光，然后扬长而去。乐园之行就这么毁了，全是由于我干的蠢事。可是她笑了，眼神里加上了打量探究的意味：“我敢说，哪怕只有一点机会，你也能做得比这好。”

没等我想出怎么回答，她已经跑开去追她儿子了。不过，就算她没跑开也不会有什么差别，因为我茫然无措，根本不知道该作何反应。

♥

安妮、迈克和米罗挤进了贡多拉滑索的一辆游戏车里。贡多拉滑索是架在空中的，横贯整个乐园的对角线。弗莱德·迪安和我开着一辆电动小车跟在下面，车后放着迈克的轮椅。

“他看上去是个好孩子。”弗莱德作出评价。

“他是个好孩子，不过我从没想到你会这样精心安排。”

“是为了他，也是为了你。你对乐园的贡献比你想象中还要多，戴夫。当我告诉伊斯特布鲁克先生我想弄得大些时，他给我开了绿灯。”

“你给他打电话了？”

“是的。”

“那捧玫瑰……你是怎么变出来的？”

弗莱德摸摸他的袖口，谦虚地说：“魔术师从来不公开他的秘密，你难道不知道吗？”

“你在布里兹兄弟那儿时，是不是还要表演纸牌和从帽子里变兔子？”

“不，先生，我在那里时只管设备。还有，尽管当时我并没有有效驾照，却要时不时开着卡车，趁天没亮，从一个镇子拔营出发。”

“那你是在哪里学会变魔术的？”

弗莱德伸手到脑后，摸出一个银币，丢到我腿上：“这里那里，见缝学习。加快点速度吧，琼西，他们跑到前面去了。”

♥

贡多拉滑索在天际车站停下，我们从那里去了旋转木马。等着我们的是莱恩·哈代。他已经摘掉了车长帽，重新戴上了他的常礼帽。公园里的扩音器还在放着摇滚，但在旋转木马（行话里称为拉磨驴）宽大而华丽的顶篷下响着的是风琴弹奏的《双人自行车》。虽然只是录音，不是现场演奏，声音听上去却仍然怀旧而甜蜜。

迈克上去之前，弗莱德单膝跪下，严肃地看着他：“没有乐园的帽子，你就不能坐乐园的旋转木马。”他说，“我们管那叫狗头帽。你有吗？”

“没有。”迈克答道。他没有咳嗽，但眼睛下方已经出现了黑影。双颊因激动而绯红，脸色却苍白。“我不知道应该……”

弗莱德摘下自己的帽子，朝里面看了看，又拿给我们看。帽子里是空的；所有的魔术师把帽子给观众看时都是空的。他又往里看了一眼，立刻喜出望外：“啊！”他从帽子里掏出一顶崭新的乐园狗头帽，戴在迈克的头上，“太完美了！你想骑哪头，孩子？马，独角兽，人鱼玛瓦，还是狮子里昂？”

“哦，狮子！我要骑狮子！”迈克叫道，“妈妈，你骑我旁边的老虎！”

“棒！”安妮说，“我一直想骑老虎呢。”

“嗨，小子，”莱恩说，“我来帮你骑狮子！”

他把迈克抱到狮子上时，安妮压低了声音对弗莱德说：“接下来没有很多安排了吧？这一切都很棒，我永远不会忘记这一天，但——”

“他累了。”弗莱德说，“我明白。”

安妮爬上迈克旁边那头咆哮的绿睛猛虎。米罗坐在他俩之间，龇着牙，露出它狗狗的微笑。旋转开始后，《双人自行车》的旋律变成了《第十二街》。弗莱德把一只手拍上我的肩膀：“你一会儿到大转盘来跟我们会合——那是最后一个项目——不过你要先去戏服间，动作快点。”

我张嘴想问为什么，可转眼就明白了。我朝戏服间跑去。是的，我加快了动作。

♥

一九七三年十月的那个周二上午，是我最后一次穿毛皮。我在戏服间里把它穿好，下了大地道，将电动小车开得飞快，霍伊的大脑袋在一侧肩膀上跳上跳下。我及时地来到乐园的中心位置，从命运女神的摊位后面钻了出来。莱恩、安妮和迈克正沿着乐园大道走来。莱恩推着迈克的轮椅。他们都仰着脖子，看着卡罗来纳大转盘，没有发现我正藏在算命摊的角落。不过，弗莱德看到了我。我举起一只前爪。弗莱德点点头，转过身，向客服中心楼上音响室里正密切关注着这边动静的人举手示意。几秒钟后，霍伊的音乐从所有的扩音器里传了出来。先是猫王的《猎狗》。

我从藏身处跳出来，开始跳霍伊之舞，其实就是一种混乱的软鞋踢踏舞。迈克目瞪口呆。安妮双手捂在太阳穴上，像是突然头痛，然后大笑起来。我相信，接下来的表演是我更擅长的。我绕着迈克的轮椅又蹦又跳，几乎没注意到米罗也在做同样的动作，只是跟我方向相反。《猎狗》放完，换成了滚石乐队的《遛狗》。这首歌很短，谢天谢地——我没有意识到自己跳得有多不成样。

最后，我张开胳膊，叫道："迈克！迈克！迈克！"这是霍伊唯一一次开口说话，我能为自己辩解的只有这个理由：我的声音听上去真的很像狗叫。

迈克从轮椅上站起来，张开双臂，向前倒去。他知道我会接住他。我没有令他失望。整个夏天，我都被比他年龄小一半的孩子这样抱，却没有一次感觉如此棒过。我只希望，我能翻转他的身体，就像当初把噎住赫利·斯坦斯菲尔德的热狗弄出来一样，也把他体内的病痛挤出来。

他把脸埋在霍伊的毛皮里，说："你扮霍伊扮得真好，戴夫。"

我用一只爪子揉揉他的小脑袋，碰掉了他的狗头帽。穿着霍伊的衣服，我不能开口回答——叫出他的名字已经是上限了——但我想，一个好孩子应该有条好狗，不信你问米罗。

迈克看着霍伊蓝色的丝网眼睛："你会和我们一起上起重

机吗？”

我夸张地向他点点头，又拍了拍他的脑袋。莱恩捡起迈克的狗头帽，帮他戴上。

安妮走了过来。她双手交握，端庄地放在腰际，但她的眼睛里满是调皮：“要我帮你拉开拉链吗，霍伊先生？”

我并不介意，但不能让她帮忙。每个游乐场都有它的规矩，乐园的规矩之一——绝对不能违背的——便是快乐的猎狗霍伊永远都是快乐的猎狗霍伊，你不能在兔子们能看到的地方脱掉毛皮。

♥

我钻进大地道，把毛皮放在小车里，在通往卡罗来纳大转盘的斜坡上跟安妮和迈克会合。安妮紧张地抬头看了看，问：“你确定想坐这个吗，迈克？”

“确定！这是我最想玩的一个！”

“那好吧。”然后，她对我加了一句，“我并不恐高，可也不喜欢登高。”

莱恩扶着一扇打开的客舱门：“上来吧，朋友们，我送你们去那空气稀薄、美不胜收的地方。”说着，他弯下腰，揉揉米罗的耳朵：“这个你不能玩，伙计。”

我坐在里面最靠近转轴的位置。安妮坐在中间，迈克坐在最外面，那里视野最好。莱恩放下安全杆，回到控制室，把帽子倾斜到一个新的角度。“惊喜在前方等着你们！”随着他这一声喊，我们开始升高。莱恩的操作平稳而镇定。

慢慢地，世界在我们下方展开：先是乐园，再是右边深蓝色的大海和左边北卡的低地平原。当大转盘升到最高处时，迈克松开了安全杆，将双手举过头顶，大喊道："我们在飞！"

一只手放在了我的腿上。是安妮的。我看着她，她动动嘴唇，无声地说了三个字：谢谢你。我不知道莱恩让我们转了多少圈——我觉得比平常要多，但也不十分确定。我记得最清楚的是迈克的脸，苍白而惊喜，还有安妮放在我大腿上的手，它让我的腿有如火灼。直到摩天轮慢慢停下，她才把手拿开。

迈克扭过头来对我说："现在我知道我的风筝是什么感觉了。"

我也知道了。

♥

当安妮告诉迈克游园会到此结束时，迈克没有反对。这孩子已经累坏了。莱恩帮他坐进轮椅后，他伸出一只手，掌心朝上："还活着的话就拍拍我的手。"

莱恩咧嘴笑了，跟他击掌，说："欢迎随时回来，迈克。"

"谢谢你。这里真是太棒了。"

莱恩和我推着他走在乐园人道上。两边的摊位基本上都关了，只有一个还开着：安妮·奥克利打靶场。在亚伦老爹站了一个夏天的木板射击台上，如今站着身穿三件套的弗莱德·迪安。他身后是由铰链拉动的兔子和鸭子，朝相反的方向移动。它们上面是亮黄色的陶瓷小鸡，虽然静止不动，但非常小。

"离开之前想试试自己的射击本领吗？"弗莱德问，"今天没有失败者。每个人都有奖品。"

迈克扭头看看安妮："我能玩吗，妈妈？"

“当然，亲爱的。但是别玩太久，好吗？”

迈克想从轮椅上下来，却没有做到。他太累了。我和莱恩一人一边，扶他站好。迈克拿起一把来复枪，打了两枪。尽管枪很轻，他却无法稳住胳膊。子弹打中了背景帆布，掉进下方的槽里。

“我真烂。”他说着放下了来复枪。

“好吧，你并不能算神枪手，”弗莱德承认这个事实，“不过，就像我说过的，今天每个人都有奖品。”说着，他取下架子上最大的霍伊玩偶，这个奖品是最厉害的射手也要花个八九块钱才能打下来的。

迈克谢过他，坐了下来，高兴得不知道说什么好。那个霍伊玩偶几乎跟他一样大。“你试试，妈妈。”

“不，我就算了。”安妮说。虽然她回绝了，我却觉得她其实是想试试的。衡量射击台和靶子之间的距离时，她的眼睛里有别样的神采。

“求你啦。”迈克先看看我，又将目光转向莱恩，“她真的很棒。在我出生之前，她在佩里营的卧式射击竞技赛中得过冠军，还得过两次第二名。佩里营在俄亥俄州。”

“我不——”

莱恩已经递过一支改装过的点二二：“上前一步吧，让我们看看最棒的安妮·奥克利[①]，安妮。”

安妮接过来复枪，检查了一下；很少有游客像她这样检查。

---

① 安妮·奥克利（Annie Oakley，1860—1926），美国西部著名的女神枪手，乐园的打靶场以她命名。

“多少发子弹？”

“一匣十发。”弗莱德答道。

“我能不能打两匣？”

“你想打多少都行，女士，今天属于你。”

“妈妈以前还跟外公一起打过飞盘呢。”迈克告诉他们。

安妮举起点二二，以每次两秒的间隔打完了十发子弹。她打中了两只移动的鸭子和三只移动的兔子，根本没有理会下面静止不动的陶瓷小鸡。

“神枪手！”弗莱德叫道，“中间架子上的奖品任你挑！”

安妮笑了：“百分之五十命中率可不算什么神枪手。我爸爸看到这个成绩会羞愧地捂住脸的。我不要奖品，再来一匣子弹就行了。”

弗莱德从柜台下面拿出一个纸筒，把细的那端塞进来复枪顶端的一个小洞里。十粒小子弹就这么哗啦啦地滚了进去。

“这些枪的准星调过吗？”安妮问弗莱德。

“没有。乐园所有的游戏都是公平的。不过，我也不会撒谎，告诉你亚伦老爹——也就是管打靶场的人——会花大把力气把枪校准。”

因为我就在老爹的组里待过，所以我知道弗莱德的话并不诚实。这还是客气的说法。亚伦老爹是绝对不会把枪校准的。土包子们打得越准，老爹的奖品赔得就越多，而这些奖品是要他自己掏钱买的。所有的摊位主管都是如此。奖品虽然廉价，买来却也要花钱的。

“偏左，偏高。”她这话不像是对我们说的，而像是对她自己。说完，她举起来复枪，把它顶在右肩窝里，扣动了扳机。

这一次她没有在两发子弹之间停两秒，而是十弹连发。也没有去打鸭子和兔子，只对准了陶瓷小鸡。她打爆了八只。

她把枪放回柜台时，莱恩用他的花手帕抹了一把后脖颈上的灰和汗，声音低柔地说："耶稣上帝！没人能打八个。"

"最后一个我只是碰到了，没打碎。在这种距离，我应该全中才对。"她没有吹嘘，而是实事求是。

迈克几乎抱歉地开了口："告诉过你们她很强。"他一手握拳，遮住嘴巴，咳嗽起来，"她本来的目标是奥林匹克，只是后来从大学退学了。"

"你真的是安妮·奥克利。"莱恩说，一边把手帕塞进后裤袋，"任何奖品，随你挑，美丽的女士。"

"我已经有奖品了。"她说，"这真是很棒、很棒的一天，我不知道该怎么感谢你们。"她转向我，"还有这个人，他费了好大力气才说服我来，因为我是个傻瓜。"她亲亲迈克的头顶，"不过，现在我最好带我的儿子回家了。米罗在哪里？"

我们扭过头，看见米罗在乐园大道上，离我们有一段距离，正坐在恐怖屋的前面，尾巴蜷在爪子下面。

"米罗，过来！"安妮叫它。

它竖起了耳朵，却没有过来。它甚至都没有向她转身，仍然盯着乐园唯一的黑暗项目。我几乎相信它正在看那个"滴血的"、被蛛网缠绕的邀请：**有胆就进来**。

安妮看着米罗时，我偷瞄了一眼迈克。毫无疑问，这一天兴奋的情绪和剧烈的活动让他筋疲力尽，但他脸上的表情我不会看错，那是满足。我知道怀疑他和那条杰克罗素㹴犬事先就串通好了有点疯狂，可实在不无可能。

直到今天我也这么认为。

“把我推过去，妈妈，”他说，“它会听我的话的。”

“没必要过去，”莱恩说，“如果你有拴狗的皮带，我很高兴把它带过来。”

“皮带在迈克轮椅后面的袋子里。”安妮说。

“哦，很可能不在，”迈克说，“你可以看看，不过我觉得我把它忘在家里了。”

安妮去看了，我心里却想，你忘了才怪。

“迈克，”安妮责备地说，“你的狗是你的责任，我告诉过你多少次了？”

“对不起，妈妈。”他转头对弗莱德和莱恩说，“我们几乎从来不用皮带，因为米罗总是听话的。”

“总是关键时刻掉链子才对。”安妮两手放在嘴边，喊道，“米罗，过来！该回家了！”接着，又换上了亲热得多的口气，“饼干，米罗！到这里来吃饼干！”

她的声音如此诱人，若是她这样对我说话，我都会吐着舌头飞奔过来。可惜，米罗不为所动。

“走呀，戴夫。”迈克说，就好像我也是他计划中的一环，却忘记了自己该演的角色。于是我抓住轮椅的把手，推着迈克往乐园大道上的恐怖屋走去。安妮跟了上来。弗雷恩和莱恩待在原处。莱恩靠在射击台上，身边是挂在链条上的来复枪。他摘下了帽子，用一根手指头转着玩。

我们来到小狗身边时，安妮生气地问它：“你是怎么回事，米罗？”

听到安妮的声音，米罗摇了一下尾巴，却没有看她，也没有动。它看上去充满警觉，而且似乎没有移动的打算，除非被人硬拖着走。

“迈克，请让你的狗动动脚，我们好回家。你应该有点责——”

她话还没说完，就发生了两件事。我并不十分确定这两件事发生的顺序。此去经年，我仍然经常回忆当时的情景——大多是在失眠的晚上——却仍然无法确定。我认为是轰隆声先响起：一辆小车开始沿着它的轨道滑动。但也有可能是挂锁先落了下来。甚至有可能两件事是同时发生的。

那把“美国大师”牌的大锁从恐怖屋门面下方的双开门上掉了下来，躺在地上，在十月的阳光里闪闪发光。弗莱德·迪安稍后说，或许是锁并未扣紧，所以小车滑行引起的震动就把锁震掉了。这倒是说得通，因为当我查看时，锁环确实是开的。

但这仍然是胡扯。

锁是我自己挂上去的，锁环扣紧时，我听到了咔的一声。我甚至还记得我拽了拽，以保证锁好了。人用挂锁时不都有这个习惯吗？这就带来一个弗莱德甚至想都没想过的问题：恐怖屋的电闸都拉下来了，小车又怎么会开始滑行呢？至于接下来发生的事……

恐怖屋的旅程是这样结束的。过了酷刑室，就在你认为游戏已经结束，放松警惕之时，尖叫的头骨（菜鸟们给它起了个外号，叫可怕的夏甲）会朝你飞来，眼看就要撞上你的车头。头骨飞走后，你就会发现一堵石墙迎面而来，上面用荧光绿画着一个腐烂的僵尸和一块写着**线路终点**的墓碑。当然，石墙会及时裂开，但终点处的双重刺激效果非常好。当车子终于冲到日光下，画个半圆又穿过另一扇双开门驶进室内时，就连成年人都会尖叫不止。这些结束时的尖叫（通常还伴着哇靠真的吓到我了的笑声）是恐怖屋最好的广告。

那天却没有尖叫声。当然没有，因为当双开门砰地打开时，出来的小车是空的。它画了个半圆，轻巧地穿过另一扇双开门，停下了。

“好了。”迈克说。他的声音那么低，几乎逃过了我的耳朵。我敢肯定安妮没听见，她所有的注意力都在那辆小车上。迈克露出了微笑。

“这车怎么会自己开出来?”安妮问。

“我不知道，”我说，“大概是短路吧，或是功率激增。”这两个解释都有道理，只要你不知道里面已经断电了。

我踮起脚，往停下的车里看。我首先注意到的是安全杆在上面。营业期间，就算埃迪·帕克斯和他手下的年轻人忘了把安全杆放下，一旦车子启动，安全杆也会自动落下。这是州里强制执行的安全规定。安全杆没有放下倒是符合逻辑的，因为那天上午，公园里通电的设施只有莱恩和弗莱德为迈克打开的那些。

我在半圆形的座位下面发现了另外一样东西，和弗莱德给安妮的玫瑰那样真实，只是不是红色的。

那是一条蓝色的爱丽丝带。

♥

我们走回旅行车。米罗已经恢复了乖狗狗的本色，跟在迈克的轮椅旁边亦步亦趋。

“把他们送回家后我会尽快回来。”我对弗莱德说，“加班把时间补回来。”

他摇摇头："你今天的工作结束了。早点上床休息，明天六点钟来上班。多带两块三明治来，因为我们会连夜工作。风暴比预报中要早到。"

安妮听了紧张起来："你们觉得我是不是应该打包些东西，带迈克进城？我不想在他这么累的时候折腾，但——"

"今晚注意听收音机。"弗莱德建议，"要是 NOAA① 发出海岸撤离通告，你会及时听到的。不过，我觉得情况不会那么严重。这是常见的大风，我只是有点担心那些高空设施，比如霹雳弹、眩晕机和大转盘。"

"它们不会有事的。"莱恩说，"去年的艾格尼丝它们都扛住了，那可是货真价实的飓风。"

"这次的风暴有名字吗？"迈克问。

"他们叫它吉尔达。"莱恩说，"不过，它不是飓风，只是亚热带低压造成的天气异常。"

弗莱德说："据说今天半夜风会增强，一两个小时后接着开始强降雨。莱恩说得对，那些设施应该扛得住，不过我们还是有很多活要干。你有雨衣吗，戴夫？"

"当然。"

"肯定用得着。"

♥

离开乐园时，我们听的 WKLM 电台播放的天气预报让安妮放下心来。吉尔达的风速一般不会超过每小时五十公里，偶有

① NOAA，美国国家海洋与大气管理局。

强风。会带来些微海岸侵蚀和内陆泛滥，但仅此而已。电台主播说这是个“放风筝的好天气”，把我们都逗笑了。真好，我们之间有了共同的记忆。

车子开到海滨路的绿色维多利亚式大宅门前时，迈克已经昏昏欲睡。我把他抱到轮椅上。并没花多少力气；过去的四个月里，我的肌肉增强了，而他没有那些可怕的支架，恐怕还不到七十五斤。我将轮椅推上斜坡，进到屋里时，米罗照例在旁边跟着。

迈克需要上厕所，但当他妈妈想要接过轮椅把手时，他却问我是否可以陪他去。我把轮椅推到厕所，帮他站起来。他抓住马桶旁的扶手，我帮他褪下松紧带裤子。

“我不愿意让她帮我上厕所，会让我觉得自己像个婴儿。”

或许吧，但他小便劲头十足，完全像个健康的孩子。就在我这么想的时候，他向前探身想按冲水钮，却一个踉跄，差点一头栽进马桶。我赶紧抓住他。

“谢谢你，戴夫。我今天已经洗过头，不想再洗一遍了。”我笑了，迈克也咧开嘴，“我希望有飓风，那样就太酷了。”

“飓风真来了你就不会这样想了。”我想起了两年前的多里亚飓风。它在新罕布什尔和缅因州登陆，风速每小时近一百四十五公里，一路在朴茨茅斯、基特里、桑福德和伯威克摧枯拉朽。一株大松树堪堪避过我家的房子，家里的地下室淹了水，断电足足有四天。

“我也不想乐园的任何东西被吹倒。那里是世界上最好的地方。不管怎么说，是我去过最好的地方。”

“嗯。好了，孩子，我帮你把裤子提高，不能让你光着屁股去见妈妈呀。”

这话又让他笑了起来，只是笑声最终又变成咳嗽。我们出来后，安妮接过了轮椅，推着迈克穿过客厅，往他的卧室走去。“别偷偷溜走，戴文。”她扭头对我说了一句。

既然下午不用上班，只要她愿意让我多待一会儿，我自然不会偷偷溜走。我在起居室里随意走走，看看那些很可能非常昂贵却没什么意思的摆设——至少，二十一岁的我品位就是这样。有一扇巨大的观景窗，几乎占了一整面墙。光从窗外铺泻而下，拯救了这个本来肯定晦暗的房间。窗外是后露台、步道和大海。我看见东南方的天空聚起了第一团云，但正上方仍然碧蓝澄澈。我记得自己当时想，我终究还是进到这栋大宅了，虽然我可能永远不会有机会数数它总共有多少间浴室。我记得我想着那条爱丽丝带，不知莱恩把那辆乱跑的小车放回去时是否也看到了。我还想了些什么呢？想我终于见到鬼魂了。只不过不是人的鬼魂。

安妮回来了：“他想见你，但别待太久。”

“好。”

“右边的第三扇门。”

我走过去，轻轻敲门，然后推门走进去。除了支撑杆、角落里的氧气泵和靠在床沿的腿部支架，这个房间跟寻常小男孩的卧室没有任何两样。诚然，这里没有棒球手套和倚在墙上的滑雪板，但有马克·施皮茨[①]的海报，还有迈阿密海豚队[②]的跑卫拉里·琼卡。床头上方的海报是披头士穿过艾比路。

---

① 马克·施皮茨（Mark Spitz，1950— ），美国游泳名将，曾在一九七二年慕尼黑奥运会上夺得七枚金牌。

② 迈阿密海豚队（Miami Dolphins），美国的一支职业橄榄球队。

房间里有淡淡的镇痛油的味道。躺在床上的迈克看上去非常小，只是绿色大床罩下的一个小小隆起。米罗蜷缩着身体，鼻子贴着尾巴，趴在他身边，迈克正漫不经心地抚摸着它的毛。很难相信，躺在床上的孩子跟在卡罗来纳大转盘顶端举手欢呼的孩子是同一个人，但他看上去并不悲伤。他几乎可以说是容光焕发的。

“你看到她了吗，戴夫？她离开时你看到她了吗？”

我微笑着摇摇头。我曾经嫉妒汤姆，却并不嫉妒迈克。永远都不。

“我真希望外公在。他一定也能看到她，听见她走时说了什么。”

“她说了什么？”

“她说谢谢。她谢的是我们两个。她还告诉你要小心。你确定你没听见吗，哪怕只是一点点？”

我又摇摇头。不，一点也没听见。

“但是你*知道*。”他的脸色是那么苍白和疲惫，显示出严重的病情，但他的双眼是活泼而健康的，“你*知道*，对不对？”

“是的。”我想到了那条爱丽丝带，“迈克，你知道她发生了什么事吗？”

“有人杀了她。”迈克的声音非常低。

“我想，应该不是她告诉你……”

没有必要说完，因为迈克已经在摇头了。

“你该睡觉了。”我说。

“是的，小睡一会儿我就会觉得好多了，总是这样。”他闭上眼，又缓缓睁开，“大转盘是最棒的。你们说的‘起重机’。我觉得自己在飞。”

“是的，”我说，“就像飞一样。”

他又闭上了眼睛，这次没有再睁开。我慢慢朝门口走去，尽量不发出声音。当我抓住门把时，迈克开口说：“小心，戴夫。不是白的。”

我转过头去，看到他已经睡着了。我肯定他是睡着了。只有米罗在盯着我看。我走了出去，在身后轻轻地关上门。

♥

安妮在厨房里：“我在煮咖啡，但你是不是宁肯喝杯啤酒？我有蓝带。”

“咖啡就行。”

“你觉得这里怎么样？”

我决定实话实说：“就我的喜好而言，这里的陈设有点老气了，但我也没有学过室内装潢，纯属外行。”

“我也没学过。”她说，“我甚至连大学都没上完。”

“欢迎加入辍学俱乐部。”

“啊哈，不过你会继续学业的。你会忘记那个跟你分手的女孩，你会重回学校，毕业，然后走进光辉灿烂的未来。”

“你怎么知道——”

“那个女孩？第一，你只差没在脸上贴‘失恋’的标签了。第二，迈克知道，他告诉了我。他就是我光辉灿烂的未来。以前，我想去修人类学学位，我想得奥运会金牌，我想去那些神奇而陌生的地方，成为我那代人里的玛格丽特·米德①。我还想

---

① 玛格丽特·米德（Margaret Mead，1901—1978），美国著名人类学家，被誉为“人类学之母”。

写书，也要尽力赢回父亲的欢心。你知道我父亲是谁吗？”

“我的房东太太说他是位布道者。”

“确实是。巴迪·罗斯，总是身穿白色套装，还有一头浓密的白发。他就像电视广告上的格莱德先生①，只是更老一些。大教堂；频繁上广播节目，如今是电视。讲坛下，他就是个浑球，只有个把优点。”她倒了两杯咖啡，“不过，我们不都是这样吗？我是这样觉得的。”

“你听上去像是有很多遗憾。”这不算个多礼貌的评价，但我们应该过了假模假式的客气阶段。起码我是这么希望的。

她把咖啡端过来，坐在我的对面：“就像歌里唱的那样，我是有些遗憾。但迈克是个好孩子，而且，为我父亲说句公道话——他一直给我们经济上的支持，所以我才能全天候地陪伴迈克。我是这么看的，支票簿上的爱也比压根没有爱要强。我今天做了个决定。我觉得我是在你穿着那套蠢衣服跑出来瞎跳八跳的时候决定的。在我看到迈克大笑的时候。”

“什么决定？”

“我决定让我的父亲得偿所愿，趁还来得及，邀请他回到我儿子的生活中。他说过一些可怕的话，说迈克得病是上帝在惩罚我的罪过。我决定忘记这些。如果我等的是他的道歉，那么我已经等了太久了……因为在我爸爸的心里，他是真的这么认为的。”

“我很难过。”

---

① 格莱德先生（Man from Glad），由伯特·加德纳（Bert Gardner）出演的一系列电视广告中的主人公，白衣白发的形象。该广告系为格莱德公司宣传厨房清洁及包装用品。

她耸耸肩，像是这事根本无关紧要："我不让迈克去乐园是错的；我怀抱着对往事的怨怼，执拗地要求补偿也是错的。我的儿子不是用来交换的货物。三十一岁是不是已经太老了，没法再成长了，戴夫？"

"等我到了三十一岁再问我。"

她大笑："说得好！我去去就来。"

她离开了差不多五分钟。我坐在厨房的桌边，慢慢喝着咖啡。她回来时，原本穿在身上的毛衣拎在右手上。她的小腹晒得黝黑。她的胸罩是淡淡的蓝色，几乎和那条褪色的牛仔裤配套。

"迈克睡熟了。"她说，"和我一起上楼好吗，戴夫？"

♥

她的卧室很大，陈设却十分简单，好像她虽然在这里住了几个月，仍尚未把带来的所有行李开箱拿出。她转向我，两条胳膊搂住我的脖子，一双大眼睛十分平静。她的嘴角浮现出一丝笑意，露出两个浅浅的酒窝。"'我敢说，哪怕只有一点机会，你也能做得比这好。'还记得我说过这话吗？"

"是的。"

"我说得对吗？"

她的嘴唇甜蜜而湿润，我可以尝到她的呼吸。

她后退一步，说："你必须明白，只能有这一次。"

我并不愿意，但我明白她的话："只要不是……你知道的……"

她笑意更浓，几乎要大笑起来，露出了牙齿："只要不是因为感谢你才跟你上床？相信我，不是的。上次我跟你这样的孩子在一起时，我自己也还只是个孩子。”她拿起我的右手，把它放在包裹她左侧乳房的丝绸罩杯上。我感觉到了她轻柔、稳定的心跳。“或许我不该马上照着父亲的要求改邪归正，因为我如今有了一种愉悦的邪恶感。”

我们再次亲吻。她的手落到了我的腰带上，解开了搭扣。拉链滑下时，发出了轻轻的窸窣声。她的手轻抚着我短裤间坚硬的隆起。我倒抽一口气。

“戴夫？”

“什么？”

“你以前做过吗？别对我撒谎。”

“没有。”

“你的前女友，她是白痴吗？”

“大概我和她都是白痴。”

她笑了。她微凉的手伸入我的短裤，抓住了我。她毫无迟疑的抓握，加上她温柔抚摸的拇指，让从前温蒂对我的抚慰相形见绌。“也就是说你是处男。”

“罪名成立。”

“很好。”

♥

幸运的是，我和她之间并非只有一次，因为第一次我只持续了大概八秒钟。或许是九秒。我进入后，就坚持了那么点时间，随后一切都炸裂开来。或许此生还有一次经历的尴尬程度比这更甚——卫理公会青年营里领圣餐时，我吹响了屁号——

但我怀疑不及此次。

“哦，天啊。”我用一只手捂住了眼睛。

她笑了起来，并无任何取笑之意。“挺奇怪的，我倒有种受宠若惊的感觉。试着放松下来。我到楼下去看看迈克。我可不想让他看到自己的妈妈和猎狗霍伊躺在床上。”

“很好笑。”我觉得，若是我的脸再红一点，估计就要烧着了。

“等我回来时，估计你就又准备好了。二十一岁就有这点好，戴夫。如果你是十七岁，恐怕你现在就好了。”

她回来时，手中拎着一个冰桶，里面放了两听汽水。然而，当她脱下睡袍，裸身而立时，可乐恐怕是这世上我最不感兴趣的东西了。第二次好得多；我想我大概坚持了四分钟。随后，她开始轻声呻吟，于是我痛快淋漓地释放了。

♥

我们昏昏欲睡，安妮把头枕在我的肩窝里。“还好吗？”她问。

“好得让我不敢相信。”

我没有看见她笑，但感觉到了。“经过这么多年，这间卧室终于物尽其用。”

“你父亲难道从没住过这儿？”

“只住了很短一段时间。而我是因为迈克喜欢这里才开始回来住的。有时，我可以面对他几乎肯定要早亡的现实，但大多数时候我不能。我就是逃避它。我跟自己达成协议：‘如果我不带他去乐园，他就不会死。如果我不跟父亲和好，不让父亲过来看他，他就不会死。如果我们一直待在这儿，他就不会死。'两个礼拜前，第一次让他去海滩前穿上外套时，我哭了。他问我怎么了，我说是因为生理期。他明白那是什么。"

我记起迈克在医院停车场对她说的话：*那不必是最后一段快乐的时光*。然而，最后的快乐时光迟早会到来。对我们所有人都是如此。

她坐起来，用被单裹住身体。"还记得我说过迈克就是我的将来吗？我光辉灿烂的将来？"

"记得。"

"我想不出其他的。除了迈克，任何东西都是……都是一片空白。有谁说过，美国没有第二幕。"

我握住她的手："第一幕尚未落幕，别为第二幕担心。"

她将她的手抽出，抚上我的脸颊："你很年轻，却并不愚蠢。"

她说这话是好意，但我真的觉得自己很蠢。温蒂的事是一桩，但不是唯一。我发现自己的脑子不住地飘回埃琳文件夹里的那些照片。照片上有些东西……

她躺回床上。被单从她胸口滑落，我发现自己又开始蹿动了。二十一岁确实有它天赐的好处。"打靶场很好玩。我都忘了射击有多好玩了，哪怕只是偶尔做下手眼配合的小游戏。六岁的时候，爸爸第一次把枪放在我手里。那是一把单发的点二二来复枪，我喜欢极了。"

"是吗？"

她笑着说："是的。那是我和父亲之间的默契。后来证明，是唯一的默契。"她用一只手肘撑着下巴，"从十几岁起，他就开始售卖地狱之火之类的鬼话。绝不仅是因为钱——他从自己的父母那里耳濡目染，听到的福音书恐怕还要多得多。我毫不怀疑，他是真心相信自己说的每一个字。不过，你知道吗，尽管这样，他也首先是一个南方人，其次才是一个传教士。他有辆价值五万美金的定制款皮卡，可说到底，皮卡还是皮卡。他还在萧尼斯餐厅吃饼干和肉汁。他心目中的高级幽默就是米妮·珀尔①和小桑普乐斯②那一类的。他喜欢听风流主妇和乡野酒馆之类的歌曲，也爱他的枪。我对他的耶稣一点不买账，对继承定制款皮卡也没有兴趣，但那些枪……他留给独生女儿的那些枪。举枪射击时，我再坏的心情也会好转。该死的遗传，是不是？”

我什么也没说，只是下床拿过那两听可乐，递给她一罐。

“在他萨凡纳的常住居所，他很可能收藏了五十支枪，大多是价值不菲的古董。这里的保险柜里也有五六支。我在芝加哥的住处有两支属于自己的来复枪，尽管今天之前，我足有两年没有打过任何东西了。如果迈克死了……”她把可乐罐贴到前额，像是要缓解头痛，“当迈克死了，我第一件要做的事就是把那些枪都处理掉。它们的诱惑太强了。”

“迈克不会想——”

“不，当然不，我知道，但这并不仅仅是因为他。如果我能够相信——就像我那神圣的父亲那样——我死之后，迈克会在

---

① 米妮·珀尔（Minnie Pearl，1912—1996），美国喜剧演员，原名莎拉·康恩（Sarah Cannon），活跃于广播和电视节目。

② 小桑普乐斯（Junior Samples，1926—1983），美国喜剧演员，原名埃尔温·桑普乐斯（Alvin Samples），与米妮·珀尔一样，因参演乡村音乐和幽默类电视节目《嘻哈》（*Hee Haw*）而被民众喜爱。

那金色大门的后面等我，带我进去，情况就会不一样了。可我不信。在我还是小姑娘时，我费了九牛二虎之力想要相信，可就是做不到。对上帝和天堂的信仰比牙仙只多持续了四年。最后，我还是无法相信。我认为死亡过后只有黑暗。没有思想，没有记忆，没有爱。只有黑暗。湮灭。所以我才这么难以接受他身上将要发生的事。”

“迈克知道，并非只有湮灭。”我说。

“什么？为什么？你怎么知道？”

因为她在那里。他看见了她，看见了她离去。因为她说了谢谢你。我之所以知道，是因为我看见了爱丽丝带，而且汤姆也看到了她。

“去问他吧。”我说，“但不是今天。”

她把她那罐可乐放在旁边，端详着我，脸上挂着让唇边出现酒窝的浅笑。“你已经有了第二次。我想，你大概不会有兴趣再来第三次了吧？”

我也把我的可乐放在床边：“事实上……”

她向我伸出双臂。

♥

第一次令人尴尬。第二次还不错。第三次……哦，第三次才是蚀骨销魂。

♥

安妮穿衣服时，我在起居室等着。下楼时，她已经穿回了牛仔裤和毛衣。我不由地想起毛衣下的蓝色胸罩，浑身又开始燥热起来。

“我们好吗？”

“好，不过我希望我们还能更好。”

“我也希望。可是，我们也就只能到这个程度了。假如你像我喜欢你一样喜欢我，你就会接受。对不对？”

“是的。”

“很好。”

“你和迈克还会在这里待多久？”

“意思是如果这里今晚没被风刮走？”

“不会被风刮走的。”

“一周吧。从十七号开始，迈克在芝加哥有一系列专家会诊，我想在那之前就安顿下来。”她深吸了一口气，“还要商量他外公过来看他的事。有些基本准则需要遵守，比方说，不能谈耶稣。”

“走之前，我能再见你们一面吗？”

“能。”她拥抱我，吻我，又退开。“但不是像今天一样。这样会把很多事弄得不清不楚。我希望你能理解。”

我点点头。我是明白的。

“你该走了，戴夫。谢谢你。今天真的很棒，我们把最精彩的留在了最后，是不是？”

是的。不是黑暗的游戏，而是光明的。“我希望我能做更多。为你。为迈克。”

“我也是。”她说，“但我们生活的世界常不随人愿。明晚来吃晚饭吧，如果风暴不是太厉害的话。迈克看见你会很高兴的。”

她光着脚，穿着那条褪色的牛仔裤，看上去好美。我真想抱住她，把她举得高高的，带她到一个无忧无虑的未来去。

相反，我只是离开了，留她站在原地。我们生活的世界常不随人愿，她说。她说得很对。

说得很对。

♥

海滨路往下走不到一百米，双线车道靠近内陆的那一条上，有一小片商店聚集地，小到简直不能被称为商业街：精品熟食店，叫做“发线”的美发沙龙，药店，南方信托银行的一家分行，还有一家名为“吾家”的餐厅，海滨街的精英们显然是在那里相约。开车向天堂湾和舍普洛太太家驶去时，我看都没看那些商店一眼。若是需要证明我没有迈克·罗斯和罗琪·戈尔德的天分，这便是证明。

♥

早点上床睡觉，弗莱德·迪安对我这么说，我照做了。我仰躺着，两手枕在脑后，听着窗外已翻涌了一整个夏天的海浪，想着她双手的触感、她紧致的乳房和她嘴唇的味道。我想的大多还是她的眼睛，还有她的头发铺散在枕头上的样子。我不像曾经爱温蒂那样爱她——那种强烈而愚蠢的爱恋，一生只有一次——但我真的爱她。那时爱，如今仍然爱。爱她的善良，爱她的耐心。或许别的年轻人初涉性爱之域时有更好的引导，但没有人的第一次有我这样甜蜜。

最终，我睡着了。

♥

楼下百叶窗撞击的声音把我惊醒。我从床头柜上拿起手表一看，凌晨一点十五分。要是窗户还哗啦哗啦响，我肯定是再也别想睡了。于是我穿上衣服，朝门口走去，又回来到衣橱里拿出雨衣。到了楼下，我稍站了一会儿。门厅另一端的大卧室里，传来了舍普洛太太的鼾声，又长又响，如锯木一般。看来没有什么声音能打扰她的安眠。

事实证明我并不需要雨衣，至少现在还不需要，因为雨还没开始下。但风势已经很强，估计风速已达六十多公里。平稳低沉的潮涌声已经变成了压抑的咆哮。我担心天气预报是否低估了吉尔达，不由得为住在海滩的安妮和迈克有些担心。

我找到了那扇没关好的窗户，将窗闩插好，然后进屋，上楼，脱下衣服，重新躺好。这次却怎么也睡不着了。窗户是没有声音了，可屋檐下盘旋的风让我无计可施；每次风起，风声都会升高变成尖叫。我也无法关掉自己的大脑，它已经开始活动起来了。

不是白的，我想。这话对我毫无意义，不过它想要有意义。它想要跟我今天在乐园看到的某些东西联系起来。

你身上有阴影笼罩，年轻人。遇到罗琪·戈尔德的那天，她这样对我说。我不知道她在乐园工作了多久，之前又是在哪里工作。她也是从嘉年华到嘉年华吗？那又有什么关系？

两个孩子中的一个有预视力，我不知道是哪个。

我知道。迈克看见了琳达·格雷，并帮她获得了自由。他，就像他们说的，将门的方向指引给她。那扇她无法自己找到的门。否则，她为什么要谢他呢？

我闭上眼睛，看到了打靶场的弗莱德，身穿三件套西装、头戴魔术礼帽的他容光焕发。我看见莱恩拿起拴在射击台上的一支点二二。

安妮：多少发子弹？

弗莱德：一匣十发。你想打多少都行，女士，今天属于你。

几样东西在我脑中横冲直撞，碰到一起，我猛地睁开眼。我坐起来，听着外面的狂风和激浪。然后，我打开房顶的灯，从书桌抽屉里拿出埃琳的文件夹。我的心剧烈地跳动着，把照片在地板上摊开。照片很清楚，光线却糟糕，于是我第二次穿好衣服，把地上的东西塞进文件夹，再次走下楼去。

起居室中间，放拼字板的桌子上方悬挂着一盏灯，我从许多个在游戏中惨败的夜晚知道，那盏灯非常亮。起居室和通往舍普洛太太卧室的门厅之间有扇推拉门，我把门拉上，免得灯光打扰了她。然后，我打开灯，将拼字板的游戏盒子放到电视上，取出我的照片摆在桌上。我心中焦躁地坐不住，干脆站着，弯腰摆弄桌上的照片，将它们挪过来，摆过去。第三次打算将照片打乱排列时，我的手停住了。我看到了。我看见他了。虽然不是能在法庭上当做证据的东西，对我来说却已经足够。我膝盖发软，跌坐在椅上。

那部我多次用来联系老爸的电话——总是在旁边的登记本上记下拨号时间和通话时长——突然响了起来。在那户外狂风呼啸、室内一片寂静的凌晨，电话铃声如同尖叫。在它响第二遍之前，我冲了过去，一把抓起话筒。

“您、您、您好——”我只能挤出这两个字。我的心跳得太厉害，让我说不出话来。

“是你。”电话那头的声音说。他听上去有些意外，又饶有兴致，“我还以为会是你的房东太太接电话呢。我已经编好了你家中出了急事的借口。”

我试图开口，却做不到。

“戴文，”那声音在逗我，听上去兴高采烈，“你在听吗？”

“我……稍等一下。”

我把听筒贴在胸口，担心（很奇怪，突然被抛到这么大的压力面前，头脑居然还能胡思乱想）电话另一头会不会听到我急剧的心跳声。在我这边，则是听了听舍普洛太太的动静：她的鼾声未受打扰。幸好我关上了起居室的推拉门，更值得庆幸的是，她的卧室里没有分机。我把听筒放回耳边，说：“你想要什么？为什么打电话来？”

“我认为你知道，戴文……就算你不知道，现在也太迟了，对不对？”

“你也能通灵吗？”这个问题很蠢，但现在我的脑子和嘴巴似乎在不同的轨道上运行。

“能通灵的是罗琪，”他说，“我们的命运女神。”他竟然笑了。听上去他很放松，但我怀疑事实是否真的如此。如果心情轻松，杀人犯才不会在半夜打人电话，特别是在他们不知道谁会接电话的情况下。

不过，他编好了借口。我想，这个人是个童子军，他很疯狂，却总是有所准备。比方说，他的文身。当你看照片的时候，总被文身吸引眼球，从而忽视他的脸。还有那顶棒球帽。

“我知道你在干什么。”他说，“甚至在那个女孩把文件夹拿给你之前，我就知道了。那个装着照片的文件夹。然后是今天……那个漂亮的妈咪和她的瘸腿孩子……你告诉他们了吗，戴文？是他们帮你猜出来的吗？”

“他们什么都不知道。”

又一阵强风吹来。我听到电话另一端也传来风声……他似乎是在户外。“我不知道能不能相信你。”

“你能，你绝对能相信我。”我低头看着那些照片。文身男把手放在琳达·格雷的屁股上。文身男在打靶场帮她瞄准。

莱恩：让我们看看最棒的安妮·奥克利，安妮。

弗莱德：神枪手！

文身男头戴鱼头帽，墨镜和浅黄色的山羊胡遮住了大半张脸。能看到他手上的老鹰文身，因为生皮手套掖在他的后裤袋里，直到他和琳达·格雷进了恐怖屋。直到他把她带进了黑暗里。

“我很好奇，”他又开口了，“你今天下午在那栋大房子里待了很久，戴文。你们在讨论库克家的女孩拿来的照片，或者你仅仅是和她上了床？也许两件事都做了。我承认，妈咪很火辣。”

“他们什么都不知道。”我只能重复这句话。我压低声音，目光盯着紧闭的推拉门。我老觉得门会打开，我会看到舍普洛太太穿着睡袍站在门口，脸上敷着厚厚的面霜，犹如鬼魅。“我也不知道。反正没有任何证据。”

“很可能现在没有，但也只是时间问题。你知道那句老话吗，敲响的铃声收不回？”

“当然，当然。”事实上，我根本没听过那句话，但此刻，就算他让我承认鲍比·瑞德尔（每年来乐园表演一次的人）是美国总统，我也没意见。

“听着我让你干什么。你到乐园来，我们把话说清楚。面对面，男人对男人。”

“我为什么要那样做？那简直是疯了，如果你就是我想的——”

“哦，你知道我是谁。”他失去了耐心，“而我也知道，要是你去找警察，他们就会发现我是在琳达·格雷被杀后一个月左右应聘乐园的。然后，他们就会把我和威尔曼嘉年华和南方之星联系起来，一切就都串起来了。”

“那么，我为何不立刻给他们打电话呢？”

“你知道我在哪里吗？”他的声音里带着怒气，不，是怨毒，“你知道我现在在哪里吗，你这个多管闲事的小浑蛋？”

“乐园，十有八九。在管理处。”

“全错。我在海滨路的购物中心。有钱的臭娘们买养生食物的地方。跟你女朋友一样的有钱的臭娘们。”

仿佛有一根冰冷的手指按上我的后背，慢慢地，从后脖颈一直摸到腰际。我什么话也没说。

“药店外面有个付费电话。不是电话亭，但也没关系，反正还没下雨，只是风大。我就在那里。从我站的地方，能看到你女友的房子。厨房里亮着灯——很可能夜里也留着——其他房间都黑着。我挂上电话，六十秒内就可以到那房子去。”

“那里有防盗警报！”我其实不知道到底有没有。

他大笑起来：“在这时候，你觉得我还会在乎吗？警报挡不住我割断她的脖子。不过，在那之前，我会让她看着我割断那小瘸子的脖子。”

但你不会强暴她，我想，就算有时间你也不会，因为我觉得你根本就不行。

我差点说出口，还是闭上了嘴。就算怕得要死，我也知道刺激他没什么好处。

“你今天对他们那么好，”我傻乎乎地说着，“花……奖品……那些游戏。”

“是啊，那些哄土包子的狗屎。告诉我，那辆从恐怖屋冲出来的车是怎么回事？那又是谁搞的鬼？”

“我不知道。”

“我认为你知道。或许我们也该讨论一下这件事。在乐园。我认识你的福特，琼西。它左侧的头灯光线不稳，天线上有个小玩具风车。如果你不想让我到那栋房子里割人脖子，就立刻上车，从海滨路开到乐园来。”

“我——”

“我说话时你给我闭嘴！路过购物中心时，你会看到我站在乐园的一辆卡车旁边。挂断电话后，我给你四分钟滚到这儿来。要是看不到你，我就杀了那女人和那孩子。明白了吗？”

“我……”

“明白了吗？”

“明白了！”

“我会跟着你到乐园去。别担心大门，它早就打开了。”

“也就是说，你要么杀我，要么杀他们。我必须得选，是吗？”

“杀你？”他的惊讶听上去挺真诚，“我不会杀你，戴文。那样会让我的处境更糟。不，我要来一次人间蒸发。这不是第一次，很可能也不会是最后一次。我想做的是跟你聊聊，我想知道你是怎么猜到我身上的。”

“我可以在电话里告诉你。”

他大笑：“那样不就破坏了你战胜我，再次成为大英雄霍伊的机会？先是那个小女孩，再是埃迪·帕克斯，然后给漂亮妈咪和她瘸腿的臭小子一次激动人心的游园会。你怎么能忘记这些？”他停止了笑声，“四分钟。”

“我——”

他已经挂掉了电话。我瞪着那些反射着灯光的照片。我打开拼字板桌子的抽屉，拿出一个便签本，又找出蒂娜·阿克利坚持让我们用来记录分数的自动铅笔。我写道：舍普洛太太，如果你看到了这个，说明我已经出事了。我知道是谁杀了琳达·格雷。还有其他受害者。

我用大写字母写下来那个人的名字。

然后，我冲出门去。

♥

福特的启动器啪啪转了几下，没打着，又慢了下来。整个夏天，我都告诉自己该去换个新电池了，可是整个夏天，我都会找到别的花钱的地方。

我父亲的声音：你太性急了，戴文。

我松开油门，坐在黑暗中。时间仿佛在狂奔，狂奔。一部分的我想冲回屋里报警。我没法给安妮打电话，因为我他妈的竟然没有她的号码。她的父亲那么有名，那栋房子很可能根本没上电话簿。他知道这点吗？很可能不知道，但他有魔鬼的好运气。那天杀的凶犯，作案如此肆无忌惮，本该早被逮住三四次了，却一直逍遥法外，因为他像魔鬼一样好运。

她会听到他闯进来。她会开枪打他。

但是，枪都锁在保险柜里，她说过。就算她及时拿到枪，恐怕也会发现那狗娘养的将剃刀抵在了迈克的脖子上。

我再次转动钥匙，脚松开离合器，福特立刻发动了。我倒出车道，朝乐园开去。大转盘环状的红灯和霹雳弹瀑布般的蓝灯映着快速移动的低矮云团，分外醒目。暴风雨的夜晚，这两座设施的灯总是开着，一方面是为了给海上的船只充当灯塔，另一方面是为了提醒以帕里什县机场为目的地的那些低空飞行的小飞机躲避。

海滨路上空无一人。每次风起，路上都刮起一层沙。有时风强得连我的车子都会晃。柏油碎石路面上已经积聚起了小小的沙丘，在车子的头灯照射下，宛如骷髅手指。

路过购物中心时，我看到停车场中间，乐园的一辆维修卡车旁边，孤零零地立着一个人影。我开过时，他向我举起一只手，挥了一下。

接下来是海边的维多利亚式大宅。厨房里的确亮着灯。我想，大概是水斗上方的荧光灯。我想起安妮走进房间，手里拎着她的毛衣。她晒得黝黑的小腹。几乎和牛仔裤同色的胸罩。*和我一起上楼好吗，戴夫？*

后视镜里出现了两团亮光，并逐渐逼近。开车的人开了大灯，我看不见灯光后面的车。然而，不用看我也知道，那是乐园的维修车，就像我知道他说不杀我是撒谎一样。天亮以后，舍普洛太太会看到我留给她的纸条，也会看到我写在上面的名字。问题是，她要花多长时间才会相信我。那个人魅力十足，他说话俏皮，笑容亲切，常礼帽总是歪向一边。是啊，每一女人都爱莱恩·哈代。

♥

就像他承诺的那样，乐园的大门开着。我穿过大门，想在现今已经关闭的打靶场外把车停下。后面那辆车却猛按了一下喇叭，同时闪灯，示意我继续往前开。开到大转盘时，他再次闪灯。我停车，心里清楚自己恐怕再也不会发动这辆福特了。大转盘的红色霓虹灯在车子的仪表板、座位和我的皮肤上泼洒下一片血红的色彩。

卡车的头灯熄了。我听见车门开了又关。我还听到风从大转盘的支杆间穿过——今晚，风声就像鹰身女妖的尖叫。还有持续的、类似切分节奏的咔啦声，那是大转盘在树干粗的轴上摇晃。

杀死格雷家女孩的人——也是杀死迪迪·莫布雷、克劳蒂娜·夏普，还有达莉妮·斯塔姆尼奇的人——走到我的车旁，用手枪枪管敲敲车窗。他用另一只手做了个召唤的手势。我打开车门，走了出来。

“你说了不会杀我。”这句话听上去就跟我的双腿一样虚弱。

莱恩露出他迷死人的笑容：“好吧……让我们拭目以待，看看水往何处流，如何？”

今晚，他的常礼帽往左边歪，拉得低低的，以防被风吹走。他的头发不再像工作日时那样扎成马尾，而是披散下来，落在颈间。风呼号着，大转盘发出不悦的尖叫。霓虹灯的红光在他的脸上闪耀。

“别担心‘起重机’，”他说，“若它是实心的，倒有可能被刮倒，但如今风刚好从支杆间吹过去。你要担心的是别的事情。告诉我恐怖屋的小车是怎么回事，那是我真正好奇的地方。你怎么做到的？是某种遥控装置吗？我对那些东西非常感兴趣。我觉得，那些东西是未来的潮流。”

“没有遥控器。”

他似乎压根没听我说：“目的又是什么？为了刺激我吗？那你倒是不用麻烦了，我早已经被刺激到了。”

“是她做的。”我说。其实我也不知道这话是不是百分百正确，但我绝不想把迈克拽入这趟浑水。“是琳达·格雷。你没看到她吗？”

莱恩的笑容消失了：“你就这点能耐？编出个老掉牙的闹鬼故事。你得发挥得更好点才行。”

如此看来，他也没看到琳达·格雷的鬼魂，就像我一样。不过，我认为他知道有什么东西不对劲。虽然我永远无法确认这点，但我想，他就是因为这个才主动提出去牵米罗的。他不想让我们靠近恐怖屋。

“哦，她真的在那儿。我看到她的头箍了。记得我往车里看吗？头箍就在座位底下。”

他出手那么快，我甚至来不及抬手挡一下。枪管在我的额头砸出一道血口子，打得我眼冒金星。血流到我的眼睛里，让我眼前一片血色，别的什么都看不到。我踉跄着后退，倚到通往大转盘的斜坡边的栏杆上。我不得不抓住栏杆，才能不摔倒。

我用雨衣袖子抹了一把脸上的血。

“我不明白你为什么到现在还拿那不着调的鬼故事来耍我。”他说，“我觉得一点也不好玩。你知道那条头箍，是因为有张照片上有，就在你那多管闲事的大学生女友拿给你的文件夹里。”他笑了。此时，他的笑容毫无魅力可言，只让人觉得面目狰狞。“别在太岁头上动土，小子。”

“可是……你并没有见过那个文件夹。”就算脑袋发晕，我也立刻想到了这个疑问的答案，“弗莱德看见了，告诉了你，对不对？”

“是。星期一的时候。我们在他的办公室一起吃午饭。他告诉我，你和那个大学生婊子在扮演哈代兄弟[①]的角色，尽管他的原话不是这么说的。他觉得你俩挺可爱的。我可不这么想，因为我看见埃迪·帕克斯心脏病发作时你取下了他的手套。我就是那时知道你想当少年侦探的。那个文件夹……弗莱德说小婊子拿了好几张笔记，于是我意识到，她把我跟威尔曼嘉年华和南方之星联系起来是早晚的事。”

我脑中出现了一个可怕的画面：莱恩·哈代口袋里揣着一把老式剃刀，登上了开往安嫩代尔的火车。“埃琳什么都不知道。”

“哦，放松。你以为我会去杀她吗？打起精神，用用你的脑子。思考的时候走两步，上斜坡，伙计。咱俩要上去玩玩，去那空气稀薄的地方。”

---

① 哈代兄弟（Hardy Boys），是一系列儿童悬疑故事中的主人公。这套书由爱德华·斯特拉梅耶（Edward Stratemeyer，1862—1930）和几个影子写手以富兰克林·迪克森（Franklin Dixon）的笔名发表。

我想张口问他是不是疯了，不过这问题真蠢，对不对？

“你咧着嘴傻笑什么，琼西？”

“没什么，”我说，“刮这么大的风，你不会真的想上去吧？”然而，大转盘的发动机已经启动了。之前，因为风声、浪声和大转盘自身古怪的尖叫声，我没有留意到发动机，如今才听到：平稳的低吟，几乎像是猫在打呼噜。我意识到一个显而易见的事实：他很可能计划杀掉我之后开枪打死自己。或许你们觉得我应该早就想到这点才对，因为疯子总会这样做——你们在报纸上一直读到此类疯狂的故事。或许你们是对的，不过我的头脑压力太大，运转难免不那么顺畅。

“老卡罗来纳就像房子一样结实。”他说，“哪怕风速不是每小时五十公里而是一百公里，我也敢上去。两年前卡拉袭击海岸时，风速起码有一百公里，它照样没事。”

“我们两个都上去的话，你怎么让它转起来？”

“进去你就知道了。或者……”他举起枪，“或者我可以就在这里打死你，反正我怎么都行。”

我走上斜坡，打开停在上客口的观光舱门，开始往里爬。

“不，不，不。”他说，“你要坐在外面。外面风景更好。站到一边去，伙计，把你的手放到口袋里。”

莱恩端平手枪，侧着身体从我身边走过。更多的血流入我的眼睛，流下我的脸颊，但我不敢将手从雨衣口袋里抽出来擦一把。我看到他握在枪把上的手指白得瘆人，可见十分用力。他在观光舱靠里的位置坐下。

“你上来。”

我别无选择，只能上去。

“把门关上，有门就是为了关上的。”

“你听上去像苏斯博士[①]。”我说。

他咧嘴一笑：“拍我马屁一点用没有。关上门，否则我打烂你的膝盖。风这么大，会有人听到枪响吗？我可不这么觉得。”

我关上门。把头转回来时，我看到他一手拿着手枪，另一只手上拿着一个方形的金属小装置，上面有根短粗的天线。“告诉过你，我喜欢这些小装置。这个就是人们开车库门的遥控器，只做了几个小改动。它能发出无线电信号。今年春天我把它拿给伊斯特布鲁克先生看，告诉它这东西很好用，万一没有菜鸟或扫灰工在地面操作，我一个人也能对大转盘进行维护。他说我不能用这个，因为它没有通过州里的安全监测。谨小慎微的老浑蛋。我原来计划申请专利的，现在看来来不及了。拿着。”

我把它接过来。确实是车库门遥控器。精灵牌。我爸有个几乎一模一样的。

“看到上面有个箭头朝上的开关了吗？”

“看到了。”

“推一下。”

我把拇指放在开关上，却没有推动它。下面的风都已经这么强，上面还不知会怎样。我们在飞！迈克曾这么喊过。

“推一下，要么就膝盖上中一枪，琼西。”

我推动了开关。大转盘的发动机立刻运转起来，我们升了起来。

---

① 苏斯博士（Dr. Seuss），真名西奥多·苏斯·盖舍尔（Theodor Seuss Geisel，1904—1991），美国著名儿童文学作家，一生创作了五十多本童书，曾获多项儿童文学大奖。

“把它丢下去。”

“什么？”

“把它丢下去，否则你就膝盖上吃一枪，再也别想跳你的两步舞。我给你三秒钟。一……二——”

我把遥控器丢了下去。摩天轮缓缓攀爬，升入狂风肆虐的夜色中。右边，海浪翻涌，浪尖处的泡沫白得几近发出磷光。左边，沉睡的土地暗沉静谧。海滨路上没有任何车灯。风呼号。我血渍黏腻的头发打缕吹向额后。观光舱摇晃。莱恩向前扑，又向后仰，让它晃得更厉害……那把如今抵在我太阳穴上的手枪却纹丝不动。红色的霓虹灯在枪管上画出一道道光束。

他喊道：“今晚不像老太太坐的玩具了，对不对，琼西？”

绝对不像。今晚，平日里慢条斯理的卡罗来纳大转盘令人胆寒。到达顶点时，狂风把固定观光舱的钢挂钩吹得吱嘎乱响。莱恩的帽子被风卷进了夜幕中。

“该死！无所谓，帽子还会再有的。”

莱恩，我们怎么下去？问题到了嘴边，我却不敢开口。我害怕他说我们不下去了。如果风没有把大转盘刮倒，没有断电，等早上弗莱德来上班时，我们还在上面转圈。乐园的‘呆瓜起重机’上的两个死人。这样看来，下一步该干什么就是明摆着的事了。

莱恩脸上露出了微笑：“你想夺我的枪，是不是？我从你眼睛里看出来了。好吧，就像肮脏的哈里[①]在那部电影里说

---

① 肮脏的哈里（Dirty Harry），一九七一年的同名影片中的警探，该片由克里特·伊斯特伍德（Clint Eastwood，1930—　）主演。

的——觉得自己运气好时，还要先看看自己的本事。”

我们往下降了，观光舱仍在晃动，只是没刚才那么厉害了。我其实心里断定自己一点也不幸运。

“你杀了多少人，莱恩？”

“他妈的不关你的事。既然枪在我手上，我才是有权发问的人。你知道多久了？很长时间了是吧？至少从那大学生婊子给你看照片时就知道了。你不露声色，只是为了小瘸子能来乐园玩。这是你犯的错，琼西。一个土包子的错。”

“我是今晚才知道的。”我说。

“骗子，骗子，该吃枪子儿。”

我们经过入口的斜坡，又开始往上升了。我想，他很可能会在升到最高处时开枪打死我。接着，他要么自杀，要么把我推下去，然后等观光舱到最低处时跳下来，会不会把腿或锁骨摔断全凭运气。我要把赌注押在这个谋杀—自杀的局上，可那也是在满足他的好奇心之后。

我说：“想叫我笨蛋的话请随意，但别叫我骗子。我一直看那些照片，总觉得上面有些什么东西，眼熟，却说不清到底是什么。直到今晚，我才终于看出来。是帽子。照片里，你戴的是一顶鱼头棒球帽，而不是常礼帽，但你和格雷家的女孩在旋风杯那里时，帽子朝一侧歪着，在打靶场时又歪向另一边。我看了看其他照片，你们只是背景的那些，发现了同样的现象。往左往右，往右往左。你一直把帽子歪过来歪过去，甚至自己都没意识到。”

“就这？一顶该死的歪帽子？”

“不是。”

我们第二次到达了顶点，但我觉得我至少还可以活一圈。他想听我说完。这时，雨落了下来，像是天上打开了水龙头，又像是大声的哭号。至少它能把我脸上的血冲掉，我想。看向莱恩时，我发现雨水冲掉的不止是我脸上的血。

“有一天，我看到你摘下帽子，还以为你有了第一缕白头发。”风雨交加，我的声音几近吼叫。风从侧面来，将雨打在我们脸上。“昨天，我看见你擦后脖颈，以为你擦掉的是汗和灰。直到今天凌晨，我想到了帽子的事，又想到了那个假的老鹰文身。埃琳看到汗水让文身掉了颜色。警察们没注意到这点。”

观光舱第二次接近地面时，我看到我的福特和那辆维修卡车越变越大。它们后面，有一个大的东西——或许是被风吹掉的一块帆布——正朝乐园大道刮过来。

“你擦掉的不是灰，而是染料。颜色掉了，就像假文身一样。就像现在一样。你满脖子都是染料。我注意到的那缕头发不是白的，而是金色的。”

他抹了一把脖子，发现自己满手黑渍。我刚打算向他扑过去，他已经举起了枪，我只看见黑洞洞的枪口正对着我的眼睛。枪口很小，威慑力却很大。

“我过去是金发。”他说，“可现在，黑色染发膏下面几乎全是灰色的。我的生活压力很大，琼西。”他懊恼地说，仿佛我们在说一个伤感的笑话。

又升上去了。一瞬间，我觉得乐园大道上的那个东西——我刚才以为是帆布的东西——也许是一辆开着头灯的车。此时怀抱希望是愚蠢的，但我仍然心存侥幸。

雨鞭子般抽在我们身上。我的雨衣被风吹得哗哗响。莱恩的头发如破烂的旗子般飞舞。我希望我能让他再过一圈才扣动扳机。或许两圈？有可能，但不能指望。

“一旦开始怀疑你是杀死琳达·格雷的凶手——这并不容易，莱恩，你对我那么好，照顾我，教给我干活的窍门——我就能越过帽子、墨镜和头发去看。我能看见你。你先前并不在这里工作——”

“我当时在弗洛伦斯开叉车，”他皱皱鼻子，“土包子的活儿，我讨厌那个工作。”

“你在弗洛伦斯工作，你在弗洛伦斯遇见了琳达·格雷，但你知道北卡有乐园这样一个地方，对不对？我不知道你是否是祖传的嘉年华，但你从来离不开它。当你提议来次短途的公路旅行时，她同意了。”

“我是她的秘密男友。我告诉她我们必须保密，因为我比她大太多。”他笑了，“她信了。那些女人都信了。你都不敢相信年轻小姑娘有多轻信。”

你这该死的浑蛋，我想，该死的、该死的浑蛋。

“你带她来了天堂湾，在汽车旅馆待了一晚，然后在乐园杀了她，即使你知道好莱坞女孩拿着相机到处跑。就是这么胆大包天，有恃无恐。这样才刺激，是不是？当然是，你在一趟装满了兔子的——”

“是土包子。”目前为止最强的一阵风刮了过来，他却似乎没有感觉到。当然，他坐在大转盘的内侧，那里的风应该小些。“按他们的本名来称呼，他们就是土包子，所有人都是。他们什么都看不到，就好像眼睛跟屁眼连在一起，而不是跟脑子连在一起。所有东西就这么传过去了，视而不见。”

“你喜欢冒险，对不对？所以你才回来，在这里找了份工作。”

“一个月不到就回来了。”他笑得更加得意，“一直以来，我都待在他们的眼皮子底下。你知道吗？我一直……嗯，很好……恐怖屋的那夜之后，我一直很好。所有的坏东西都是身后事了。我可以就这样好下去。我喜欢这里。我构建了新的生活。我发明了我的小设备，还准备申请专利。”

“哦，我认为你迟早还会再下手害人。”我们又回到了顶点。风撕扯，雨肆虐，我浑身发抖，衣服都湿透了。莱恩的脸颊被染发膏弄得乌黑，颜色如触须般从他的皮肤上流下来。他的心就像那样，我想，他的内心就是那种颜色，在那个地方，他从未笑过。

“不。我被治愈了。我不得不除掉你，琼西，只是因为你插手管了不该你管的事。这太糟了，因为我喜欢你。真的。”

我相信他说喜欢我是真的，这让正在发生的事情更加可怕。

我们又开始往下走。下面的世界已被风雨浸透。没有什么开着头灯的车，只有一块被风鼓吹的帆布，就是它给了绝望的我短暂的幻想。不会有骑士驾临，怀抱幻想只会让我丧命。我必须依靠自己，而我唯一的希望就是让他发狂。真正的发狂。

“你喜欢冒险，却不享受强奸，对不对？否则你就会把她们带到没人的地方去了。我猜，是你那些秘密女友两腿间的东西让你心惊胆战？杀了人之后你干什么？躺在床上一边打手枪，一边想着自己有多勇猛，杀掉了那些手无寸铁的女孩？”

“闭嘴。”

“你满脑子肮脏念头，却没法真的上她们。”风吼叫着，小舱猛摇。我就要死了，但此刻我一点也不在乎。我不知道他是否被激怒，自己却已经怒气冲冲：“你为什么是这副样子？是因为小时候在墙角乱撒尿，所以你妈用晾衣夹把你的小鸡鸡夹住了？还是斯坦叔叔强迫你给他吹箫？还是——”

“闭嘴！”他从座位上起身，半蹲着，一手抓住安全杆，一手用枪指着我。一道闪电照亮了他：双眼怒睁，头发稀疏，嘴唇蠕动。还有那把枪。“闭上你的臭嘴——”

“戴文，低头！”

我想也没想就照做了。一声爆噼，犹如响鞭，在风吼雨飙的夜空仿佛有了液体般的质感。子弹一定是与我擦肩而过，但我并没像故事书中的角色那样听到或感到它飞过。我们所在的观光舱经过了上客口，我看到安妮·罗斯站在斜坡上，手里端着一柄来复枪。身后是她的旅行车。她秀发纷飞，脸色惨白如骨。

我们又升上去了。我看向莱恩。他保持着半蹲的姿势静止不动，嘴巴张开。黑色的染料从他的脸上流下来。他眼珠往上翻，只能看到虹膜的下半部。鼻子大部分都没了。一只鼻孔垂到了上唇，但其余的鼻子都看不到了，只剩一团血肉模糊，围绕着一个如十分硬币大的黑洞。

他重重地跌坐在座位上，前面的几颗牙齿从嘴里掉了出来。我从他的手里夺过手枪，扔了出去。我当时的感觉……当时没有任何感觉，只在心里某个角落，隐隐约约冒出个念头：今晚，我也许不会死了。

“哦。”他说。然后他说“啊”。他往前跌去，下巴贴着胸口。他看上去就像个仔细考虑眼前选项，准备作出抉择的人。

到达顶点时，又来了闪电。忽闪的蓝色火焰照亮了我的邻座。风继续吹着，大转盘呻吟着抗议。我们又开始下降了。

下方传来的喊声几乎被风暴湮没：“戴夫，怎么停下这个？”

我第一个反应是让她去找遥控器，但立刻意识到，在这样的天气里，她有可能苦寻半小时仍一无所获。就算找到了，那东西也可能已经摔坏或掉到水洼里断电了。更何况，有更好的办法。

“到发动机那里去！”我喊道，“找红色的按钮！**红色的按钮，安妮！**那是紧急按钮！”

我从她身边扫过，认出了她昨天穿的牛仔裤和毛衣，全都湿哒哒地黏在身上。没有外套，也没有帽子，可见她是匆忙赶来的。我知道是谁让她来的。如果一开始迈克就将精神集中在莱恩身上，事情就简单得多了。可是罗琪就从未刻意盯住过莱恩，尽管他们已经相识多年了。过后，我才发现，迈克至始至终都没有注意过莱恩·哈代。

我又要往上升了。在我旁边，莱恩湿透的头发正往他的腿上滴着黑水。“等我下来再按！”

“什么？”

我没再说话；不管说什么也只能被风吞没。我只希望，她不要在我还在最上面时一拳砸在红色按钮上。我升入风暴最厉处，一道道闪电伴着雷鸣落了下来。仿佛被雷电惊醒般——或许真的如此——莱恩抬起头，看着我。或者说，试图看我。他的两只眼球回到了正常位置，却指向相反的方向。那可怕的画面从来没有离开过我的脑海，至今常在最不搭调的时候回来：

通过高速公路收费口时；清晨一边喝咖啡一边听CNN主播宣告坏消息时；凌晨三点起床撒尿时，记得某位诗人将那个时刻称为狼之辰，真是恰如其分。

他张开嘴，鲜血喷涌而出。他发出一个虫子般的研磨声，仿佛蝉在树上钻洞。痉挛发作，他的双脚在观光舱的钢地板上踢踏了一阵，便不动了，脑袋也向前栽去。

死吧，我想，求求你这次就死了吧。

摩天轮又开始向下转时，一道闪电击中了弯边的霹雳弹，刹那间照亮了轨道。我想，*被闪电击中的也可能是我*。最猛烈的风还在摇晃小舱。我死死抓住安全杆。莱恩趴在地板上，像个人偶般毫无生气。

我向下看去，看见安妮仰着苍白的脸，眼睛被雨水打得睁不开。她已经进了栏杆里面，站在发动机的旁边。目前来说进展还不错。我把手放在嘴边，喊道：“*红色按钮！*”

“*我看到了！*”

“*等我发指令！*”

地面越来越近了。我抓紧安全杆。以前，已故的（至少我希望是这样）莱恩·哈代执掌控制杆时，大转盘停得非常和缓，只带来观光舱的轻微晃动。我对于紧急制动是什么样子完全没有概念，不过也马上就要知道了。

“*现在，安妮！按下去！*”

幸好抓住了安全杆。观光舱猛地静止下来，距离下客处约三米，离地面还有一米半。舱体倾斜，莱恩向前倒去，头和躯干被甩出了安全杆。我想也不想便抓住他的衬衫，把他拽了回来。他的一只手砸到我的腿上，我厌恶地一把挥开。

安全杆打不开，我只能从下面挤了出去。

“小心，戴夫！”安妮站在观光舱旁，高举着两手，像是想接住我。她将结果了莱恩那条命的来复枪靠在发动机棚外。

“退后。”我说着，将一条腿跨出了舱处。闪电更加密集。风呼号，大转盘也发出低吼。我抓住一根支杆，翻了出去。我的手在湿湿的金属杆上一滑，人便掉了下去，跪在了地上。片刻之后，安妮已经把我扶了起来。

“你还好吗？”

“嗯。”

我一点也不好。世界像在水里晃动，我觉得自己马上就要晕倒了。我低下头，抓住膝盖上方，开始大口深呼吸。我不知道能否撑住，但周围的东西开始稳定了。我重新站起来，特别留意不要动作太快。

大雨倾盆，很难看清，可我仍然确信她在哭。“我不得不开枪。他想杀你，对不对？求你了，戴夫，告诉我他是想杀你。迈克说他是的，还有——”

“相信我，这点你不用担心。我不是他要杀的第一个。他已经杀了四个女人。”我想起了埃琳的推测，关于没有尸体——至少没有被发现的尸体——的那几年。“或许更多。很可能更多。我们必须报警。那边有电话——”

我抬起手，朝神秘人镜子屋指去。安妮抓住我的胳膊：“不，不能报警。现在不行。”

“安妮——”

她的脸和我的离得那么近，几乎到了可以接吻的距离，但接吻这个念头肯定完全不在她的脑子里。“我为什么会来这儿？

我要告诉警察，有个鬼魂半夜来到我儿子的房间，告诉他，如果我不来，你就会死在摩天轮上吗？迈克不能被卷进来。要是你说我是个过分保护孩子的妈妈，我……我会亲手杀了你。”

“不，”我说，“我不会那么说。”

“那么，我为什么会来这里？”

一开始我无言以对。你们要记得，我死里逃生，仍然惊魂未定。害怕不足以形容我的感受，我是处于震惊当中。我没有领她去神秘人镜子屋，反而是回到了她的旅行车，扶她坐上驾驶座。我绕了半圈，坐上了副驾驶位。那时我心里已经有了主意。那个办法最大的好处就是简单，我觉得它轻盈得简直能飞起来。我关上车门，从后裤兜里掏出钱包。我浑身抖得厉害，打开钱包时差点把它掉到地上。钱包里面有很多东西可以在上面写字，却没有任何书写的工具。

“求你告诉我，你有钢笔或铅笔，安妮。”

“置物匣里可能有。你必须报警，戴夫。我要回到迈克身边去。如果警察以擅离现场的罪名逮捕我……或谋杀……”

“没人会逮捕你，安妮。你救了我的命。”我一边说，一边在置物匣里翻找。里面放着车主手册，一堆加油的小票和收据，罗雷兹胃药，一袋 M&M 巧克力豆，甚至还有一本“耶和华见证人”的小册子，问我是否知道往生之后去往何方。什么都有，就是没有笔。

“不能等……在这种情况下不能等……我一直是被这么教的。”因为牙齿打战，她的话有些含混不清，“要做的就是瞄准……然后扣动扳机，不要……不要给自己犹疑的机会……本来是想打他两眼之间的，但……风……我猜是因为风大。”

她猛地伸出手，抓住我的肩膀，力气很大，抓疼了我。她的眼睛瞪得大大的。

“我是不是打到你了，戴夫？你额头上有道口子，衬衫上有血！”

“你没打中我。是他用枪管打的。安妮，没有能写字的——”

话没说完，我就看见了：置物匣的最里面有一支圆珠笔。笔杆上印的字已经褪色，但还能看得出来：**去克罗格吧！**[①]不能说那支圆珠笔让安妮和迈克免于警方的打扰，但绝对可以替她回答何以在这样一个漆黑的风暴夜来到乐园。

我从钱包里拿出一张名片，空白面朝上，跟圆珠笔一起递给安妮。之前，坐在车里担心自己没换电池会害安妮和迈克丧命时，我想过冲回屋子给她打电话……只是我没有她的号码。现在，我让她把电话号码写在名片上。“号码下面，写上若计划有变，请打电话。”

她这么做的时候，我发动了旅行车，把车里的暖气开到最大。她把名片还给我，我塞进钱包，又把钱包掖回后裤袋，把笔扔回置物匣。我抱住她，亲吻她冰冷的脸颊。她的颤抖没有立刻停止，却慢慢缓和下来。

“你救了我的命。”我说，“现在，我要确保不会因此给你和迈克带来麻烦。仔细听我说。”

她静静地听我说。

---

① 克罗格（Kroger）是美国的一个连锁超市品牌，“去克罗格吧！”（Let’s go Krogering！）是其最著名的广告词。

♥

六天之后，秋老虎驾临天堂湾镇，带来了短暂的回暖。这样的天气非常适合在罗斯家的步道尽头露天午餐，我却去不了。那里已经被记者和摄影师占据了。他们之所以能够得逞，是因为与环绕绿色维多利亚式大宅的十二亩土地不同，海滩是公共区域。安妮一枪结果莱恩·哈代（当时获得的“嘉年华杀手”的称号一直沿用至今）的故事已经传遍了全国。

故事本身也不赖。恰恰相反，故事精彩得很。威明顿的报纸一马当先进行了报道，标题为**布道者巴迪·罗斯的女儿捕获了嘉年华杀手**。《纽约邮报》的标题更言简意赅一些：**英雄母亲！**安妮青涩时期的照片为这些故事添色不少，那时的她不止是漂亮，简直美得炫目。《内部观点》，这份当时最受欢迎的超市小报，出了一辑特刊。他们挖出了安妮十七岁时的一张照片，是在佩里营参加完一次射击比赛后拍的。安妮身穿紧身牛仔裤、全美步枪协会的T恤衫，脚蹬牛仔靴，一手拿着名枪波蒂，一手举着冠军的蓝丝带。在那微笑的女孩旁边，是莱恩·哈代的一张面部特写照片。时年二十一岁，因猥亵露体罪在圣地亚哥被捕。他的真名是莱昂纳多·霍普戈德。这两张照片形成了鲜明对比。特刊标题为：**美女与野兽**。

作为一位配角英雄，我的名字也在北卡罗来纳州的一些报纸上出现过几次，但在小报里就没有踪影了。不够性感，我猜。

迈克觉得有位英雄母亲非常棒，安妮却厌恶这纷扰，满心盼着媒体尽快撤离，转投另一桩热门的怀抱。早年前，作为圣人的野孩子，她已经得到了这辈子所能承受的所有关注，她在格林尼治村的酒吧里跳舞泡吧的事迹尽人皆知。所以，这次，她不接受任何采访，我们的告别野餐则从原定的户外挪到了厨房。事实上，赴宴的有五个，因为米罗趴在桌子底下，等着捡漏，还有耶稣——迈克风筝正面的那位——倚在多余的椅子上。

他们的行李已经放在门厅里了。吃完饭后，我会开车送他们去威明顿国际机场。巴迪·罗斯公司安排的私人直升机将送他们飞回芝加哥，飞出我的生活。天堂湾警察局（更不用说北卡罗来纳州警，甚至还有联邦调查局）肯定还有问题要问，她也很可能以后还要回来面对大陪审团，但她不会有事的。她是**英雄母亲**。多谢置物匣里找到的那支克罗格超市的圆珠笔，迈克的照片不会出现在《邮报》上，附带大写标题**通灵救星！**

我们的故事很简单，跟迈克一点关系也没有。我对琳达·格雷的谋杀案发生了兴趣，因为我听说她的鬼魂还在乐园的恐怖屋里游荡。我取得了埃琳·库克的帮助，这位擅长调研的朋友曾与我一起在乐园打暑期工。琳达·格雷和杀害她的那个人的照片让我对某个人起了疑心，但直到迈克去乐园玩的那天，我才真正确定。在我报警之前，莱恩·哈代就打来电话，威胁要杀掉安妮和迈克，除非我立刻去乐园见他。这些都是实话，只有一个小小的谎言：我提前要了安妮的电话号码，以便游园计划有变时可以通知她。（我向领头的警探出示了那张写有号码的名片，他看也没看。）我告诉警察，出发去乐园之前，我在舍普洛太太家里给安妮打了电话，让她锁好门，报警，待在家里别动。她确实锁好了门，却没有待在家里。她也没有报警，因为她担心若是哈代看到蓝色的警灯，就会立刻杀我灭口。于是，她从保险柜里取出一支枪，没开车灯，一路尾随莱恩来到乐园，准备伺机而动。她做到了。这就是**英雄母亲**的故事。

“你父亲有何反应，戴夫？”安妮问。

“除了说他要到芝加哥去，给你洗一辈子车吗？”她笑了起来，可我爸真说过这话。“他还不错。下个月，我就回新罕布什尔①去，我们一起过感恩节。弗莱德让我在此之前待在乐园，帮他把东西打理好，我同意了。毕竟还是有钱赚的嘛。”

“攒学费？”

“嗯。我想春季学年就回去。爸爸已经帮我提出申请了。”

“好极了，那才是你该去的地方，而不是在游乐园里刷油漆、换灯泡。”

“你真的会来芝加哥看我们，是不是？”迈克说，“在我病得太厉害之前？”

安妮不安地动了一下身体，却什么都没说。

“我必须得去啊。”我说着，指指风筝，“要不然怎么把风筝还给你呢？你说过只是借给我的。”

“或许你该见见我外公。除了对耶稣有点狂热以外，他是个非常酷的老头儿。”他偷偷瞥了一眼妈妈，“起码我是这么认为的。他在地下室安了一套好大的电动火车。”

我说：“你外公可能不愿意见我，迈克。我给你妈妈惹了好大的麻烦。”

“他会知道你不是故意的。和那个人一起工作又不是你的

---

① 本书一开始提到戴文是缅因州南贝里克人，温蒂是新罕布什尔州朴茨茅斯人，下文又提到戴文的父亲在朴茨茅斯住院，因此译者怀疑是斯蒂芬·金的写作疏漏，混淆了戴文和温蒂的家乡。

错。”迈克的神情就有些困扰。他放下手中的三明治，拿起一块餐巾，捂住嘴咳嗽了几下。“哈代先生看上去是个好人啊。他还带我们玩。”

有很多女孩都认为他是个好人，我想。“你从来没有……在他身上感觉到异样？”

迈克摇摇头，又咳嗽起来。“不，我喜欢他。我想，他也喜欢我。”

我想到莱恩在卡罗来纳大转盘上叫迈克为瘸腿的臭小子。

安妮用一只手摸摸儿子的脖子：“有些人隐藏了真面目，亲爱的。有时候你能看出他们戴着面具，有时却看不出。即使直觉力非常强的人也有可能被蒙蔽。”

我来的目的是与他们共进午餐，送他们去机场，向他们道别，但不止如此。我还想问一个问题：“我想问你一件事，迈克。关于那个把你叫醒，告诉你我在乐园有危险的鬼魂。可以吗？会不会让你不舒服？”

“没事儿。不过，那跟电视上演的不一样。不是那些白色的、透明的东西，飘来飘去，发出呜呜呼呼的声音。我就这么醒了……鬼魂就在眼前，像真人一样坐在我的床上。”

“我希望你们别再说这个了，”安妮打断了我们，“或许这个话题不会让迈克不舒服，但绝对让我难受。”

“我只有最后一个问题，问完就再也不提了。”

“好。”说完，她开始收拾桌子。

周二，我们带迈克去乐园。周三凌晨，安妮打死了卡罗来纳大转盘上的莱恩·哈代，结束了他的性命，拯救了我。周三整整一天都被警察的盘问和闻风而至的记者们充斥。接下来，周四下午，弗莱德·迪安来找我，只字不提莱恩·哈代的死讯。

只是，我觉得他的来访与莱恩·哈代之死有关。

“我想知道的是这个，迈克。是恐怖屋里出来的那个女孩吗？是她进来，坐在你的床上吗？”

迈克瞪大了眼睛：“哦，不！她走了。我认为他们走了就是走了，不会再回来。那是个男人。”

♥

一九九一年，刚过六十三岁生日，我父亲就经历了一次非常严重的心脏病突发。他在朴茨茅斯综合医院里住了一个礼拜，然后被打发回家。医生严厉地嘱咐他控制饮食，减重二十斤，戒掉晚上的香烟。他是罕见的那种真的会听医嘱的人，所以，直到我写这个故事的时候，他虽已八十五岁高龄，却只有走路屁股疼和晚上眼睛花两个毛病，身体好得不得了。

回到一九七三年，情况就不同了。根据我新招的研究助手（它叫谷歌）所言，那时心脏病突发后的平均住院时间是两个星期——第一个星期在重症监护室，第二个星期在心脏复苏楼层的病房里。埃迪·帕克斯在重症监护室里应该是表现不错的，因为周二迈克去乐园玩的时候，他被挪到了楼下。他就是那时第二次病发，死在了电梯里。

♥

“他对你说了什么？”我问迈克。

“他说，我必须叫醒我妈妈，让她立刻赶去乐园，否则坏人就要把你杀掉了。”

这个警告是我还在舍普洛太太的起居室里接电话时就发出的吗？就算不是，也不会晚多少，否则安妮是不可能赶得上的。我问迈克，但他也不确定。鬼魂走了之后——这就是迈克的用词，走了，而不是消失，不是从房门离开，或跳出窗外，就是走了——迈克摸到床头的对讲按钮。安妮接听后，他就开始尖叫起来。

“够了。”安妮说，语气里却没有断然拒绝的严厉。她站在水斗边，双手放在臀部。

“我不介意的，妈妈。”咳嗽—咳嗽。“真的。”咳嗽—咳嗽—咳嗽。

“她是对的。”我说，“够了。”

埃迪会去找迈克，是因为我救了这坏脾气的老头子的命吗？故去（这是罗琪的用词，她说时还总举起双手，手心向上，以示强调）之人的动机很难判定，我却有所猜测。毕竟，他的死亡缓期只有一个礼拜，而他并非在加勒比海上美女环伺地度过了那最后的时日。不过……

我去看望他。或许除了弗莱德·迪安，我是唯一一个去看他的人。我甚至还将他前妻的照片拿给他。好吧，他说她是个当面骂人、背后捅刀的臭娘们，或许她确实是那样的人，可至少我做出了努力。最后，他也同样。不管是出于什么原因。

开车去机场的路上，迈克从后座探过身来，说：“有件有意思的事，戴夫。他一次也没叫过你的名字。他只叫你小子。我想，他大概认为我能猜出来吧。”

我也这么想。

“讨厌鬼”埃迪·帕克斯。

♥

这些事发生在很久很久以前，在一个石油每桶要卖十一美元的神奇的年份。那年，我因失恋而心碎。那年，我破了处男之身。那年，我救了一个差点噎死的可爱小女孩和一个心脏病发的可恶老头子（好吧，起码救了他第一次）。那年，一个疯子想在摩天轮上杀了我。那年，我想看见一个鬼魂却始终没看到……尽管我猜，至少有一个鬼魂看到了我。也是在那一年，我学会了说一门秘密的语言，以及怎么扮成大狗跳《变戏法》。那年，我发现还有比失去一个女孩更糟糕的事。

那一年，我二十一岁，还是菜鸟。

不可否认，那年之后，世界待我不薄，但我有时仍然恨这个世界。写下这些文字时，迪克・切尼①，那为水刑辩解的卫道者，那“不惜任何代价”教派的首席传教士，得到了一个全新的心脏。他会活下去，其他那么多人却死了。他们中有克拉瑞斯・克莱蒙斯②这样天资卓越的，斯蒂夫・乔布斯这样才华横溢的，还有我的老朋友汤姆・肯尼迪这样人品高贵的。大多数时候你都会接受现实。只能说，你别无选择。W.H. 奥登③曾指出，死神偏爱那金钱中打滚的，那诙谐逗笑的和那身强体壮的。不过，那些人并非排在奥登名单的榜首。排在最前面的是天真纯洁的孩子。

---

① 迪克・切尼（Dick Cheney，1941— ），曾任美国第四十六届副总统。

② 克拉瑞斯・克莱蒙斯（Clarence Clemons，1942—2011），美国音乐家，演员，萨克斯管演奏家。

③ W.H. 奥登（W.H. 奥登，1907—1973），美国诗人。名篇有《葬礼蓝调》《悼念叶芝》等。

这就把我们的话头带回迈克身上。

♥

春季学年开始后，我回到大学，在校外租了个小破公寓。三月下旬一个阴冷的傍晚，电话铃响时，我正在给热恋中的女朋友做炒菜。我拿起话筒，用一贯的玩笑口气说："虫木公寓，我是业主戴文·琼斯。"

"戴夫？是我，安妮·罗斯。"

"安妮！哇哦！稍等一下，我把收音机关小。"

珍妮弗——我当时的女朋友——探寻地看了我一眼。我朝她挤挤眼，笑笑，拿起了话筒："春假开始后两天我就到你们那儿去。告诉迈克，这是我的承诺。我下周就去买票——"

"戴夫，别说了，别说了。"

我听出了她语气中的伤痛，刚知道是她打电话来时的喜悦变成了恐惧。我把额头抵在墙上，闭上眼睛。我真正想关闭的是贴在听筒上的耳朵。

"迈克昨晚死了，戴夫。他……"她的声音颤抖了一下，又稳住了，"两天前，他发了高烧，医生说我们应该住院。只是保险起见，医生说。昨天，他看上去好些了。咳得少了，坐起来看了电视，还说了什么大型棒球赛。然后……昨晚……"她说不下去了。她试图恢复自制，我能听出电话那端粗重的喘息声。我也试着控制自己，眼泪却已经流了下来。暖暖的泪水，几近滚热。

"很突然。"她说。接下来，声音低得我几乎听不清："我的心都碎了。"

一只手放上我的肩头。是珍妮弗的。我伸手握住。我不知道，在芝加哥，是否也有一只手放在安妮的肩上。

“你父亲在吗?”

“他在做活动，目前人在凤凰城。他明天到。”

“你的兄弟们呢?”

“乔治在。菲尔赶最后一班飞机从迈阿密过来。乔治和我在……在那个地方。就是他们……我没法看。这是他想要的。”她哭得更厉害了。我不明白她在说些什么。

“安妮，我能为你做什么吗? 什么都行，什么都行。”

她告诉了我。

♥

让我们在一九七四年晴朗的四月天结束。让我们在北卡天堂湾镇和乐园之间的那段海滩结束；两年后，乐园终究还是被大型游乐场挤得关了门，不管弗莱德·迪安和布兰达·拉弗蒂如何勉力支撑都无力回天。让我们在那身穿褪色牛仔裤的美丽女子和那头套新罕布什尔大学运动衫的年轻男子身边结束。年轻人手上拿着某样东西。步道的另一端，一只杰克罗素㹴犬趴在地上，口鼻贴着前爪，似乎失去了往日的活泼。野餐桌上，在女子曾放置水果奶昔的地方，搁着一只瓷瓮，看上去像是一个未放花束的花瓶。我们并非全然在开始的地方结束，但也很接近了。

很接近了。

♥

“我和我父亲又闹僵了。”安妮说，“这次可没有孩子来调和矛盾。他结束那该死的活动后，发现我把迈克火化了，大发雷霆。”她虚弱地笑笑，“如果他不参加最后一场演说，说不定会说服我不那么做。很可能会说服我。”

“但这是迈克想要的。”

“对于孩子来说，真是个奇怪的要求，对不对。不过，他是个非常聪明的孩子。而且，我们都知道他为什么要那样做。”

是的，我们知道。最后的快乐时光总会来临，当你看见黑暗向自己爬来，便会努力想抓住光明。想抓住生命。

“你难道都没有叫你爸爸……”

“叫他来参加吗？事实上我叫了。迈克肯定会希望这样。爸爸拒绝参加，这被他称为‘异教仪式’。我很高兴。”她摆摆手，“它属于我们，戴夫，因为他最快乐的时候我们都在这里。”

我握住她的手，举到唇边，轻吻一下，又松开。“他也救了我的命，就跟你一样。如果他没有把你叫醒……如果他犹豫了——”

“我知道。”

“没有迈克，埃迪就不能为我做什么事。我看不见鬼魂，也听不见他们说话。迈克是媒介。”

“这很难，”她说，“要……要放他离去是那么难，哪怕他只剩这么一点。”

“你确定要继续吗？”

“是的，在我还能支撑之前。”

她从野餐桌上取过瓷瓮。米罗扬起头看了一眼，又趴了回去。我不知道它是否理解，迈克的骨灰就在瓮里，但它一定明白迈克走了；它心里清楚得很。

我拿起带耶稣像的风筝，背面对着她。按照迈克的吩咐，我在风筝背面粘了一个小口袋，可以装入半杯那灰色的细末。安妮将瓮倾斜时，我把袋口打开。袋子装满后，她把瓮立在两脚间的沙里，伸出双手。我把线轴给她，转身看向乐园。卡罗来纳大转盘占领了地平线上最显眼的位置。

我在飞。那天，迈克将双手举过头顶，说。那时，他没有钢支架的束缚，现在也没有。我相信，迈克比他满脑子基督的外公要睿智得多。或许比我们大多数人都要睿智。有任何腿脚不便的孩子不想飞吗，哪怕只有一次？

我看着安妮。她点点头，表示准备好了。我举起风筝，放手。海上吹来一阵凉爽而轻快的风，风筝立刻乘风而起。我们看着它飞高。

“你来。”安妮说着把手伸了过来，“这时该你了，戴夫，迈克是这么说的。”

我接过线轴，感受到风筝此时已具有了活力，它拉扯着线绳，在我们头顶上方飞舞，衬着蓝色的天空轻轻点头。安妮拿起脚下的瓮，抱着它走下沙坡。我猜她是把它从那里放入大海了，但我并没有看。我看着风筝，等到看见一缕灰线从风筝中飘出，被风吹入天空时，便松开了手中的线。我盯着那脱离了拴绑的风筝飞高，更高，更高。迈克一定想看看它消失之前到底能飞多高，我也是。

我也想看见。

二〇一二年八月二十四日

作者小志

嘉年华正统主义分子（我相信有这样的人）一定怀抱着不同程度的怒气，准备现在就写信给我，指出被我称为“行话”的许多说法都是不存在的：比如，土包子从来不被叫做兔子；漂亮女孩也不会被称为点子。他们说得也许都对，但还是可以省下写信或发邮件的工夫。伙计们，这才是小说啊。

不管怎样，书中所用的大多数词汇确实是嘉年华特有的，这一语言的分支既丰富又幽默。摩天轮被称为呆瓜起重机或笨人起重机；孩子们玩的东西被称为小把戏；匆忙离开市镇也的确叫做烧场子。只是举几个例子。我要感谢韦恩·N.凯泽的《嘉年华、马戏团、杂耍和综艺秀大辞典》。这本辞典被贴在了网上，你们可以上网去看，学学一千多个新词，或许更多。你们还可以买他另一本书，《在中央大道上》。

查尔斯·奥尔道伊是这本书的编辑。谢谢你，伙计。

斯蒂芬·金